本好きの下剋上

司書になるためには手段を選んでいられません

第一部 兵士の娘Ⅰ

香月美夜
miya kazuki

TOブックス

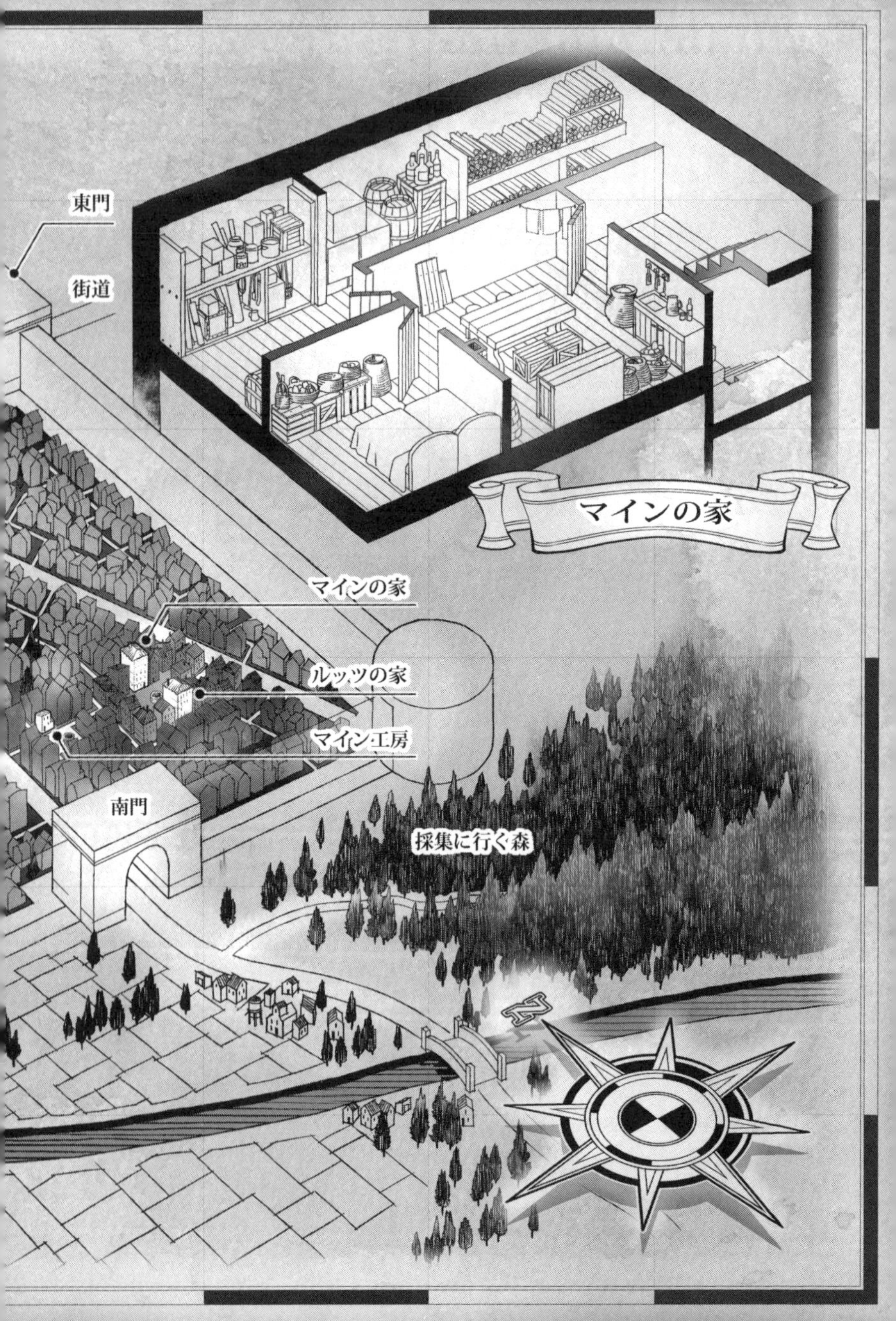
東門
街道
マインの家
マインの家
ルッツの家
マイン工房
南門
採集に行く森
N

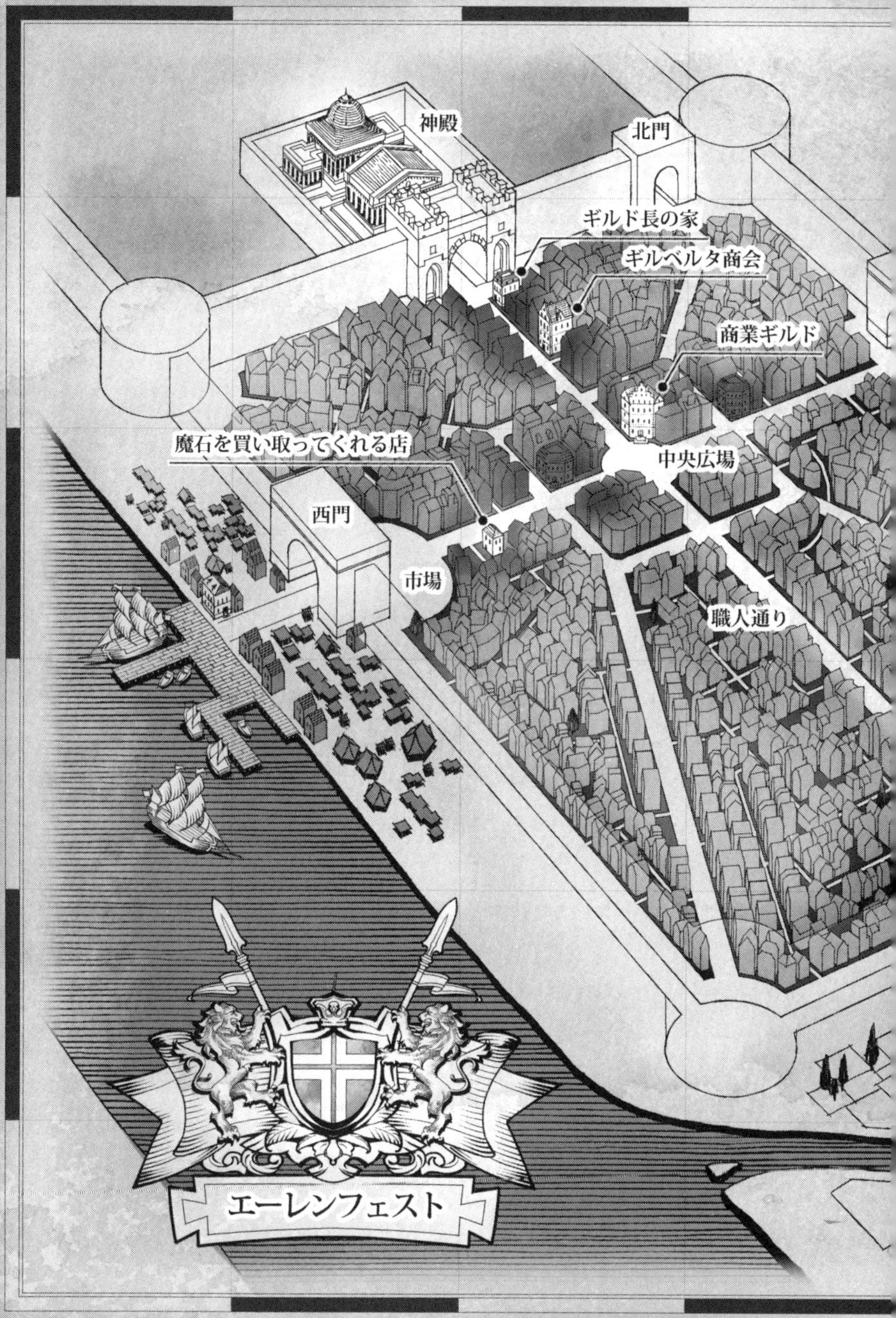
神殿
北門
ギルド長の家
ギルベルタ商会
商業ギルド
魔石を買い取ってくれる店
中央広場
西門
市場
職人通り
エーレンフェスト

第一部　兵士の娘Ⅰ

イラスト：椎名　優 You Shiina
デザイン：ヴェイア Veia
マップ制作：藤城　陽 Yoh Fujishiro

第一部

兵士の娘Ⅰ

プロローグ

本須麗乃《もとすうらの》は本が好きだ。

心理学、宗教、歴史、地理、教育学、民俗学、数学、物理、地学、化学、生物学、芸術、体育、言語、物語……人類の知識がぎっちり詰め込まれた本を心の底から愛している。

様々な知識が一冊にまとめられている本を読むと、とても得をした気分になれるし、自分がこの目で見たことがない世界を、本屋や図書館に並ぶ写真集を通して見るのも、世界が広がっていくようで陶酔できる。

外国の古い物語だって、違う時代の、違う国の風習が垣間見えて趣深いし、あらゆる分野において歴史があり、それを紐解いていけば、時間を忘れるなんていつものことである。

麗乃は、図書館の古い本が集められている書庫の、古い本独特の少々黴《かび》臭い匂いや埃っぽい匂いが好きで、図書館に行くとわざわざ書庫に入り込む。そこでゆっくりと古い匂いのする空気を吸い込み、年を経た本を見回せば、麗乃はそれだけで嬉しくなって、興奮してまう。

もちろん、新しい紙とインクの匂いもたまらない。そこに何が書かれているのか、新しい知識があるか、考えるだけで楽しくなれる。

何より、麗乃は文字を目で追っていないと落ち着かない。お風呂にもトイレにも移動中にも、麗乃が生きていくためには本が手放せないのだ。

幼い頃から大学卒業間際の今まで、そんな生活をしてきた麗乃を知る周囲の者達は、麗乃のことを本好きの変人と呼ぶ。生活に支障をきたすレベルの本好きだと言う。

けれど、麗乃は他人に何と言われようと気にしない。本があれば、それで幸せなのだ。


排気ガスの匂いをまき散らしながら、大きなトラックが麗乃の横を走っていった。

ぶわっと生温かい風が立って、麗乃の前髪を揺らす。麗乃は、前髪が揺れたことは気にしない。だが、本のページが勝手に捲《めく》れそうになったことには慌てて、急いでページを押さえた。

「麗乃、危ないからもうちょっとこっちに寄れ」

「ん～」

視界に映る文字を目で追いながら、麗乃は眼鏡をグッと押し上げて生返事をする。その後で、前髪が本を読むのに邪魔になるほどに乱れてしまったことに気付いて、ささっと指先で整えた。

仕方なさそうな溜息が降ってきて、ぐいっと強引に腕を引かれた麗乃は眉根を寄せる。

「修《しゅう》ちゃん、痛い」

「お前さ、痛いって文句を言うけど、トラックに轢かれて死ぬよりマシだろ?」

「そうだね。わたし、本に埋もれて死ぬって決めてるから」

麗乃は一生を本に囲まれて生きていきたいと思っている。本が傷まないように日光の当たらない、しかし、風通し良く作られた書庫で、できることなら一生過ごしたい。

本を読むことにできる限りの時間を費やすことで、肌が青白くて薄気味悪いと言われようと、運動不足で不健康と言われようと、食事を忘れて叱られようと、多分、一生本を手放すことなどないと思う。

どうせ死ぬなら、本に埋もれて死にたい。畳の上で往生するより、本に埋もれて死ぬ方がよほど幸せな死に方だ。麗乃は本気でそう思っている。

「道を歩く時くらいは本を読むなって、いつも言ってるじゃないか。今みたいに本を読みながら歩いていたら、確実に事故死だ。もっと俺に感謝しろ」

「いつも聞いてるよ。感謝感激～」

「全く感謝してねぇだろ？」

「してるって。本を読みながらお遣いに行けるのは修ちゃんのおかげ。でも、わたし、死んだら絶対に神様にお願いして、また生まれ変わって本を読むんだ。いいでしょ？　うふふん」

「そう都合良くいくか、バカ」

そんな話をしながら、麗乃は家に帰りつく。修も隣家の自宅ではなく、麗乃の家に入ってくる。幼馴染で麗乃の家と同じ母子家庭のため、昔から兄弟のように育ってきた。今でも修は「ただいま」と言うし、麗乃の母は「おかえり」と答える。

「お母さん、これ、頼まれてたの。書庫にいるから夕飯になったら呼んで」

「はい、はい。修ちゃんは夕飯どうする？　お母さんの今日の予定は？」

「仕事だって言ってたから夕飯は一緒で。麗乃、ゲーム借りるぞ」

「うん、勝手にしてて」

麗乃はスタスタと幼い頃に亡くなった父親の書庫に向かいながら、修に向かって声だけを張り上げると、書庫のドアを開けて電気を点けた。

書庫には空気を入れ替えるための窓はあるけれど、本が日に焼けるのを嫌って、きっちりと遮光カーテンが閉められている。たくさんの本棚にぎっしりの本、そして、麗乃が増やし続けているせいで本棚に入らなくなっている本が積み上げられている机がある。

本から目を離さないまま、麗乃は慣れた動作で椅子に座ると、そのまま本を読み続けた。

突然ぐらりと視界が揺れる。

あぁ、地震だ、と思いながら、麗乃は変わらず本を読んでいた。

いつもと違って大きい揺れで、さすがに本が読みにくい。むっと眉根を寄せて、麗乃が地震に対して苛立ちを感じながら視線を上げると、視界いっぱいに本が飛び込んできた。

「ひわっ⁉」

傾いた本棚から零《こぼ》れだし、自分に向かって次々と降り注いでくる本を避けることもできないまま、麗乃は目を見開いて大量の本をただ見つめていた。

新しい生活

……熱い、苦しい、もう嫌だよぉ……。

わたしの頭の中に直接響くように、幼い声が不満と苦しみを訴えてきた。

……そんなことを言われても、わたしにどうしろと？

そんな風に思っているうちに、幼い声は段々小さくなっていく。

あれ？　子供の声が聞こえなくなったかな、と思った瞬間、わたしを包んでいた膜のようなものが弾けて消えて、意識がゆっくりと浮上していくのを感じた。同時に、インフルエンザにでもかかったような高熱と関節の痛みが全身に広がっていくのがわかり、わたしは先程の幼い声に「確かに、熱くて苦しいいね。わたしも嫌だ」と同意する。

けれど、幼い声からの返事はなかった。


あまりに熱くて、わたしは布団の冷たい部分を探して寝返りを打とうとした。熱のせいか、体が自分の思った通りに動かない。それでも、何とか移動しようと、もそもそと体を動かすと、カサカサと自分の体の下で紙や草のようなものが擦れるような音がした。

「……何の音？」

熱のせいでかすれているはずなのに、子供のような高い声が自分の口から出た。どう考えても聞き慣れた自分の声ではなくて、さっき脳内に響いてきた幼い声に酷似している気がする。

高熱で全身がだるいので寝ていたいが、馴染みのない布団の感触と自分のものとは思えない高い声をこれ以上無視することもできず、わたしはゆっくりと重い瞼を開けた。結構高い熱があるようで、わたしの視界は潤んで歪んでいる。涙が眼鏡の役割でもしているようで、普段の視界よりずっと鮮明に見えた。

「へ？」

何故か視界に映ったのは、不健康そうな色合いの痩せこけた細くて小さな子供の手だった。おかしい。記憶にあるわたしの手はきちんと大人の手だった。こんな栄養失調のような小さな子供の手ではない。

握ったり、開いたり、自分の意思で動く子供の手。自分の意思で動かせる体が見慣れた自分のものではない。あまりの衝撃に口の中が干上がったようにからからになっていく。

「……何、これ？」

潤んだ目から涙が零れないように気を付けながら、眼球だけで周りを見回せば、明らかに自分が生まれ育った環境でないことだけはすぐにわかった。

寝かされているベッドは固くて、マットレスがない。そして、異様にチクチクする素材がクッション代わりに使われている。上掛けとして掛けられている薄汚れた布からは変な臭いもするし、ノミやダニがいるのか、体のあちこちが痒い。

「ちょっと、待って……ここ、どこ？」

わたしの記憶の最後にあるのは大量の本に押しつぶされたことだが、何とか救出されたというわけでもないみたいだ。少なくとも、こんな薄汚れた布に患者を寝かせる不潔な病院は、わたしの知る限り、日本には存在しないはずだ。わけがわからない。

「間違いなく……死んだ、んだよね？」

多分、死んだのだろう。大量の本に潰されて。あの揺れならば、せいぜい震度は三か四だ。死亡者が出るような地震ではなかった。きっとテレビなんかで報道されたに違いない。「卒業間近の女子大学生が自宅で本棚に押しつぶされて死亡しました」みたいに。

……恥ずかしい！　一度は物理的に、一度は社会的に、わたしは二度死んだ。

恥ずかしさのあまりゴロゴロとベッドを転がろうとして、頭の痛さと体の重さに断念しつつ、わたしは小さな手で自分の頭を抱えた。

「いやいやいや、確かにわたしは思ってたよ。どうせ死ぬなら、本に埋もれて死にたいって。畳の上で往生するより、本に埋もれて死ぬ方がよほど幸せな死に方だって」

でも、ちょっと違う。本に囲まれて、本を読みながら、幸せに一生を終えるようなイメージだった。地震で押しつぶされて死ぬというのは、正直予想外だ。

「ひどい。やっと就職が決まったところだったのに。おぉぅ、大学図書館……」

就職難のこの時代に大学図書館への就職が決まったばかりだった。本に囲まれているだけで、幸せなわたしが努力と根性で試験と面接を勝ち抜き、やっとの思いで勝ち取った職場だ。他の仕事より本に囲まれている時間が圧倒的に長いし、古い本や資料もたっぷりの理想的な職場だった。

わたしを一番心配していたお母さんが「よかった。麗乃が人並みに就職できて、本当によかった」って、泣いて喜んでくれたのに何ということだろう。

それと同時にふと脳裏に浮かんだのは、わたしが死んだことで泣くお母さんの姿だ。もう二度と会えないお母さんはきっと怒っているはずだ。「だから、本の数を減らせって何度も何度も言ったのに！」と、泣いて怒っているに違いない。

「お母さん、ごめん……」

だるくて重い手を持ち上げて、わたしは目尻の涙を拭った。それから、ずっしりする頭を上げて、わたしは熱のある体をゆっくりと起こす。少しでも情報が欲しくて、汗でべったりと髪が首元に張り付いているのにも構わず、部屋の中を見回した。

この部屋の中には、ベッドらしき台が二つと、その上にかけられた薄汚れた上掛けと、物を入れておくための木箱がいくつかあるだけだった。悲しいことに本棚が見当たらない。

「本、ないし……死に際に変な夢でも見てるってこと……かな？」

わたしの望み通りに神様が生まれ変わらせてくれたならば、ここには本があるはずだ。わたしの望みは「生まれ変わっても本を読みたい」だったのだから。

高熱でぼんやりとする頭で悩みつつ、わたしはぼんやりと煤《すす》で汚れたように黒くなっている天井にぶらんと垂れ下がる蜘蛛の巣を見つめていた。

すると、わたしの動く音に気付いたのか、声が聞こえたのか、ドアが開いたままの出入り口から一人の女性が姿を現した。三角巾のようなものを頭にした二十代後半くらいの美人だ。顔立ちは美人なのだが、小汚い。街中で見かけたら、遠巻きに見るレベルで汚れている。

……どこの誰だか知らないけど、服も顔も洗って、清潔で小奇麗にすればいいのに。せっかくの美人がもったいない。

「マイン、%&$#+@*+#%?」

「ぃあっ!」

意味がわからない女性の言葉を耳にすると同時に、わたしのものではないけれど、自分の記憶だと思えるものが堰を切ったように流れ込んできた。

数回瞬きするくらいの時間にマインという女の子の数年分の記憶が押し込まれ、脳味噌がぐちゃぐちゃに掻き回されるような不快感に、わたしは思わず頭を押さえる。

「マイン、大丈夫?」

違う、わたしはマインじゃない、と反論したくてもできない頭痛の中、わたしは貧弱な子供の手と薄汚れた見知らぬ部屋が見知ったものになっているような感覚に戦慄した。先程まではわからなかった言葉がわかるようになっていることに鳥肌が立った。大量の情報をいきなり受け取った頭はひどい混乱状態なのに、目に映る全てのものが、お前はもう麗乃じゃなくてマインだ、と訴えかけてきている。

「マイン、マイン?」

心配そうに呼びかけてくる女性は、わたしにとっては知らない他人だ。それなのに、何故か知っ

第1章

お江戸日本からの「超」大量の金《ゴールド》の流出がその始まりだった／悪の戦争経済と帝国の衰亡

おカネが生まれた魁《さきがけ》は、クレオパトラの銀貨「シルバーコイン」

日本のロイヤルファミリーの富が生み出す巨額資金と言われても、一般庶民には、雲をつかむような話で、現実感がない。一般庶民が使っているのは、せいぜい「万円」、多くて「億円」の範囲内である。

日本政府が組んでいる毎年の予算でも「兆円」止まりで、その上の「京円」、「亥円」ともなれば、およそ別世界のような規模のおカネである。

商品交換社会に生きている私たちは、おカネを使うことの意味について日ごろ、何の疑問も抱かず、当たり前のように使っている。

一般庶民には無縁の巨額資金が、一体いかなるものであるかを理解するには、「おカネ」について、これが人類社会でなぜ生まれたのか、商品交換社会においていかなる機能を果たしているのかなど、基本的な知識を習得しておく必要がある。

「おカネとは何か。それはいまのシリアのあたりで、大英博物館の考古学者が発掘して持って帰った茶碗が証明しています。

紀元前7000年くらいのころ、同じ大きさのお茶碗をたくさんつくり、麦を入れていました。茶碗一杯の麦を一つの単位として、いろいろなものに交換されていた。肉一切れなら何杯、野菜一房なら何杯といった具合に交換されていたのです。

要するに交換レートを決めて、自分の欲しいものと交換するという行為は、高等知的生命体である人間だけができる行為です。他の動物はできない」


まさしく、動物は、おカネを使って生きているわけではない。サルがおカネを自動販売機に入れて、飲料水やお菓子などを買っているような場面がテレビで放映されて、サルも学習すれば、おカネを使えるという証明と印象づけられている。

だが、それはサルが、おカネを使って生きている動物であるという証明にはならない。初歩的なことを学習できるという単なる事例にすぎない。

「人間とその他の動物の大きな違いは、①火が使える　②交換レートを決めて自分の欲しいものと相手の欲しいものを交換できる　③金属加工をして道具を作れる、という三つが最大の違いで、一番重要なことです。

次に貝殻を使ってモノとモノとを交換する時代を経て、いわゆるおカネが生まれた魁は、シルバーコイン。クレオパトラの銀貨が代表的です。紀元前5000年から3000年くらい前の話です。当時、ヨーロッパではギリシャのアテネなどの都市国家が繁栄していました。

英国が1816年に金本位制を始めるまで、世界のなかで歴史上代表的な銀本位制国家は、中国の清、1935年までの中華民国でした。欧州諸国の多くは金銀複本位制を採っていましたが、銀産出高の増加などにより銀の市場価格が下落、金貨との法定比価との間に開きができたことから、銀貨を流通させて金貨を退蔵したほうが有利なため、なし崩し的に事実上の銀本位制となっていました。

日本の江戸時代には、金貨〔小判〕、銀貨〔丁銀〕、そして小額貨幣として銭貨がそれぞれ無制限通用を認められた『三貨制度』が存在していましたが、その実態は東日本で主に金貨、西日本で主に銀貨が流通しており、1897年に正式に金本位制を採用するまで、事実上の銀本位制が継続していました。金属は、錆びます。銀は、空気中の硫黄酸化物と結合して黒くなる。クレオパトラのシルバーコインの純度は、フォーナイン［99・99％］、ほぼ100％。ギリシャのコインも、エジプトのコインも、ほぼ100％の純度のコインでした。これを左右したのは、鋳造技術です」

帝政ローマ帝国の繁栄を支えたのは、「スペインのラス・メドゥラスの金」だった

古代ローマは、イタリア半島に誕生して王政を敷き、共和制だったころの都市国家から、地中海にまたがる領域国家へと発展した。最盛期には地中海沿岸全域に加え、ブリタンニア、ダキア、メソポタミアなど広大な領域を版図とした。シルクロードの西の起点であり、古代中国では、「大秦」と呼ばれていました。

主な貨幣として、アウレウス［金貨］、デナリウス［銀貨］、セステルティウス［青銅貨］、デュポンディウス［青銅貨］、アス［銅貨］がありました。これらは紀元前3世紀の中ごろから紀元3世紀の中ごろまで使われていたのです。

古代ローマ*の金貨は、スペインのレオン県にあるポンフェラーダの近郊に広がっていたラス・メドゥラス金鉱山*から産出された。砂金は、陸路でローマに運ばれて、鋳造された。古代ローマの金貨は、東南アジアあたりまで流通しており、いまでも時折、発掘されることがあります。

ラス・メドゥラスの金は、帝政ローマ時代に最盛期を迎え、根こそぎ持ち去られて枯渇し、土地の人々にはほとんど何も残らない跡地が返された」

*古代ローマ　王政が紀元前736年～紀元前509年、共和制は紀元前509年～紀元前27年、帝政は紀元前27年～395年、テオドシウス1世は死に際して帝国を東西に分け、長男アルカディウスに東を、二男ホノリウスに西を与えて分治。西ローマ帝国は395年～476年／480年、東ローマ帝国は395年～1453年
*ラス・メドゥラス金鉱山　古代の鉱業によって生まれた産業遺産、優れた文化的景観を形成して

いることから、1997年、ユネスコの世界遺産＝文化遺産に登録

西ローマ帝国滅亡の遠因は金の枯渇、近因は国土の異常な拡大にあった

西ローマ帝国はゲルマン人の侵入に耐え切れず、イタリア半島の維持さえおぼつかなくなった末、476年、ゲルマン人の傭兵隊長オドアケルによってロムルス・アウグストゥルス［在位：475年～476年］が廃位され滅亡した。480年、ユリウス・ネポス殺害とする説もある。

その後もガリア地方北部にシアグリウス管区がローマ領として存続したものの、クロヴィス1世による新興のフランク王国領に編入され消滅した。金の枯渇は、西ローマ帝国滅亡の遠因になったとされている。

3世紀にデナリウス貨の代わりとして倍の価額の銀貨アントニニアヌス貨が発行されたが、ディオクレティアヌス帝が通貨改革を行った際に廃止され、新たにアルゲンテウス［銀貨］やフォリス［銀を混ぜた青銅貨］が発行された。通貨改革後、ローマの貨幣はソリドゥス金貨と小額の青銅貨が主となり、西ローマ帝国が48

0年に終焉したころまで続いたと言われている。結局、通貨は、銀と銅が主流になった。

「古代ローマは、小国だったころ、隣接する国家と相互安全保障条約を結び、安定を保っていました。後には、ローマ帝国が隣接国家を保護するようになります。

しかし、ローマ帝国滅亡の根本的原因、つまり近因は、国土の異常な拡大にあったと言われています。

国家領域が拡大すればするほど、防衛線が拡大した。ところが、このために国境防衛に充てるための兵士と資金が不足して、ローマの国家財政を圧迫するようになるのです。

そのうえ、戦争によってブリタニア・ライン以東・ダキアなど周辺の土地を獲得したものの、野蛮な地域の痩せた土地ばかりだったので、それらを維持するのにコストがかかり、国家財政を圧迫する傾向はますますひどくなった。

ローマの領域が異常に拡大するにつれて、共和政から帝政へ移行し、皇帝が富を生む経済を独占したため、国内の自由な経済活動は次第に衰えていった。

さらに、遠征軍を派遣して行う征服戦争が停止すると、奴隷の供給もなくなり、貴族や平民の富裕層による奴隷を使用した大土地経営『ラティフンディア』を維持することも難しくなり、帝国は衰退の一途を辿っていきました。加えて、環境変化や北方民族の侵入により、滅亡が加速したのです」

スペイン帝国を支えたメキシコ中部の古都グアナファトの銀山

銀鉱山と言えば、メキシコ中央部に位置しているサカテカス銀山が、16世紀中ごろに発見され、アンデスのポトシ銀山とともに2大鉱山と呼ばれた。サカテカス銀山は19世紀まで、世界の銀の20パーセントを産出し、太平洋のアカプルコ貿易で、フィリピンや中国にまで運ばれた。メキシコ中部グアナファアト州の古都グアナファァトの市街地と銀山は１９８８年、ユネスコ世界遺産に登録されている。

ハプスブルク家のカール大公［1500年2月24日〜1558年9月21日］がスペイン王カルロス1世［在位：1516年〜1556年］として即位し、スペイン・ハプスブルク朝が始まる。

カール大公は神聖ローマ皇帝カール5世［在位：1519年〜1556年］としても即位し、ドイツで始まったプロテスタントの宗教改革に対するカトリック教会の擁護者となった。ハプスブルク帝国の絶頂期に君臨し、近世における最も重要な人物の一人である。

その治世は、欧州統合を果たしたカール大帝［742年4月2日〜814年1月28日］以来の歴史的欧州概念の創造者、体現者と言われる。カール大帝は768年に弟のカールマンと共同統治＝分国統治したが、カールマンが771年に早世したため、以降の43年間、70歳過ぎで死去するまで単独の国王として長く君臨し、「ヨーロッパの父」と呼ばれた。現代におけるEU統合はしばしば「カールの帝国の再現」と称される。

さらにスペイン王カルロス1世［＝カール大公］の当時は、大航海時代の真っ只中にあり、「太陽の沈まない国」と称され、欧州から新大陸、アジア［フィリピン］に至る世界帝国を築き上げた。

スペイン王カルロス1世＝神聖ローマ皇帝カール5世の理想は、オットー1世［912年11月23日〜973年5月7日］が、神聖ローマ帝国の初代皇帝［在位：962年〜973年］以来、有名無実化していた神聖ローマ帝国を統一し、最終的には西ヨーロッパの統一とカトリック的世界帝国の構築であった。

オットー1世は、東フランク王国国王［在位：936年〜973年］、ザクセン朝第2代の王、オットー大帝とも呼ばれる。

だが、覇権を争うフランス王国との戦い、宗教改革の嵐、スレイマン1世が率いるオスマン帝国との相次ぐ戦いに阻まれ、あと一歩のところで目的は果たせなかった。晩年は長年の痛風と相次ぐ戦争に疲れ果て自ら退位し、修道院に隠棲した。しかし、その理想は気宇壮大で、後々から現代に至るまで偉大な皇帝として敬愛されている。

16世紀前半、エルナン・コルテス、ペドロ・デ・アルバラード、フランシスコ・ピサロをはじめとするコンキスタドーレス［中南米を征服・探検・植民地経営などを行ったスペイン人の征服者たち〕がアステカ文明、マヤ文明、インカ文明など米大陸の文明を滅ぼす。

グアナファト銀山から得た富は、オスマン帝国や英国との戦争によって流出した

米大陸の住民は、インディオと呼ばれ、奴隷労働によって金や銀を採掘させられ、ポトシ*〔ボリビアの南部の都市〕やグアナファト〔メキシコ・グアナファト州の州都〕の銀山から得た富は、オスマン帝国や英国との戦争によって英国やオランダに流出し、ブラジルの富とともに、マルクス経済学的に言えば、西欧先進国の資本の本源的蓄積*の始まりを担うことになった。これにより、以降5世紀に及ぶラテンアメリカの従属と低開発が定まった。

スペイン帝国は最盛期、南米、中米の大半、メキシコ、北米南部と西部、フィリピン、グアム、マリアナ諸島、北イタリアの一部、南イタリア、シチリア島、北アフリカのいくつかの都市、現代のフランスとドイツの一部、ベルギー、ルク

センブルク、オランダを領有していた。

また、1580年にポルトガル王国のエンリケ1世［1512年1月31日〜1580年1月31日］が死去しアヴィシュ王朝が断絶すると、これ以降、スペイン王がポルトガル王を兼ねている。

エンリケ1世は、ポルトガル王国アヴィス朝の国王［在位：1578年〜1580年］で、「枢機卿王」あるいは「純潔王」と呼ばれる。マヌエル1世と2番目の王妃マリア・デ・アラゴン*の息子で、ジョアン3世の弟。エンリケ1世は、もともと王位に即《つ》くとは思われていなかったので、ブラガ大司教、エヴォラ大司教、異端審問所長官を経て、枢機卿に就任し、植民地に派遣するためイエズス会士をポルトガルへ招こうと努力したことで知られている。

スペインは、植民地からもたらされた富によって16世紀から17世紀のヨーロッパにおける覇権国的地位を得た。

ハプスブルク朝のカルロス1世［1516年〜1556年］とフェリペ2世［1556年〜1598年］の治世が最盛期でスペインは初めて「太陽の没することなき帝国」となった。海上と陸上の探検が行われた大航海時代であり、大洋を越える新たな貿易路が開かれ、欧州の植民地主義が始まった。探検者＝征服者たちは貴金属、香料、嗜好品、新たな農作物とともに新世界に関する新たな知識をもたらした。この時期はスペイン黄金世紀と呼ばれる。

＊ポトシ　首都ラパスから南東に約４４０㎞に位置する。アンデス山脈中の盆地にあり、標高約４０００m。人が住む都市としては、世界最高地点。乾燥気候であるために植生には乏しい

＊西欧先進国の資本の本源的蓄積　封建社会が解体し、資本主義的生産様式が成立する前提条件としての資本と賃労働力が創出される歴史的過程。原始的蓄積

＊王妃マリア・デ・アラゴン　アラゴン王フェルナンド2世とカスティーリャ女王イサベル１世の娘

スペインは無敵艦隊がアルマダの海戦で英国に敗れて弱体化を開始した

しかし、スペインは、16世紀末から17世紀にかけて、あらゆる方面からの攻撃を受けた。急速に勃興したオスマン帝国と海上で戦い、イタリアやその他の地域

でフランスと戦火を交えた。

さらにプロテスタントの宗教改革運動との宗教戦争の泥沼に巻き込まれた。その結果、スペインは欧州と地中海全域に広がる戦場で戦うことになった。

しかし、スペインの無敵艦隊*が1588年、アルマダの海戦*で英国に敗れて弱体化を開始する。三十年戦争「1618年〜1648年」にも部隊を派遣。白山の戦い*の勝利に貢献し、ネルトリンゲンの戦い*では戦勝の立役者となるなど神聖ローマ皇帝軍をよく支えた。この裏で、スペインは、莫大な財政援助も行っていた。

*スペインの無敵艦隊　フェリペ2世が、英国制圧のために派遣した艦隊

*アルマダの海戦　イングランド侵攻のため、1588年7月から8月に英仏海峡で行われた諸海戦の総称

*白山の戦い　1620年11月8日、ボヘミア＝現在のチェコ共和国＝の首都プラハ近郊の山、白山でのハプスブルク軍勢力とボヘミアのプロテスタント貴族との間で勃発した戦闘

*ネルトリンゲンの戦い　三十年戦争中の1634年9月6日にドイツのネルトリンゲン郊外で行われた戦い、スウェーデン軍およびドイツ・プロテスタント諸侯のハイルブロン同盟と、皇帝の継

嗣ハンガリー王フェルディナントを総司令官とする、神聖ローマ皇帝軍およびスペイン軍が交戦し、皇帝軍が勝利

数々の戦争は、スペインの国力を消耗させ、衰退を加速させた

しかし、スペインが、見返りに期待していた皇帝軍の八十年戦争*参戦やマントヴァ公国継承戦争*への参戦は実現しなかった。

戦争の終盤にはフランスに手痛い敗北を受けている。これら数々の戦争はスペインの国力を消耗させ、衰退を加速させた。

1640年にはポルトガル王政復古戦争によりブラガンサ朝ポルトガルが独立し、1648年にはオランダ共和国独立を承認、1659年にはフランス・スペイン戦争を終結させるフランスとのピレネー条約*を不利な条件で締結するなど、スペインの黄金時代は終わりを告げている。

＊八十年戦争　1568年から1648年にかけてネーデルラント諸州がスペインに対して反乱を

起こした戦争。これをきっかけに後のオランダが誕生したため、オランダ独立戦争と呼ばれる
＊マントヴァ公国継承戦争　ゴンザーガ家の直系男子がひ弱なヴィンチェンツォ2世・ゴンザーガをもって1627年、断絶すると、マントヴァは新たな支配者となったフランスでの分枝ゴンザーガ＝ネヴェルス家のもとでゆっくりと衰退、マントヴァ継承戦争が勃発し、1630年には3万6000人もの帝国軍側傭兵ランツクネヒトによってマントヴァは包囲され、黒死病が町に蔓延、マントヴァはこの大災害から回復することはなかった
＊ピレネー条約　三十年戦争さなかの1635年に始まり、三十年戦争終結後も継続していたフランスとスペインの間のフランス・スペイン戦争の終戦条約で、1659年に二つの国の間を流れるビダソア川にある島であるフェザント島で締結

初代征夷大将軍・坂上田村麻呂が、東北の端である青森まで遠征して金山を押さえた

日本では683年ごろ、**「富本銭《ふほんせん》」**と呼ばれる「銭貨」がつくられたと推定される。708年に発行された和同開珎より年代は古く、日本で最初の貨幣とされ

る。

この貨幣が実際に流通したのか、単なる厭勝銭《えんしょうせん》［まじない用に使われる銭］として使われたに留ったかについては学説が分かれている。

元明天皇の慶雲五年［七〇八年］、日本初のニギアカガネ［自然銅］が秩父の地で見つかり、朝廷に献上された。それがきっかけとなり、日本最初の流通貨幣**「和同開珎」**が鋳造された。

朝廷は、勅使を遣わし祝山《いわいやま》に神籬［神霊の宿るところ］を建てて金山彦尊を祀り祝典を挙げている。

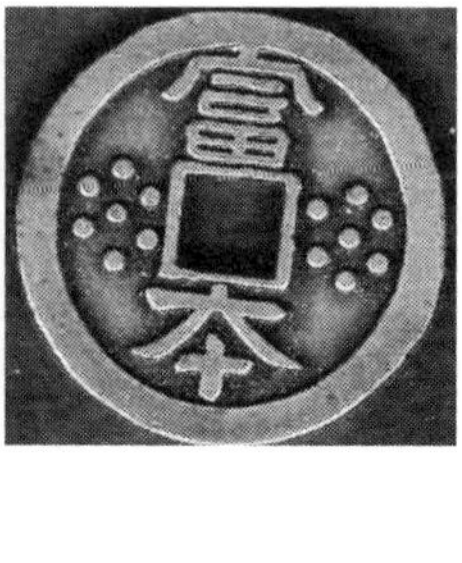

「出雲大社の近くには石見銀山があります。これがなぜ大和朝廷が長く続いたかということに関係します。初代征夷大将軍は、坂上田村麻呂でした。当時は、京都より西が日本で、征夷というのは夷敵を成敗する大将軍です。坂上田村麻呂は、東北の端である青森まで遠征して何をしたかというと、金山

の権利を全部押さえたのです」

「黄金の国ジパング」日本は、金銀鉱山に恵まれてきた

日本は、ヴェネツィア共和国の商人・冒険家のマルコ・ポーロ［1254年9月15日〜1324年1月9日］が、ヨーロッパへ中央アジアや中国を紹介した「東方見聞録」のなかで「黄金の国ジパング」と称したように、佐渡金銀山、甲府金山はじめ東北地方の金山を含めて金鉱山に恵まれてきた。

島根県大田市にある石見銀山［2007年に世界遺産登録］は、戦国時代後期から江戸時代前期にかけて最盛期を迎えた日本最大の銀山で、世界の銀の約3分の1を産出したとも推定されている。

「日本でお金を払ってものを買うということが本格的に始まったのは、平清盛のときでした。宋との貿易を盛んにした。通貨は銅銭だった。銅の硬貨でモノを買うという文化が日本にできた。源頼朝が鎌倉に幕府を開き、室町幕

府になり、江戸幕府になった。

何が最大の原因かというと、要するにお金をつくる権利、いまでいう日銀を摂政関白に代わって武士が握った。そして朝廷を奉って、二重政権をつくった。朝廷にお金を献上していた。

武田信玄は、秦ファミリーだが、画期的な金属鋳造技術を持っていた大久保長安が、甲府金山で大判小判をつくった。これが、日本で最初の金貨です。

武田信玄は経済的に強かったので、戦《いくさ》を始めると、兵糧を集めることができた。織田信長と徳川家康が、武田家を滅ぼしたけれど、家康は、武田家の家臣のほとんどを召し抱え、とりわけ大久保長安を重用し、小判をつくらせました」


大久保長安［天文14年＝1545年〜慶長18年4月25日＝1613年6月13日］は、猿楽師の大蔵太夫十郎信安の二男として生まれる。

長安の祖父は春日大社で奉仕する金春流の猿楽師で、父の信安は、大和国から播磨国大蔵に流れて大蔵流を創始、猿楽師として甲斐国に流れ、武田信玄お抱えの猿楽師として仕えるようになったという。

長安は信玄に見出されて、猿楽師ではなく家臣として取り立てられ、譜代家老であった土屋昌続《つちやまさつぐ》の与力に任じられたという。このとき、姓も大蔵から土屋に改めている。

土屋昌続は、金丸虎義の二男で武田24将の一人である。

金丸氏は、清和源氏流武田氏一門で、甲斐守護武田信重の子、金丸光重を祖とする。虎義は譜代家老で、武田晴信の守役であったという。昌続は、永禄4年［1561年］の川中島の戦いにおける戦功で桓武平氏三浦氏流土屋家の名跡を継ぎ、以降は信玄側近・奉行衆としての活動が見られ、永禄11年［1568年］初めには土屋姓へ改姓している。

長安は蔵前衆として取り立てられ、武田領国における黒川金山などの鉱山開発や税務などに従事、信玄没後は武田勝頼に仕えた。

天正3年［1575年］の長篠の戦いでは、兄の新之丞や寄親の土屋昌続は出陣して討死していたが、長安は出陣していなかった。天正10年［1582年］、織田信長・徳川家康連合軍の侵攻［甲州征伐］によって、甲斐武田氏は滅亡する。

全国の金銀山の統轄を任された大久保長安も金銀採掘量低下で徳川家康の寵愛を失う

その後、長安は、家康の近臣で旧武田家臣の成瀬正一を通じて金山に関する才能に恵まれていることを売り込み、家康に仕えるようになり、大久保忠隣の与力に任じられ、その庇護を受けることとなる。

この際に名字を賜り、姓を大久保に改めた。天正10年6月、本能寺の変で信長が死去して甲斐が家康の領地となる。長安は、釜無川や笛吹川の堤防復旧や新田開発、金山採掘などに尽力し、わずか数年で甲斐国の内政を再建したと言われている。天正18年［1590年］の小田原征伐後、家康は関東に移ることになる。

このとき、長安は伊奈忠次や青山忠成、彦坂元正らとともに奉行に任じられ、家康が関東に入った後の土地台帳の作成を行い、家康が関東で家臣団に所領を分配するときに、大いに役立った。

関東250万石のうち、100万石が家康の直轄領となった際、長安は、元正、忠次とともに関東代官頭として、家康直轄領の事務差配の一切を任され、天正19年［1591年］には家康から武蔵国八王子［後に横山］に9万石を与えられた。

また、家康に対して武蔵国の治安維持と国境警備の重要さを指摘し、八王子五百人同心の創設を具申して認められ、旧武田家臣団を中心とした八王子五百人同心が誕生した。

慶長4年［1599年］には同心を倍に増やすことを家康から許され、八王子千人同心となる。

慶長5年［1600年］の関ヶ原の合戦後、豊臣秀吉の支配下にあった佐渡金山や生野銀山などのすべてが徳川家康の直轄領になると、長安は、大和代官、石見銀山検分役、佐渡金山接収役、甲斐奉行、石見奉行、美濃代官に任じられた。

慶長8年［1603年］2月12日、家康が将軍に任命されると、長安も特別に従五位下石見守に叙任され、家康の6男・松平忠輝の附家老に任じられた。さらに佐渡奉行、所務奉行［後の勘定奉行］に任じられ、同時に年寄［後の老中］に列せられた。慶長11年［1606年］2月には伊豆奉行にも任じられた。

つまり長安は家康から全国の金銀山の統轄や、関東における交通網の整備、一里塚の建設などの一切を任されていたのである。

しかし、晩年、全国鉱山からの金銀採掘量の低下から家康の寵愛を失い、慶長18年［1613年］4月25日、卒中のために死去した。享年69。

中国とオランダは交易により日本の小判を取りに来ていた

「江戸時代には、まず小判、丁銀がある。これは銀貨。あとは銅銭。この三種類でした。

レートの基準になっているのは銀。だから銀座といい、銀行といいます。

江戸時代に鎖国していたというが、中国とオランダとは交易をしていました。

彼らは何をしに来ていたかというと、日本の小判を取りに来ていた。

オランダと中国は、いろんなモノを持って来るが、日本人が何でそれらのモノを買うか。小判で買う。

しかも、彼らはレートを誤魔化して、いっぱい金を持ち帰りました。それで、あの当時、オランダと中国は栄えた。オランダの王朝は、いまでも物凄く権威があります」

「悪貨は良貨を駆逐する」

元禄時代、金銀産出量の減少と5代将軍・徳川綱吉の放漫財政によって財政難に陥った幕府は、出目による差益を狙って品位を落とした元禄小判を鋳造した。このことによってインフレとなった。

6代将軍徳川家宣・7代将軍家継の治世、主に将軍侍講［政治顧問］の新井白石と側用人の間部詮房らが実権を担った正徳の治では、元禄小判を改めて、もとの慶長小判と同質の正徳小判を鋳造したが、実情を無視したものでデフレを招き、かえって経済の混乱をもたらした。

8代将軍・徳川吉宗は、享保の改革を断行した当初、正徳小判と同質の享保小判を鋳造した。ところが、後に江戸の物価抑制の意味もあって再び金の含有量を落とした元文小判を鋳造した。

天明時代には、老中の田沼意次が、重商主義政策を進め、貨幣流通量の増加と金銀貨幣の一本化をめざして**南鐐二朱銀**《なんりょうにしゅぎん》をつくらせた。

南鐐二朱銀とは、金貨の通貨単位を担う計数貨幣として「金代わり通用の銀」と呼ばれ、「南鐐」という特別の銀を意味する呼称を冠した。「南鐐」とは「南挺」とも呼ばれ、良質の灰吹銀、つまり純銀という意味であり、実際に南鐐二朱銀の純度は98％と当時としては極めて高いものであった。

「鉱山から銀を掘り出していくと、埋蔵されている銀はどんどん減っていく。そうすると、最終的にどうなるか。

『悪貨は良貨を駆逐する』という言葉にあるように、他の金属を混ぜるようになり、どんどん純度が落ちて、最終的にはわずか2％の割合の銀貨になった。こうなると、もはや銀貨とはいい難い。

この純度の低い銀貨が流通すると、小判をほぼ100%の純度だったものを、50%にしたら、物価が倍になった。いまでいうところのインフレになります。

やがてペリーが来る。ロシアも来る。日本に開国を迫りに来たが、真の目的は何だったか。彼らは、金を取りに来ていました。それが本当に目的でした。小判を取りに来たのです。

これは後に国際金融の元になっていく。江戸時代に流通していた小判の量は、ハンパじゃない。現代の単位でいうと、何百万トンもの金が流通していました。

ペリーが開国を迫り、井伊直弼が通称条約を結んで、神戸や横浜が開港され、いろんなモノを持って来てレートを誤魔化して、ゴソッと持って行ってしまった。だから、『天皇の金塊』と言われるのです」

日本の金は、まさにフォーナインの金で物凄く品質が良かった

「日本の金は、物凄く品質が良かった。まさにフォーナインの金。

だから、開国により日本から出ていった金が、劣化しないまま世界中に残っている。それが本当の歴史です。

坂本龍馬は、不正なレートで取引されて、盗まれているのも同然に、どんどん日本から金が出ていっていることに気づいた。船中八策の中で指摘しています。

つまり、10円程度のものを1000円で買わされているようなものです。それは、いまの時代も同じです。

たとえば、ガソリンは原油も含めて、米国の10倍近い価格で買わされたりしていました」


土佐藩士の間では長刀をさすことが流行していた。

龍馬の旧友が龍馬と再会したとき、龍馬は短めの刀をさしていた。そのことを指摘したところ、「実戦では短い刀のほうが取り回しがよい」と言われ、納得した旧友は短い刀をさすようにした。

再会したとき、旧友が勇んで刀を見せたところ、龍馬は懐から拳銃を出し「銃の前には刀なんて役にたたない」と言われ、納得した旧友は早速、拳銃を買い求めました。

3度目に再会したとき、旧友が、購入した拳銃を見せたところ、龍馬は、万国公法〔国際法〕の洋書を取り出し、「これからは世界を知らなければならない」と言った。旧友は、「最早、ついていけない」と言ったという。

龍馬は、西郷隆盛に対し、「ワシは、世界の海援隊をやります」と語り、その様子を同席していた陸奥宗光がことあるごとに回想して語ったという。

坂本龍馬が「船中八策」に書き残した「金銀の交換レート」の不平等

その龍馬が、「船中八策」を残している。

一策　天下ノ政権ヲ朝廷ニ奉還セシメ、政令宜シク　朝廷ヨリ出ヅベキ事
二策　上下議政局ヲ設ケ、議員ヲ置キテ万機ヲ参賛セシメ、万機宜シク公議ニ決スベキ事
三策　有材ノ公卿諸侯及天下ノ人材ヲ顧問ニ備ヘ、官爵ヲ賜ヒ、宜シク従来有名無実ノ、官ヲ除クベキ事
四策　タト国ノ交際広ク公議ヲ採リ、新ニ至当ノ規約ヲ立ツベキ事
五策　古来ノ律令ヲ折衷シ、新ニ無窮ノ大典ヲ撰定スベキ事
六策　海軍宜シク拡張スベキ事
七策　御親矢ヲ置キ、帝都ヲ守護セシムベキ事
八策　金銀物貨宜シク外国ト平均ノ法ヲ設クベキ事

以上八策は、方今天下の形勢を察し、之を宇内《うだい》万国に徴するに、之を捨てて他に済時の急務あるべし。苟《いやしく》も此数策を断行せば、皇運を挽回し、国勢を拡張し、万国と並立するも亦敢て難《かた》しとせず。伏《ふし》て願《ねがは》くは公明正大の道理に基《もとづ》き、

一　一大英断を以て天下と更始―新せん。

公議政体論の下、憲法制定、上下両院の設置による議会政治、不平等条約の改定、海軍力の増強、御親兵の設置、金銀の交換レートの変更など、当時としては画期的な条文が平易な簡潔な文章として記されている。龍馬との親交があった福井藩政治顧問・横井小楠の影響が色濃く出ている。

「八策」目は、「金銀の交換レートが国内と国外で異なっていると、二国間で金銀の交換を行うだけで利益を上げられるので、貿易や物価安定に好ましくない」という経済政策である。農本主義を基本としてきた封建体制の日本が、いよいよ資本主義経済社会の仲間入りをする息吹と意欲がよく伝わってくる。

明治政府が、帝国憲法制定、議会開設まで、政府機構を何度も改変し、紆余曲折したのと比較すると、龍馬が、「船中八策」作成に当たり、いかに鋭い先見性を持ち、時代を先取りして、文章化していたか。これを知れば、龍馬の経済に強い政治家としての天才ぶりが、よく窺われる。

金を通貨価値の基準とするしくみ「金本位制度」

金本位制の理念は、古くからあった。東ローマ帝国の**ソリドゥス金貨**は「$マーク」の由来にもなっている。

しかし、金貨を貨幣として実際に流通させるには希少価値が高すぎ、金貨を鋳造するための地金が絶対的に不足していたので、蓄財用として退蔵されるか、せいぜい高額決済に用いられるかという程度であった。

「金《きん》は世界中で通用します。だが、持ち運びが不便なので、各国の中央銀行が、金庫に保管している金と同じ額の『紙』を発行した。これが紙の貨幣＝『紙幣』の始まりです。

金を通貨価値の基準とするしくみを『金本位制度』といいます。

英国が１８１６年に貨幣法［55 GeorgeIII.c.68］で**ソブリン金貨**［発行は１８１

7年」と呼ばれる金貨に自由鋳造、自由融解を認め、唯一の無制限法貨としてこれを1ポンドとして流通させることにしてからです。

すなわち、金1オンス［31・1035グラム］＝3ポンド17シリング10ペンス半と定め、1ポンドの金貨鋳造を始めました。これが法的制度として初めて実施されるようになった金本位制の始まりと言われています。

発行した紙幣と同額の金を常時保管し、金と紙幣との兌換を保証するというものです。日本では明治政府が1897年［明治30年］に金本位制度を採用しました」

その後、ヨーロッパ各国が次々と追随し、19世紀末には、金本位制は国際的に確立した。
日本では1871年［明治4年］に「新貨条例」を定めて、新貨幣単位円とともに確立された。だが、金準備が充分でなかった。しかも、まだ経済基盤が弱かっ

たので、日本からは正貨である金貨の海外流出が続いた。このため、金銀複本位制を経て、暫時銀本位制に変更され、日清戦争後に金本位制に復帰した。

金の輸出禁止と通貨の金兌換停止

しかし、第一次世界大戦［1914年7月28日〜1918年11月11日、戦場＝欧州、中東、アフリカ、中国、太平洋］が勃発した影響を受けて、各国政府とも金本位制を中断し、管理通貨制度に移行する。

これは、戦争によって増大した対外支払のために金貨を政府に集中させる必要があったことから、金の輸出を禁止、通貨の金兌換を停止せざるを得なくなったからである。また世界最大の為替決済市場であった英国ロンドンのシティが戦局の進展により活動を停止したため、各国間での為替手形の輸送が途絶していた。

日本は1913年12月末の時点で、日銀正貨準備は1億3000万円、在外正貨2億4600万円であり、在外正貨はすべてロンドンにあり、外貨決済の8〜9割をロンドンで行い、シベリア鉄道で送っていた手形輸送が1914年8月に途絶した。

世界大恐慌が広がり、すべての国が金本位制を離脱した

第一次世界大戦後、米国が1919年に金本位制に復帰し、これを皮切りに、再び各国が金本位制に復帰した。

だが、1929年10月24日にニューヨーク証券取引所で株価が大暴落し、「暗黒の木曜日」〔Black Thursday〕と言われた。これを端緒として世界的な規模で各国の経済に波及した金融恐慌、経済後退が起き、世界大恐慌が広がった。このため、金本位制が再び機能しなくなり、フランスが1937年6月に金本位制から離脱した。これを最後にすべての国が金本位制を離脱した。

日本では、1923年〔大正12年〕9月1日午前11時58分32秒、関東大震災が発生した影響で、金本位制への復帰の時期を逸していた。

この間、インフレの傾向が強まり、為替相場も暴落したため、金解禁〔金輸出解禁〕論が強まり、浜口雄幸内閣は1929年〔昭和4年〕11月21日、金解禁の大

蔵省令を公布、1930年〔昭和5年〕1月11日、実施した。すなわち金輸出・金兌換の解禁を断行した。

だが、世界恐慌が拡大しつつあった時期であり、1931年9月18日、大日本帝国陸軍関東軍が奉天郊外の柳条湖の満州鉄道線路を爆破、中国側の行為として関東軍が総攻撃を開始するいわゆる「満州事変」が起きた。加えて、英国が金本位制停止などに踏み切ったことから、金解禁による不況は、恐慌にまで深刻化した。

こうしたことから1931年12月13日に成立した犬養毅内閣は即日、初閣議で金本位制を停止、金輸出再禁止を決定した。以後、金本位制は復活せず、管理通貨制度が世界的体制となった。

米ドル金為替本位制を中心とするブレトン・ウッズ体制＝ＩＭＦ体制

第二次世界大戦後、1944年7月、連合国44カ国が、米国のニューハンプシャー州ブレトン・ウッズに集まり、第二次世界大戦後の国際通貨体制に関する会議を開き、国際通貨基金［International Monetary Fund＝ＩＭＦ］協定などを結んだ。その結果、国際通貨制度の再構築や、安定した為替レートに基づいた自由貿易に関する取り決めを行った。すなわち、米ドル金為替本位制を中心としたこの体制をブレトン・ウッズ体制または、ＩＭＦ体制という。

国際通貨基金［ＩＭＦ］は、１９４５年12月に発効したＩＭＦ協定に基づいて、１９４6年3月に設立、本部は米国のワシントンＤ．Ｃ．に置き、１９４７年３月に業務を開始、加盟国は現在１８８カ国になっている。国際通貨基金体制、いわゆるブレトン・ウッズ体制が創設された。要するに通貨と為替相場の安定化を目的とした国際連合の専門機関である。

他国経済が疲弊するなか、米国は世界一の金保有量を誇っていたので、各国は米国の通貨米ドルとの固定為替相場制を介し、間接的に金と結びつく形での金本位制となった。

しかし、米国は、１９６０年代にベトナム戦争や対外的な軍事力増強などを行った結果、大幅な財政赤字を抱えることとなり、国際収支が悪化、大量のドルが海外に流出した。

米国は金の準備量をはるかに超えた多額のドル紙幣の発行を余儀なくされたことから、金との交換を保証できなくなり、1971年8月15日、ニクソン大統領はドルと金の兌換、すなわち、交換停止を発表した。これによりブレトン・ウッズ体制は崩壊し、米ドルは信用を失って大量に売却され、大暴落した。

スミソニアン協定の発足と終焉

その後、米国政府はこの変更に対して先進国と各国通貨を増価するための交渉に入り、1971年12月18日のスミソニアン博物館での会議において、G10*はスミソニアン協定を締結した。

この協定では、各国は米ドルに対して自国通貨を増価することで合意した。このスミソニアン協定で1米ドル＝38オンスとドルの価値を下げつつも金本位制の性格を維持しようとしていた。

だが、それはすぐに少なすぎ、または一時的な恩恵にすぎないことが判明し、1973年にはドルの金の交換価値は38・02ドルから42・22ドルへと再編成された。そればかりでなく、欧州通貨に対するさらなるドルの減価が起きた。つまり、早くも1973年3月にはスミソニアン体制の終焉が訪れたのである。

＊G10　1962年10月に国際通貨基金の一般借入取極＝GAB＝への参加に同意した国、つまり米国、英国、フランス、ドイツ、日本、イタリア、カナダ、オランダ、ベルギー、スウェーデンのグループ。1984年4月にスイスが新たにGABに参加したため、現在の参加国は11カ国。名称はG10のままになっている。このグループが開催する財務大臣・中央銀行総裁会議を指すこともある

名実ともに「管理通貨制度」の世の中になった

各国政府は依然として、基本的には需要と供給の市場原理に基づいて為替相場を決定する変動相場制を実行する「スミソニアン協定で決められたプラスマイナス2％以内の幅に為替相場を維持する」のに苦労していた。

だが、主要通貨は互いの通貨に対して変動し始めていた。英ポンドなどいくつ

かの通貨はそれ以前に変動為替相場制［floating exchange rate system、為替レートを外国為替市場における外貨の需要と供給の関係に任せて自由に決める制度。フロートあるいはフロート制とも呼ぶ］を始めていた。

だが、１９７３年2月には、日本が変動為替相場制に移行、続く3月にはＥＣ諸国も変動為替相場制に移行し、先進国の通貨は、金本位制が有名無実化する形で離脱することになり、１９７６年1月には、ＩＭＦで変動相場制と米国ドルの金本位制廃止が確認され、１９７８年4月に協定発効に伴って、先進国の通貨における金本位制は完全に終焉した。

日本の本位金貨［旧1、2、5、10、20円、新5、10、20円］も第二次世界大戦後は、すでに名目化している状態であった。それが、１９８７年制定、１９８８年4月施行の「通貨の単位及び貨幣の発行等に関する法律」により１９８８年3月31日限りで通用停止になり、名実ともに「管理通貨制度」の世の中になった。

米連邦政府は、過去に大統領令で2回だけ国債を発行して、いまだに完全処理していない

米国はどうして財政ピンチに陥ったのか。
何度もデフォルトの危機に見舞われて、国防費まで削減している。

「米国の中央銀行にあたるものをFRB〔フェデラル・リザーブ・ボード〕といいますが、米国には中央銀行がありません。
フェデラル・リザーブ・バンクというのは、米国の50の州の3つか4つにまたがってある12の地方銀行のことです。その地方銀行が発行した地方債を、一般的に米国の国債と称しています。厳密には国債ではありません。ニクソンショック以降、その地方債をずっと長年にわたって、日本と中国に買わせていました。日本が買った分が6000兆円、中国が4000兆円。2010年にデフォルトしています。

むかしは、米国債は金利が11%～12%で、これの動向によって経済指標が変わるなどと言われていました。しかし、そうしたことが言われていたのは2009年までで、最近は耳にしません。破綻したから言われなくなっただけです。破綻して、その借金は残ったままです。それを穴埋めしなければなりません。

中国に対して、4000兆円穴埋めしなければならないのです。習近平国家主席が米国に強気なのは、そのことを言っているからです。オバマ大統領が2009年に中国に関して、『世界銀行から1%で資金をリースしたので、タクスフォース（軍隊）が捕まえなければいけない』という内容の大統領令を出しましたが、習近平国家主席からオバマ大統領は『分割統治でもなんでもいいが、そんなことを言うならあの4000兆円を返してよ』と言われるのが怖くて中国に行けない。

韓国も多少あります。韓国の金額は少ない。一番多く買っているのは日本です。そもそも米国は、中央銀行がないから、本当の意味での国債が発行できない。仕方がないから助けてやろうということです。

中央銀行がない米国が、国債を発行するときには、米国大統領の大統領令で発行しています。過去に大統領で国債を発行したのは、2回だけです。最初は1931年の**フーバー大統領**です。ニューディール政策で、フーバーダムを作りました。それから、1933年のフランクリン・ルーズベルトのときです。このときは銀本位制が終わって、1934年から金本位制に変わっています。

フーバー大統領のときのものは、台湾の宋王朝が持っています。**フランクリン・ルーズベルト大統領**のときのものは、ドール・ロスチャイルド、つまりI．I．D．Oが持っています。

両方とも全部合わせて日銀の元副総裁が幹部を務めている金融機関に渡しています。

国債は1枚が100億ドルです。シルバーコインに基づいて起こしたもので大統領の承認が確認できる原因証書がついています。これが数万兆円あります。

米国債は、米国建国以降、この2回しかありません。これはいろいろと歴史的経緯があってこのような結果になっているのですが、元副総裁が『自分の金融機関の業績が悪いし、手数料収入が欲しい。ちゃんと処理します』と言って、3年前に持って行ったと言われています。ところがいまだに処理できない。なぜ処理できないのか？　能力を疑います」

アイゼンハウアー大統領が警告していた「悪の戦争経済」と「軍産複合体」の危険性

米国は、「大戦争をしなければ、生きていけない誠に哀れな殺人国家」になり果てている。

第二次世界大戦の英雄・**アイゼンハウアー大統領**［米陸軍元帥、第二次世界大戦中のヨーロッパの連合軍最高司令官］が1961年1月、退任演説において、「軍産複合体の存在」を指摘、告発し、警告していた。それは、いわゆる「悪の

戦争経済」だ。

軍産複合体が国家・社会に過剰な影響力を行使する可能性、議会・政府の政治的・経済的・軍事的な決定に影響を与える可能性がある。

――

米国での軍産複合体は、軍需産業〔ロッキード・マーチン社、ボーイング社を頂点とする約6000社〕と軍〔国防総省のような軍官僚〕と政府〔議会、行政〕が形成する政治的・経済的・軍事的な連合体である。アフガニスタン・イラク戦争が、「300兆円戦争」と言われているように膨大な戦費が、米連邦政府を困難に陥れている。しかも、アフガニスタン戦争では1000人以上、イラク戦争では、6200人もの将兵が戦死している。

さらに、米国は、新たに「第三次世界大戦」を勃発させせなければ、軍需産業を生き延びさせられず、米国経済を再建できないという「ド壺」に嵌っている。まさに、「軍産複合体」を抱えていることこそが、米国最大の「ジレンマ」とも言える。

すなわち、米国は、国防総省〔ペンタゴン〕と軍需産業の「癒着」と「利権の構造」を維持するために、永遠に大戦争を止めることができない。大戦争は、米国にとっての麻薬、モルヒネなのである。国防総省は、常に戦争の危機を煽っていなければ、連邦政府の国防予算を獲得できず、削減されてしまう。
ロッキード・マーチン社、ボーイング社をはじめとする約6000社の軍需産業は、仕事がなくなると従業員とその家族は、生きていけなくなるので、いつも戦争の危機を煽り続け、10年に一度のペースで大戦争を引き起こさなくてはならなくなっている。

米国学者が「米国は2030年までに滅亡する」と警鐘を鳴らしている

「米国は2030年までに滅亡する」と米国学者が警鐘を鳴らしているという。それほど、米国は疲弊しているのか？

「確かに米国の富裕層がどんどん海外に流出しているという情報が日本にも伝わってきており、あのマイクロソフト社創業者の**ビル・ゲイツ**でさえ、日本の軽井沢に80億円掛けて要塞のような邸宅を建設し地下シェルターを作っている。米国内の治安が悪化しているのが最大の理由で、富裕層が、治安が良好な日本に向かって脱出してきているという。

1％の富裕層に99％の貧乏人、この富裕層に富の大部分が集まっていて、ひどい格差社会に陥っているので、貧困層の不満や怒りが、富裕層に集まって行くというのは、極めて当然のことだ。

しかし、『米国が2030年までに滅亡する』というのは、ただごとではない。なぜ、こんな説が学者たちの間から出てくるのか。

考えられることは、いわゆる『悪の戦争経済』が、遂に米国を支え切れなくなってきているのではないかということだ。

第二次世界大戦後、米国は世界各地で大戦争にかかわってきたけれど、その大半で敗北している。朝鮮戦争は、休戦状態のままで、決着がついていない。ベトナム戦争は北ベトナムに敗北した。イラン・イラク戦争は、イラクのフセイン大統領を支援してイランと戦わせたものの勝負がついていなかった。

湾岸戦争も大勝利とは言えない。イラク国内の外から攻撃したにすぎないのである。アフガニスタン空爆・イラク戦争は、米軍の事実上の敗北のままで、アフガニスタンから駐留米軍は完全撤退できないで困り果てている。フランス軍、英国軍が加わってマリを空爆した戦争に、米国は参戦するだけの余力がなかった。

世界大戦後10年刻みで行ってきた戦争で、米国は、ロッキード・マーチン社をはじめとする軍需産業6000社を潤わせてきた。だが、それ以上に戦費がかかっており、収支決算は巨額の赤字となっている。

儲かるハズの『悪の戦争経済』でなぜ儲からないのか。それは、勝利しても、いわゆる『戦利品』が得られてないからだ。出費ばかりがかさむのでは、米国経済が疲弊するのは当たり前である」

米国は「悪の戦争経済」の損失を穴埋めしようと、「第三次世界大戦」を策動してきた

2030年まであと15年しかないので、米国は「悪の戦争経済」の損失を穴埋めしようと、「第三次世界大戦」［イスラエルとイランの核戦争、パキスタンとインドの核戦争、インドと中国の核戦争、朝鮮半島の核戦争］を策動しようとしていると言われている。

だが、多数の人々を殺りくして得られる「利益」によって、米国が繁栄するとは考えにくい。やはり、正道を歩んで、稼いでいくのが一番であり、「2030年滅亡」説をくつがえす最善の道であろう。

「ペンタゴンは日本の**湯川秀樹博士**から**アインシュタイン**が教えてもらった核分裂の技術を使い、悪魔のマンハッタン計画を実行しました。これはチャーチルとルーズベルトが仕組んだ芝居であります。ナチス・ドイツが原爆を

開発しているからと嘘をつき、アインシュタイン、オッペンハイマーらの優秀な科学者を騙しました。

オッペンハイマーは日本の広島と長崎に原爆が投下されたとの報告を受けたとき、一瞬にして髪が真っ白になり老人のようにやつれたそうです。

これは第二次大戦に参加を渋っていたアメリカの世論を動かすために仕組んだ真珠湾攻撃と同じであります。

以下に1951年のアメリカ外交委員会の公聴会での、**ダグラス・マッカーサー**の発言を引用します。

日本の皆さん、先の大戦はアメリカが悪かったのです。
日本は何も悪くありません。
日本は自衛戦争をしたのです。
イギリスのチャーチルに頼まれて、対ドイツ参戦の口実として、日本を対米戦争に追い込んだのです。

アメリカは日本を戦争に誘い込むためにイジメにイジメぬきました。

そして最後通牒としてハルノートを突き付けました。

中国大陸から出て行けだの、石油を輸入させないなど、アメリカに何の権利があったというのでしょう。

当時、アジアのほとんどの国が白人の植民地でした。

白人はよくて日本人は許さなかったのです。

ハルノートのことは、私もアメリカの国民も知りませんでした。

あんな物を突き付けられたら、どんな小さな国でも戦争に立ち上がるでしょう。

戦争になれば圧倒的な武力でアメリカが勝つことは戦う前から分かっていました。

我々は戦後、日本が二度と白人支配の脅威とならないよう周到な計画を建てました。

アメリカは知っていたのです。

国を弱体化する一番の方法はその国から自信と誇りを奪い、歴史を捏造することだと。

戦後アメリカはそれを忠実に実行していきました。

日本がアジアを白人の植民地から解放しようとしたという本当の理由を隠すため大東亜戦争という名称を禁止し、代わりに太平洋戦争という名称を使わせました。

東京裁判は、お芝居だったのです。

アメリカが作った憲法を日本に押し付け、戦争ができない国にしました。

公職追放をしてまともな日本人を追い払い、代わりに反日的な左翼分子を大学など要職にばら撒きました。

その教え子たちが今マスコミ・政界などで反日活動をしているのです。

徹底的に検閲を行い、アメリカにとって都合の悪い情報は日本国民に知らせないようにしました。

ラジオ・テレビを使って戦前の日本は悪い国だった、戦争に負けて良かったのだと日本国民を騙しました。

これらの政策が功を奏し、今に至るまで独立国として自立できない状態が続いているのです。

私は反省しています。

自虐史観を持つべきは、日本ではなくアメリカなのです。

戦争終結に不必要な原子爆弾を二つも使って何十万人という民間人を虐殺しました。

最後に私が生きていた時の証言を記して謝罪の言葉としたいと思います。

＊　＊　＊

私は日本について誤解をしていました。

日本の戦争の目的は、侵略ではなく自衛のためだったのです。

太平洋において米国が過去百年間に犯した最大の過ちは、共産主義を中国において強大にさせたことでした。東京裁判は誤りだったのです。

日本は八千万人に近い膨大な人口を抱え、その半分が農業人口で、あとの半分が工業生産に従事していました。

潜在的に、日本の擁する労働力は量的にも質的にも、私がこれまで接した何れにも劣らぬ優秀なものです。

歴史上のどの時点においてか、日本の労働力は人間が怠けているときよりも働き、生産している時の方が幸福なのだということ、つまり労働の尊厳と呼んでよいようなものを発見していたのです。

これまで巨大な労働力を持っているということは、彼らには何か働くための材料が必要だという事を意味します。彼らは工場を建設し、労働力を有していました。

しかし彼らには手を加えるべき材料を得ることができませんでした。

日本原産の動植物は、蚕を除いてほとんどないも同然でした。

綿がない、羊毛がない、石油の産出がない。

錫がない、ゴムがない、他にもないものばかりでした。

その全てがアジアの海域に存在したのです。

もしこれらの原料の供給を絶ちきられたら、一千万から一千二百万の失業者が日本に発生するであろうことを彼らは恐れたのです。

したがって日本が戦争に飛び込んでいった動機は、大部分が安全保障の必要に迫られてのことだったのです。
アメリカ上院軍事外交合同委員会の公聴会にて
1951年5月3日
ダグラス・マッカーサー

アメリカには情報公開法という法律があります。

どんな外交上重要な機密文書でも閲覧することができます。

この本を読まれる方がどういうふうに解釈されるかは自由です。

ただ、これが紛れもなく真実であるということだけはご理解いただきたいと切に願います。


また、皆さんが日頃使っておられるインターネットについても述べさせていただきます。

ペンタゴンは核戦争が起きたときに一方向の通信だと通信できなくなるた

め、世界中に蜘蛛の巣を張るような通信網をつくりました。

WWW［WORLD WIDE WEB］です。

当初はアーパネットと呼んでいましたが、ベルリンの壁が崩壊して東西冷戦が終結した後に民間に商用として開放し、名前がインターネットに変わりました。

皮肉なことに、これにより国際金融、国際政治の分野でいままでは隠せていた不都合な真実が隠せなくなりました。

従いまして地球レベルでの新しい基軸をつくらないと地球の秩序を維持できなくなってしまいました。

これについては後の章で説明させていただきます。

これを危機と捉えるか、また地球の正常化のチャンスと捉えるかは各自の心が決めることです。

私は人類の歴史上かつてない最大の好機であると考えています」

これから日本は、米国とどう付き合えばいいのか

大東亜戦争後70年、日本国民はこれから、「国家衰亡」が見えてきた「実験国家」米国とどう付き合うか。

フリーメーソン・イルミナティの「実験国家」である米国は、1776年7月4日建国〔独立記念日〕からわずか238年を経たばかりの国家である。

シュメールを起源として、6000年の歴史、皇紀元年＝西暦紀元前660年を起源とすれば、2674年の歴史を持つ日本から見れば、まだ足下にも及ばない青二才の国家である。

その米国が、日米和親条約を締結〔1854年3月31日＝嘉永7年3月3日、日本側全権・林復斎・大学頭、アメリカ側全権・東インド艦隊のマシュー・ペリー司令長官との間で締結〕して以来、友好関係を結んでいた日本を徹底的に叩きのめし、壊滅させる必要がなかったにもかかわらず、敗戦に追い込んだ。

その後70年にわたり、米国は10年サイクルで戦争を勃発させ、その結果、苦難の道を歩んでいる。このままでは、米国は「巨額の戦費」の重圧と多数将兵消耗に苦しめられて、「国家衰亡」という奈落への道を確実にころがり落ちていく運命から逃れることはできなくなる。

日本国民は、この米国とどう付き合っていくかを真剣に考えなくてはならない大きな岐路に立たされている。

結論的に言えば、日本は、「滅びゆく米国」と運命を共にするのは、何としても回避しなくてはならない。「実験国家」米国の実験は、失敗に終わっているからである。

米国の言いなりになって追随していけば、日本は必ず、奈落への道連れにされて、再び「国家存亡の憂き目」に遭わされる。

何となれば、オバマ大統領が、ロシアのプーチン大統領をウクライナ戦場に引きずり込み、「第三次世界大戦」を勃発させようと懸命に策動しているからである。

日本国民はいまこそ、世界のゴールドマン・ファミリーズ・グループが推し進めている「地球連邦政府樹立」「地球連邦軍創設」に向けて全面協力していく決意を固めるべきときなのだ。

そのためには、「新しい国づくりを目指す勢力」を結集しなければならず、**安倍晋三首相**が中心となって動かしている「戦前の日本を、取り戻す勢力」に対して決然と戦いを挑まなくてはならないのである。

米国が、「国家衰亡」という誤った道に突き進むことになったのは、**フランクリン・ルーズベルト大統領**［ルーズベルトのドイツ語読みは、ユダヤ系のローゼンベルク］が、フリーメーソン・イルミナティの仕組んだもう一つの「実験国家」であったソ連のスターリンと手を組んだときから始まっていた。

このことを指摘して、ルーズベルト大統領を「諫めた」のは、大日本帝国海軍の**市丸利之助**［1891年9月20日～1945年3月26日］中将［戦死による特進］であった。

佐賀県東松浦郡久里村［現在の唐津市］出身で、1944年［昭和19年］に第二十七航空戦隊司令官として硫黄島に赴任し、硫黄島の戦いで戦死した。1945年3月26日、総攻撃をかけて戦死したと推定される直前、ルーズベルト大統領に宛てた「ルーズベルトニ与フル書」という手紙を認めて、部下に託した。この手紙は戦後、米国内で有名となる。

ルーズベルトニ与フル書

日本海軍市丸海軍少将書ヲ「フランクリン　ルーズベルト」君ニ致ス。我今我ガ戦ヒヲ終ルニ当リ一言貴下ニ告グル所アラントス。

日本ガ「ペルリー」提督ノ下田入港ヲ機トシ広ク世界ト国交ヲ結ブニ至リシヨリ約百年此ノ間日本ハ国歩艱難ヲ極メ自ラ慾セザルニ拘ラズ、日清、日露、第一次欧州大戦、満州事変、支那事変ヲ経テ不幸貴国ト干戈ヲ交フルニ至レリ。之ヲ以テ日本ヲ目スルニ或ハ好戦国民ヲ以テシ或ハ黄禍ヲ以テ讒誣シ或ハ以テ軍閥ノ専断トナス。思ハザルノ甚キモノト言ハザルベカラズ。

貴下ハ真珠湾ノ不意打ヲ以テ対日戦争唯一宣伝資料トナスト雖モ日本ヲシテ其ノ自滅ヨリ免ルヽタメ此ノ挙ニ出ヅル外ナキ窮境ニ迄追ヒ詰メタル諸種ノ情勢ハ貴下ノ最モヨク熟知シアル所ト思考ス。

畏クモ日本天皇ハ皇祖皇宗建国ノ大詔ニ明ナル如ク養正〔正義〕重暉〔明智〕積慶〔仁慈〕ヲ三綱トスル八紘一宇ノ文字ニヨリ表現セラルル皇謨ニ基キ地球上ノアラユル人類ハ其ノ分ニ従ヒ其ノ郷土ニ於テソノ生ヲ享有セシメ以テ恒久的世界平和ノ確立ヲ唯一念願トセラルヽニ外ナラズ。之曾テハ

四方の海皆はらからと思ふ世に　など波風の立ちさわぐらむ

ナル明治天皇ノ御製〔日露戦争中御製〕ハ貴下ノ叔父「テオドル・ルーズベルト」閣下ノ感嘆ヲ惹キタル所ニシテ貴下モ亦熟知ノ事実ナルベシ。

我等日本人ハ各階級アリ各種ノ職業ニ従事スト雖モ畢竟其ノ職業ヲ通ジコノ皇謨即チ天業ヲ翼賛セントスルニ外ナラズ　我等軍人亦干戈ヲ以テ天業恢弘ヲ奉承スルニ外ナラズ。

我等今物量ヲ恃メル貴下空軍ノ爆撃及艦砲射撃ノ下外形的ニハ退嬰ノ已ムナキニ至レルモ精神的ニハ弥豊富ニシテ心地益明朗ヲ覚エ歓喜ヲ禁ズル能ハザルモノアリ。之天業翼賛ノ信念ニ燃ユル日本臣民ノ共通ノ心理ナルモ貴下及「チャーチル」君等ノ理解ニ苦ム所ナラン。今茲ニ卿等ノ精神的貧弱ヲ憐ミ以下一言以テ少ク誨ユル所アラントス。

卿等ノナス所ヲ以テ見レバ白人殊ニ「アングロ・サクソン」ヲ以テ世界ノ利益ヲ壟断セントシ有色人種ヲ以テ其ノ野望ノ前ニ奴隷化セントスルニ外ナラズ。之ガ為奸策ヲ以テ有色人種ヲ瞞着シ、所謂悪意ノ善政ヲ以テ彼等ヲ喪心無力化シメントス。近世ニ至リ日本ガ卿等ノ野望ニ抗シ有色人種殊ニ東洋民族ヲシテ卿等ノ束縛ヨリ解放セント試ミルヤ卿等ハ毫モ日本ノ真意ヲ理解セント努ムルコトナク只管卿等ノ為有害ナル存在トナシ曾テノ友邦ヲ目スルニ仇敵野蛮人ヲ以テシ公々然トシテ日本人種ノ絶滅ヲ呼号スルニ至ル。之豈神意ニ叶フモノナランヤ。

大東亜戦争ニ依リ所謂大東亜共栄圏ノ成ルヤ所在各民族ハ我ガ善政ヲ謳歌シ卿等ガ今之ヲ破壊スルコトナクンバ全世界ニ亘ル恒久的平和ノ招来決シテ遠キ

ニ非ズ。

卿等ハ既ニ充分ナル繁栄ニモ満足スルコトナク数百年来ノ卿等ノ搾取ヨリ免レントスル是等憐ムベキ人類ノ希望ノ芽ヲ何ガ故ニ嫩葉ニ於テ摘ミ取ラントスルヤ。只東洋ノ物ヲ東洋ニ帰スニ過ギザルニ非ズヤ。卿等何スレゾ斯クノ如ク貪欲ニシテ且ツ狭量ナル。

大東亜共栄圏ノ存在ハ毫モ卿等ノ存在ヲ脅威セズ却ッテ世界平和ノ一翼トシテ世界人類ノ安寧幸福ヲ保障スルモノニシテ日本天皇ノ真意全ク此ノ外ニ出ヅルナキヲ理解スルノ雅量アランコトヲ希望シテ止マザルモノナリ。

翻ッテ欧州ノ事情ヲ観察スルモ又相互無理解ニ基ク人類闘争ノ如何ニ悲惨ナルカヲ痛嘆セザルヲ得ズ。今「ヒットラー」総統ノ行動ノ是非ヲ云為スルヲ慎ムモ彼ノ第二次欧州大戦開戦ノ原因ガ第一次大戦終結ニ際シソノ開戦ノ責任ノ一切ヲ敗戦国独逸ニ帰シソノ正当ナル存在ヲ極度ニ圧迫セントシタル卿等先輩ノ処置ニ対スル反撥ニ外ナラザリシヲ観過セザルヲ要ス。

卿等ノ善戦ニヨリ克ク「ヒットラー」総統ヲ仆スヲ得ルトスルモ如何ニシテ「スターリン」ヲ首領トスル「ソビエットロシヤ」ト協調セントスルヤ。凡ソ世界ヲ以テ強者ノ独専トナサントセバ永久ニ闘争ヲ繰リ返シ遂ニ世界人類ニ安寧幸福ノ日ナカラン。
卿等今世界制覇ノ野望一応将ニ成ラントス。卿等ノ得意思フベシ。然レドモ君ガ先輩「ウイルソン」大統領ハ其ノ得意ノ絶頂ニ於テ失脚セリ。願クバ本職言外ノ意ヲ汲ンデ其ノ轍ヲ踏ム勿レ。

市丸海軍少将

米ソ冷戦の末に、ソ連は1991年12月25日、**ミハイル・ゴルバチョフ大統領**が辞任し、これを受けて東欧諸国をはじめ各連邦構成共和国が主権国家として独立したことに伴い、解体された。

だが、「実験国家」ソ連を見習って建国した中華人民共和国が、やはり「実験国家」として失敗し、いま「崩壊の危機」に直面している。

にもかかわらず、「共産主義的帝国主義・植民地主義」を東シナ海、南シナ海、太平洋地域、中央アジア、中東、

アフリカ、中南米諸国に振り撒き、摩擦を引き起こしているうえに、米国との軍事衝突の危機が高まっており、このなかで、「パキスタンとインドの核戦争」「インドと中国との核戦争」「朝鮮半島との核戦争」勃発の可能性が取り沙汰されている。

これらの危機を回避するためにも、日本国民は、世界のゴールドマン・ファミリーズ・グループが推し進めている「地球連邦政府樹立」「地球連邦軍創設」に向けて全面協力していく決意を固めるべきときなのだ。そのためには、「新しい国づくりを目指す勢力」を結集しなければならないのである。

硫黄島の戦いについては、大日本帝国陸軍の小笠原兵団長〔兼第109師団長〕として陸海軍硫黄島守備隊を総指揮〔小笠原方面最高指揮官〕し、守備隊指揮官として戦死した栗林忠道〔1891年7月7日～1945年3月26日〕大将〔戦死による特進〕が、米国映画「硫黄島からの手紙」〔クリント・イーストウッド監督、主演・渡辺謙〕でも描かれているけれど、いま、市丸利之助中将の「ルーズベルトニ与フル書」をじっくり噛みしめてみる必要がある。

第2章

これが知られざる金融の基礎知識だ／世界銀行の巨額資金、300人個人委員会、フラッグシップ、サイナー

国際金融機関「世界銀行」の誕生

第二次世界大戦後の世界秩序は、国際連合を中心に確立することになった。国際連合は、第一次世界大戦後に設立された国際連盟［1919年～1946年］が、第二次世界大戦を防げなかった反省を踏まえて設立された。中心になったのは、米国、大英帝国、旧ソ連、フランス、中華民国などの第二次世界大戦の連合国であった。

1945年4月から6月にかけてアメリカ・サンフランシスコで開かれたサンフランシスコ会議で国連憲章が署名され、同年10月24日に正式に発足した。発足時の原加盟国は、大英帝国やソ連の構成国であった一部の国を含めた51カ国であった。

国連が示している目的［国連憲章1条］は、次の三つである。

①国際平和・安全の維持

②諸国間の友好関係の発展

③経済的・社会的・文化的・人道的な国際問題の解決のため、および人権・基本的自由の助長のための国際協力

これらの目的を達成するため、総会、安全保障理事会、経済社会理事会、信託統治理事会、国際司法裁判所、事務局という6つの主要機関と、多くの付属機関・補助機関が置かれている。加えて、数多くの専門機関・関連機関が国連と連携して活動しており、全体として巨大かつ複雑な国連システム［国連ファミリー］を形成している。

次に、大事なのは、国際開発金融機関「世界銀行」である。

「世界銀行［World Bank、略称：WB］には、『The committee of 300』＝『300の個人委員会』があります。これが、いわゆる『Golden Families Group』［ゴールドマン・ファミリーズ・グループ＝世界のロイヤルファミリー］のことです」

300の個人委員会は、1727年に英国の東インド会社の300人の会議を

もとにして、英国貴族によって設立された。フリーメーソンの第33階級、最高大総監に相当する。

それは英国の東インド会社アジア貿易を目的に設立された、英国の勅許会社であった。アジア貿易の独占権を認められ、17世紀から19世紀半ばにかけてアジア各地の植民地経営や交易に従事した。

300の個人委員会は、以下のようなメンバーで構成されている。

まずは「王族」である。

2011年現在、世界には27の王室が存在している。その中で、

デンマークの王室グリュックスブルク家〔10世紀まで遡るヨーロッパ最古〕

英国ウィンザー朝〔現王室の初代はドイツ人〕

スウェーデン・ベルナドッテ王朝〔現王室の初代はフランス人〕

スペイン・ボルボーン朝〔現王室の初代はフランス人〕

タイ・チャクリー王朝

オランダ・オラニエ＝ナッサウ家

ベルギー・ベルジック家〔王室の初代はドイツ人〕

トンガ・ツポウ家
ノルウェー・グリュックスブルク家［現王室の初代はデンマーク人］
ブータン・ワンチュク朝
サウジアラビア・二聖モスクのサウード家
バーレーン・ハリーファ　など

「なお、歴史が最も古い日本の天皇は別格扱いとなります。

日本は世界最古の君主国であり、世界最古の皇室を持つ国。皇室に名字がない事実も、天皇の王朝の古代史に遡る古さを示しています。世界で唯一万世一系＝男子の系統が続いています。

歴史上、女性天皇はすべて一代限りの男系の女性天皇で、女系天皇＝母親だけが皇族の天皇は一度も存在していなせん。

日本皇室は、日本神話上は紀元前660年初代天皇即位・記紀説、現実的には、4世紀ごろと目されています。

聖徳太子が593年には推古天皇の摂政になっており、歴史的には日本の現王朝は6世紀以降には王朝交代した証拠はなく、少なくとも1500年もの間存続しています。

1500年以前に存在した他の君主家で今日なお在位しているものは、世界のどこにもありません。このことから日本は、世界銀行の巨額資金を動かすホスト・カントリーになっています」

それから「イルミナティ13家」。これは、

バンディ家［グラント、ガーフィールド、チェスター・A・アーサー、ルーズベルト、ケネディ、ジョンソンなど］

コリンズ家

デュポン家［火薬産業で成功、GMを傘下に収め、化学業界も独占］

フリーマン家

ケネディ家［アイルランド出身、麻薬や禁酒法時代に酒密輸入などマフィア犯罪で財を成す。英国王室とも深く関与。ジョン・F・ケネディがいる。初代はスコットランド貴族ブライアン・ケネディ］

李家［億万長者で香港を仕切る李嘉誠、中国の李鵬元首相、李先念元首相、シンガポールの李光耀元首相など］

オナシス家［海運王やケネディ未亡人ジャクリーヌとの再婚で知られているアリストテレス・ソクラテス・オナシスは、「イルミナティの王」］

ロックフェラー家［初代石油王ジョン・デイ・ロックフェラー1世により、瞬く間に財を成した体現した一族］

ロスチャイルド家［イルミナティの中でも最強の一族。「世界の富を半分支配している」「ユダヤの王」］

ラッセル家

ファン・ダイン家

ダビデの血流である。

そして「貴族」であるエティエンヌ・ダヴィニオン子爵［1932〜］でビルダーバーグ名誉議長を務めたベルギー人。

こうした構成となっている。

巨額資金を「世界銀行」へ寄付したのはゴールドマン・ファミリーズ・グループ

「資金元のお金は、王族、貴族、財閥などのゴールドマン・ファミリーズ・グループのメンバーで、その中心はロスチャイルドなどの財閥でありました。

戦後ということもあってどこの国の財政もほぼ破綻していたので、財産を持っているロスチャイルドなどの財閥や王族が世界銀行に寄付をしました。

とくに戦勝国である米国、英国、フランスの王族、貴族、財閥は、戦争で巨額の利益を得ており、そのなかから寄付したのです。

1945年に世界銀行をつくって、復興のために使ってくださいということです。第二次世界大戦が終わって、戦後復興をしなければならなくなりました。

大英帝国の**チャーチル首相**はフランクリン・ルーズベルトが大統領であったアメリカを戦争に引き込みたかったので、ハルノートを偽装して、日本をまんまと陥れ、

パールハーバーで騙し討ちをさせました。そこまで日本を戦争に追い込んで、最後は原爆まで落としました。
だから、米国と英国が、日本の復興は責任をもって行うために資金提供するのは当然の帰結です。このため、世界銀行を含めて組織ができ、日本は世界銀行から復興資金を借りました。その後、驚異的な速度で復興を成し遂げ1970年には一部を返済しながら、逆に資金を拠出するまでになりました」

世界銀行が持っている巨額資金は現在、どのくらいの規模になっているのか。

「世界銀行に計上されているのは、34桁のUSドル［日本円で36桁］と言われています。これが運用に乗せられているのでどんどん膨れ上がっています」

天文学的な巨額資金は、安全に守られているのか？

「世界銀行、IMFはワシントンにあるので、この巨額資金は、ペンタゴンが管理し、米CIAが守っています」

世界はたった300人の代理人で方針を決めて、動かしている

ところで、ゴールドマン・ファミリーズ・グループのメンバーは、世界銀行の会議に、いつも出席するのか。

「世界銀行の内部資料には、承認としてのサインがなされていますが、実際にゴールドマン・ファミリーズ・グループのメンバーが世界銀行の会議に出ているかというと、そうではありません。

欧州最大財閥ロスチャイルド総帥ジェイコブ・ロスチャイルドが出席しているかというと、出席していません。たとえば国際弁護士等が代理人として専任された上で権利を委任され出席しています。しかし、世界はたった300人の人たちが方針を決めて動かしているのです。

それを統括している機関が、国際連合です。

ロスチャイルドの代理、つまりロスチャイルド財閥およびその関連財閥と、世界の王族すべてを代表して**エリザベス女王**がサインをしています。

最終承認の文書には、以下の各機関の代表者がサインします。

世界銀行、国連、国際刑事裁判所、ＩＭＦ、国際決済銀行、国際司法裁判所、ファイナンシャルタスクフォース、バチカン、ホワイトハウス、ＦＲＢ、米国財務相です。実は、エリザベス女王は、**ジェイコブ・ロスチャイルド**の代理人なのです」

エリザベス女王は実は、ジェイコブ・ロスチャイルドの代理人だった

世界銀行の主な役割は、国際金融世界の秩序維持である

世界銀行は、各国の中央政府から債務保証を受けた中央銀行並びに商業銀行に

対し融資を行う国際機関である。

「日本でいうと中央銀行である日本銀行と、日本銀行の歳入代理店〔いわゆる商業銀行＝メガバンク、地方銀行〕であり、信用金庫や信用組合は銀行法の適用外なので含まれません」

当初は、国際復興開発銀行を指したが、1960年に設立された国際開発協会と合わせて世界銀行と呼ぶ。

「戦後の復興をするためにつくられた機関です。アジア開発銀行などの世界の開発銀行が一緒になって世界銀行と呼んでいます。実際にはIMFも含めたいくつかの機関が合わさった名称です」

IMF〔国際通貨基金〕とともに、第二次世界大戦後の金融秩序制度の中心を担ってきた。

「国際金融世界の秩序維持が主な役割です。本部は米国ワシントンD．C．にあり、ニューヨークではありません。加盟国は184カ国です。いわゆる商業銀行でも中央銀行でもありません。ピラミッドの頂点に世界銀行があります」

1944年7月、ブレトン・ウッズ会議において国際通貨基金とともに国際復興開発銀行の設立が決定され、国際復興開発銀行は1946年6月から業務を開始した。

設立当初、国際通貨基金は国際収支の危機に際しての短期資金供給、世界銀行は第二次世界大戦後の先進国の復興と発展途上国の開発を目的として、主に社会インフラ建設など開発プロジェクトごとに長期資金の供給を行う機関とされ、両者は相互に補完しあうよう設立された。

「ある国の国債がダメになったりして破産しそうになったら、お金を貸します。韓国が、世界を股にかけた名うての博徒と言われたジョージ・ソロスの通貨攻撃を浴びて、外貨準備金400億ドルが底をつき、国家倒産の危機に陥ったとき、IMFから借金して一度5年間、厳しい管理下に置かれました」

世界銀行の決済はドルなのか？

「決済通貨はUSドルと決まっています」

発展途上国などに支援する場合もドルなのか？

「USドルですが、各国間のスワップ協定があるので、その日のレートで換算して送金するのが慣例です。送金するときは、通信回線を利用して送金するので紙幣で送金するわけではありません。

それ以外に、日本がホストカントリーになっているので、日本は独自で円借款をしているのですが、もとのプールは同じです。お札を刷るのも大変です。運ぶのも大変なので、通信回線を使って処理しています。昔は予約手形かテレックスで送金していました。世界の中央銀行並びに商業銀行のほとんどは世界銀行のアカウントがあり、そこから送金されています」

ゴールドマン・ファミリーズ・グループの決定に基づく３００人の個人委員会の目的

この世の中から貧困をなくすプロジェクト［Humanitarian Economic Development Program］の目指すところは、以下である。

①人として最低限の生活ができる人権を確立する。
②スカラーシップ［scholarship］誰もが教育を受けられるようにする。
③ヘルスケア［health care］誰もが公平に医療を受けられるようにする。
④アニュイティ［annuity］生きていくのに必要最低限のお金を得られる技能を身

につけられるようにする。

さらに道路や橋や空港といった産業インフラをつくること［National Economic Development Program］もその目的となる。

農業分野、教育施設、産業の育成＝雇用の創出も、もちろん含まれる。


「これらが、いわゆる世界のゴールドマン・ファミリーズ・グループの決定に基づいた300人の個人委員会の目的です。

これによって、地球連邦政府［ワンワールド］の恒久平和を目指すという理念で方針を決め、食糧もお金もふんだんにあるわけですから、一部の人間が独占するのではなく、公平に分配しましょうということが、第二時大戦終了後から決まっていました。

そのために関連国際機関を創設して、そうした目的に向かっていたのに、その目的に反してうまくいきませんでした。ですから、いったん、今までしていたことをやめて、新しく見直して新しい基軸をつくって、この目的が達成されるように世界全部を再構築し直すというのが現在進行中の状況です」

ソヴィエト連邦は決定には賛成したものの条約を批准せず、出資金を払い込まなかったために世界銀行に加盟できず、このために冷戦終結に至るまで世界銀行の社会主義圏における活動は低調なものとなった。

「国際条約というのは、批准してはじめて適用されるので、ロシアは参加しているのだけれど批准していないから、お金はシェアできませんでした。一応、後から入って批准はしたけれどもお金は出していなかったのです」

このころの世界銀行の主要貸し出し国の一つは日本だったのです。

「日本は戦争中の米軍の爆撃により、焼野原になりました。何にもないため、日本銀行が世界銀行からお金を借りて、東京オリンピックを開催したり新幹線をつくったりしました。

国営企業労働関係法〔公共企業体等労働関係法〕の適用を受けた公共企業体と

国の経営する企業であった日本国有鉄道・日本専売公社・日本電信電話公社の3公社と、郵便・国有林野・印刷・造幣・アルコール専売の各事業［5現業］を行う国営企業である3公社5現業がつくられました。当時は国営企業でなければ日銀から直接資金を入れられなかったからです」

1952年に世界銀行に加盟するまで、敗戦国日本は米国経由で復興資金を借りていた

日本は1952年に世界銀行に加盟した。

「日本は1951年まではGHQに占領されていたので、加盟できなかったのです。1951年にサンフランシスコ講和条約を締結して独立したので、1952年に加盟しました。

その間はどこからお金が入ってきたかというと、マッカーサー率いるGHQから入ってきました。米国が世界銀行から借りて、日本に渡したり、食糧

を供給したりしていました。要するに米国経由で復興資金を借りていたのです」

1953年から日本の借り入れが始まり、合計8億6000万ドルを借り入れ、その資金は東海道新幹線などのインフラの整備に充てられた。

「これは明確に記録が残っていますし、伝票もあります」

やがて、1967年には経済成長によって投資適格国から卒業し、日本は1971年には5大出資国の一つとなって、1990年7月には世界銀行からの借金を全額返済した。

「つまりお金を借りる側から卒業したのです。借金を返した後は、逆に世界銀行にお金を出す側になりました。
戦後復興を終えて、国として財政が健全化し、先進国の仲間入りをしました。借金を返し終わったのは、1990年でつい最近のことです。24年前のことであり、いわゆる『空白の20年』というのはこれが関係しています」

先進国復興後、世界銀行は、開発資金援助に特化した

第二次世界大戦後の先進国復興が完了して、復興資金需要がなくなるのに伴い、世界銀行は開発資金援助に特化した。

「これがG7、G8のことです。

連合国も戦争によって建物が壊れたりしてダメージを受けていました。連合国もそれなりに復興しなければならなかったのです。

それらの復興が終わって世界銀行は、発展途上国にお金を出すという役割に特化するようになりました。これがODA〔政府開発援助〕の円借款になります。つまり円借款は、世界銀行と連動しているのです」

また、国際通貨基金も1970年代以降、為替変動相場制を採用する国が増加したのに伴い、1971年8月15日夜［日本時間8月16日午前］、**ニクソン大統領**が、全米に向けたテレビ・ラジオの声明で新経済政策を発表しました。ニクソン大統領の声明の一部は以下の通り。

> 最近数週間、投機家たちはアメリカのドルに対する全面的な戦争を行ってきた。
>
> そこで私はコナリー財務長官に通貨の安定のためと合衆国の最善の利益のためと判断される額と状態にある場合を除いて、ドルと金ないし他の準備金との交換性を一時的に停止するように指示した。
>
> この行動の効果は言い換えればドルを安定させることにある。
>
> ＩＭＦや我々の貿易相手国との全面的な協力の下で、我々は緊急に求められている新しい国際通貨制度を構築するために必要な諸改革を求めるだろう。

主な要点は、金とドルの交換を一時停止、10％の輸入課徴金の導入、価格政策

7		バーバー・コナブル	1986年－1991年
8		ルイス・トンプソン・プレストン	1991年－1995年
9		ジェームズ・ウォルフェンソン	1995年－2005年
10		ポール・ウォルフォウィッツ	2005年－2007年
11		ロバート・ゼーリック	2007年－2012年
12		ジム・ヨン・キム	2012年－（現職）

代		総　裁	任　期
1		ユージン・メイアー	1946年
2		ジョン・ジェイ・マクロイ	1947年－1949年
3		ユージン・ロバート・ブラック	1949年－1963年
4		ジョージ・デビッド・ウッズ	1963年－1968年
5		ロバート・マクナマラ	1968年－1981年
6		アルデン・ウィンシップ・クローセン	1981年－1986年

世界銀行　歴代総裁　※ウィキペディアより

［90日間の賃金・物価凍結］の3点であった。

この新しい経済政策の金とドルの交換停止が、第二次世界大戦後の通貨の枠組みであったブレトン・ウッズ体制を解体することになった。

当時、有効なインフレ対策が打てず、ドルの信認が揺らぎ、ドルの切り下げが避けられず、このため米国は深刻な通貨危機に直面し、ドルを防衛して少なくとも米国の国益を損なわずに、欧米各国と日本との多国間調整を一気に進めようとした。

4カ月後の1971年12月、ドルの切り下げを容認して、新しい固定相場でスミソニアン体制がスタートしたが、ドル不安が再燃して、各国とも固定相場制を維持することができず、わずか1年半後に変動相場制に各国とも移行した。前述した通りである。

加盟国の国際収支から国内金融秩序安定へその監視助言業務の比重を次第に移した。

世界銀行ロバート・マクナマラ総裁が、国際運用資金の本格的な運用を始める

「それが証券業法取引監視委員会だったり、国際決済銀行だったりしました。世界金融のピラミッドの頂点は世界銀行です。世界銀行が頂点で、その下に国際通貨基金［ＩＭＦ］、各国中央銀行があって、世界銀行を補完する形で国際決済銀行［ＢＩＳ］があります」

この動きを積極的に進めたのが、第５代世界銀行総裁に就任した**ロバート・マクナマラ**［１９１６年６月９日〜２００９年７月６日、１９６１年から１９６８年までジョン・Ｆ・ケネディ、リンドン・ジョンソン大統領の下で国防長官、１９６８年から１９８１年まで世界銀行総裁］である。

「ロバート・マクナマラは、フォードを建て直した人物です。マスタングという車を、同じ金型で少しだけ形を変え塗装を変えて、低コストで大量につくって大ヒットさせた超一流のビジネスマンです。当時、潰れそうだったフォードを優良企業にしました。だから、ベトナム戦争のとき、国務長官に就任しました。

ジョンソン大統領がフォードから引き抜いて、ベトナム戦争を遂行するために国務長官にしたあのロバート・マクナマラが、第5代世界銀行総裁だったのです。彼は、金融政策や会社の経営が超一流で能力が高い。だから、IMFの運用は彼のとき、つまり1968年から始まったのです。

ベトナム戦争で米国が負けたのが1975年です。彼は途中で国務長官を辞めて世界銀行の総裁になっています。ここが分岐点で、ここから国際運用資金の本格的な運用が始まりました。

彼は1968年の総会で融資の額を1969年からの5年間で以前の5年間の倍にすると表明し、彼の下で世界銀行は急速に貸付を拡大し、大きな影響力を持つようになりました」

それまでの財源の中心であった各国の拠出金に変わり、マクナマラは、世界銀行債を積極的に発行することで、市場から資金を調達することに成功し、以後世界銀行の独立性は高くなった。

１９８０年代以降、開発途上国で債務問題がしばしば発生し、また旧社会主義諸国が次々と市場経済制度に移行するに至り、開発途上国の金融制度に関する分野ではその業務に一部重複も見られるようになった。

「ここから貸付になり、ルールが明確になったのです。マクナマラは、世界銀行債というボンド、いまで言うならば世界開発銀行債を発行しました。それが国債の上位になっています。国債というのはその国の政府が保証しています。日本の国債だったら日本国政府が保証しています。これは世界銀行債だから、世界銀行つまり３００人の個人委員会〔ゴールドマン・ファミリーズ・グループ〕が保証しています。だから、絶対にデフォルトしません。なぜならそれだけお金を持っているからです。ここがポイントです。

ここでは天皇家は別格です。『ラストエンペラー』という映画がありましたが、世界でエンペラーと呼ばれるのは、日本の天皇だけです。ほかは、キングかクイーンです。

エンペラーは皇帝であり、世界で皇帝と呼ばれたのは、中国の皇帝かナポレオンか日本の天皇しかいません。キングとかクイーンとは格が違います。

ソブリンというのは、『侍・武士』という意味なので、ソブリン債とは円建てのボンドのことであり、サムライ債といいます。サムライであって天皇ではありません。日本ほどひどくないけれども、業務は当然重複しますが、それは大した問題ではありません」


開発途上国の債務問題に関しては、世界銀行は1980年からIMFと共同で経済危機に陥った途上国に対し、経済支援の条件として構造調整政策の実施を行うよう求めた。

「この一番最たる例が、前述した韓国です。

韓国は朴正煕大統領の独裁政権下、日本の佐藤栄作内閣総理大臣と日韓基本条約を批准して日韓両国の国交を正常化し、米国のリンドン・ジョンソン大統領の要請を受けて、1964年にベトナム戦争に大韓民国国軍を出兵、日米両国の経済支援を得て『漢江の奇跡』と呼ばれる高度経済成長を達成しました。韓国は1960年代から1970年代にかけての朴正煕執政下の高度経済成長により、1970年ごろまで経済的に劣位であった同じ朝鮮民族の分断国家、北朝鮮を経済的に追い越し、最貧国グループから脱しました。

ところが、金大中大統領のとき、IMFに5年間管理されて、経済のシステムから国のシステム、行政体制から、その全部を変えられました。日本で高度な教育を受けた金大中大統領だったからこそ、それができたとも言えます」

これは、肥大化した公的セクターの縮小や改革を促した。

「日本では、中曽根康弘首相が断行した国鉄を民営化しＪＲにしたことや電電公社を民営化しＮＴＴにしたことなど、国営企業を民間会社に変えたのと似ています。

ミルトン・フリードマンが説いた夜警国家は、レーガン大統領が採用しました。

企業というのは、国営化すると、親方日の丸でみんな働かなくなり必ず潰れる。つまり、肥大化した公的セクターは、国営企業、官庁のいわゆる国家公務員、地方公務員、独立行政法人、一般社団法人、財団法人なども含まれます」

各種補助金や公務員の給与の削減によって支出の削減を行うとともに、経済を自由化させて自由競争の下で経済を成長させようというものだった。

「これが資本主義の一番の根本なわけで、そこに公共事業をやってカンフル注射をしても、末期ガンはどうせ死ぬのだから、そんなことをしてはいけない。その国の人たちは同じ国の組織のクビを切ったりすることはなかなかできません。だから世界銀行はお金を貸す条件として、組織のリストラや構造改革を命令します」

しかし、公的部門の縮小によって失業が増大し、教育や医療などの質的低下によって社会不安が増大するなどといった悪影響が大きい。

「ある部分を直すと、一方でほころびが出る。これは人間がやることなので、作用反作用する。要はバランスの問題です」

特にアフリカにおいては、多くの国で構造調整後も経済の沈滞は悪化する一方で、政策は必ずしも成果を挙げていない。

「1960年はアフリカの年といわれて、植民地だったアフリカの国々がどんどん独立していきました。国連に加盟し、規約を批准して世界銀行に加盟しました。

資金を供給するのですが、結局はヨーロッパの人たち、特にフランスが彼らをタダ同然でこき使って搾取して、美味しいところを全部持っていきました。

だから、結局、独立しても自立できません。これが今日まで続いてきています。そういう貧困と、先進国に搾取されているという被害者意識が戦争の原因になっています」


世界銀行の規模が大きくなるにつれ、それを補完する機関が必要となっていき、その結果、1956年には世界銀行では融資できない民間企業に融資を行う国際金融公社が設立され、ついで1960年には世界銀行からの借り入れもできない、貧しい発展途上国向け融資を目的とした国際開発協会ができ、さらに発展途上国と外国投資家との紛争を仲裁する国際投資紛争解決センターが1966年にできた。

最後に途上国への投資に対し保証を与え、加えてサービスや助言をも与える多国間投資保証機関が1988年に設立されて、現在の世界銀行グループが形成された。

「ここがミソです。これを正確に理解しないと、国際金融の話はできません。ここが一番重要です」

世界銀行グループを形成する5つの国際機関

世界銀行グループを形成する国際機関は、5つあり、それを総称して世界銀行グループと呼んでいる。それらは、以下の通りである。

国際復興開発銀行［International Bank for Reconstruction and Development、ＩＢＲＤ］

国際開発協会［International Development Association、ＩＤＡ］＝貧しい国に開発資金を供給する。第二世界銀行とも呼ばれる。

国際金融公社［International Finance Corporation、ＩＦＣ］

多国間投資保証機関［Multilateral Investment Guarantee Agency、ＭＩＧＡ］

国際投資紛争解決センター［International Center for Settlement of Investment Disputes、ICSID］

「日本でしたら、昔は保証協会と言っていましたが、いまは預金保険機構で、住宅ローンを借りるときに、自動的に加入します。万が一債務者が死亡したら住宅ローンの残債を払ってくれる。だから、家族は借金を返さなくてもよく、そのまま住み続けることができます。

それと同じように、投資や貸付に対し保証し、保険をかけて、もし破綻したときはその保険金で処理するというものです。それが国際間で、地球全体のしくみとしてできていて、ルールも全部あります」

世界銀行の意思決定機関である総務会理事会は、25人で構成される

世界銀行の意思決定機関は、総務会である。総務会はすべての加盟国から総務1人と代理1人が参加する。総務会は、国際復興開発銀行と国際開発協会、それ

に国際金融公社をまとめたものが一つと、多国間投資保証機関のみを統括するものが一つある。

なお、各機構への出資額が違うため、同じ総務会でも機構ごとに各国の所持する票数は異なる。総務会は、権限のかなりを理事会に委任している。

理事会は、最大出資国5カ国［2010年までは、米国、日本、ドイツ、英国、フランス］から1人ずつと、そのほかの国から選ばれた20人の合わせて25人で構成される。この20人は加盟国を主に地域別にまとめた選挙区から選出される。中国やロシア、サウジアラビアといった拠出額の大きな国は単独の選挙区を持っているが、英語圏アフリカとフランス語圏アフリカはそれぞれ一つの選挙区となっているなど、出資額の少ない多くの国は大きな選挙区に属している。

「ちゃんと選挙をしています。ただ、出資していないために、投票のための株を持っていない国は、ひとかたまりで一人になっている場合が多いので、ほとんど発言権がありません。

これらはみんな株式会社です。スペシャル・ストックホールディング・カンパニー。つまり日銀と同じ株式会社です。日銀も日銀法に基づくスペシャル・ストックホールディング・カンパニーです」

各国は出資比率に基づき、保有する世界銀行株1株につき1票の投票権を持っている。

「世界銀行も株式会社ですから、議決権のある株を188カ国が1票ずつ持っています」

2010年、最も票数が多いのは米国で、総票数の15・85%を持っている。次いで票数が多いのは日本で6・84%を占め、以下、中国4・42%、ドイツ4・00%、英国3・75%、フランス3・75%、インド2・91%、ロシア2・77%、サウジアラビア2・77%、イタリア2・64%の順となっている。総務と代理には、各国の蔵相や中央銀行総裁が選ばれることが多い。

「現在は、麻生太郎副総理兼財務相と日本銀行の黒田東彦総裁が世界銀行の総務会の委員です。

日本もドイツも枢軸国ですが、世界銀行には敵国条項というものはありません。国際金融の世界では戦争をしたとかそういったことは関係ありません。票数をみても、そんなにマジョリティはなく、平等です」

現在、世界銀行の総務会の委員を務めるのは麻生太郎副総裁兼財務相（上）と黒田東彦総裁（下）

2012年、世界銀行・IMF年次総会が東京で開催された理由

世界銀行総務会はIMFとともに年に1度総会を行い、各種決定を行う。総会は3回のうち2回はIMFおよび世界銀行の所在地であるワシントンDCで行われ、3年に1度はそれ以外の加盟国で行われるのが慣例となっている。

8		ホルスト・ケーラー	ドイツ	2000年 5月1日	2004年 3月4日
代行		アンネ・オズボーン・ クリューガー (英語版)	アメリカ合衆国	2004年 3月4日	2004年 6月7日
9		ロドリーゴ・ラト (英語版)	スペイン	2004年 6月7日	2007年 10月31日
10		ドミニク・ストロス・カーン	フランス	2007年 11月1日	2011年 5月18日
代行		ジョン・リプスキー (英語版)	アメリカ合衆国	2011年 5月18日	2011年 7月5日
11		クリスティーヌ・ラガルド	フランス	2011年 7月5日	(現職)

代	専務理事		国	就任	退任
1		カミーユ・ガット (英語版)	ベルギー	1946年 5月6日	1951年 5月5日
2		イヴァル・ルース (英語版)	スウェーデン	1951年 8月3日	1956年 10月3日
3		ペール・ヤコブソン (英語版)	スウェーデン	1956年 11月21日	1963年 5月5日
4		ピエール＝ポール・ シュバイツァー (英語版)	フランス	1963年 9月1日	1973年 8月31日
5		ヨハネス・ヴィトフェーン (英語版)	オランダ	1973年 9月1日	1978年 6月16日
6		ジャック・ド・ラロジエール (英語版)	フランス	1978年 6月17日	1987年 1月15日
7		ミシェル・カムドシュ (英語版)	フランス	1987年 1月16日	2000年 2月14日

ＩＭＦ　歴代専務理事　※ウィキペディアより

2012年度の総会は開催されるはずであったエジプトでアラブの春による政情不安が起き開催を返上したため、東日本大震災からの復興をアピールするために日本が立候補し、2011年6月6日に日本開催が決定された。こうして、2012年10月9日から14日の日程により東京で総会が行われることになった。

「このときに300人の個人委員会の決定事項を記載した資料が配られました。いわゆる世界中の中央銀行と財務大臣と商業銀行の大きいところに招待状が送られましたが、中国だけが招待されなかった。

中国のチャイニーズドラゴン・ファミリーがキング・アンソニー・マーティンを騙して、世界銀行の規定でリースが4％と決まっていて、米国も4％で借りているのに、27兆USドルを1％で借りたからです。これは明らかな違法行為で罰しなければいけないと国連で決議されています。

しかし、この内容は総会では他の国に出せないので、ダイジェスト版を出しました。内容はほぼ一緒です。漢民族中国共産党の当時の江沢民元国家主席、胡錦濤国家主席、温家宝首相、習近平副主席、李克強副首相。キングとは、漢民族の王族である王慶のことです」

世界銀行の開発資金の調達の方法

世界銀行には各国が出資金を払い込んでいるが、実際には、世界銀行の開発資金のほとんどは、世界銀行債を発行し、金融市場で売ってすべて調達している。

「世界中の銀行で売っていて、世界銀行債を買ってもらいます。それをＩＭＦの運用に乗せる。その世界銀行債のなかに、バンク・ギャランティと本当のボンドの２種類があります。

それをＩＭＦで運用するということは、ゴールドマン・ファミリーズ・グループである３００人の個人委員会から石油、大豆などの先物市場に情報が入ってくるので、そのプログラムをコンピューターに設定して、１日に５００回くらい取引します。もとのパイが大きいので、一月で倍になります。

ＩＭＦは金融機関ではありますが、銀行ではありません。日本でいうと信託銀行に当たります。世界銀行のお金を運用するのがＩＭＦの役目なのです」

総裁は、理事会によって選出される。総裁は世界銀行グループ5社のすべての総裁を兼任し、グループの実務をつかさどる。世界銀行の「President［総裁］」には米国出身者、国際通貨基金の専務理事には欧州出身者が選出されるのが暗黙の了解になっている。世界銀行の副総裁には日本人の**服部正也**［日本人初］、**西水美恵子**が選ばれたことがあり、現在も仲浩史が務めている。

「なぜか、現在の第12代世界銀行総裁は韓国系米国人の**ジム・ヨン・キム**［1959年12月8日〜］です。彼は、医学者、ダートマス大学学長などの経歴を持ち、エイズや結核の治療に積極的に取り組んでいる公衆衛生の専門家で、途上国のエイズ対策にも尽力してきた人物です。

有色人種で初めて韓国人が総裁に選ばれたのは、なぜか。

それは、米国に韓国人が物凄くたくさん移住しているからです。米国の議員は、韓国人の票がないと当選できません。

日本人はとにかく日本から海外へ出たがりません。世界銀行や国連で働いている日本人の比率は全職員の約1％です。先進国のなかで一番少ない。

関連団体としてアジア開発銀行があります。世界銀行には東京事務所もある。富国生命ビルの10階にある。そのビルの地下に公証役場がある。こういった国際的な文書や契約は、そこの公証役場でしかノータリー、つまり認証してくれません。実際は、できないのです。なぜなら、そこにはニューヨーク州の国際弁護士がいて、日本の弁護士には、文書を見てもわからないのです。

公証役場には、日本の最高裁の判事を務めた人が退職後に就任する権利を与えられます。けれども、富国生命ビル地下の公証役場だけは違います」

国際決済銀行（BIS）が、世界中の中央銀行を監視している

国際決済銀行［Bank for International Settlements、略称：BIS］は、通貨価値および

金融システムの安定を中央銀行が追求することを支援するために、そうした分野についての国際協力を推進し、また、中央銀行の銀行として機能することを目的としている組織である。

「これは一番大事です。世界中の中央銀行を監視しています。日本の金融庁みたいなものです。

日本の金融庁は、日銀以外の日本の金融機関を監視しているだけです。それだけしか権限はありません。国際決済銀行は、世界銀行の監視部門で、世界中の中央銀行を監視しています。

しかし、米国は監視できません。なぜかと言えば、中央銀行がないからです。米国ドルは、ないのと同じです。スペシャル・リザーブノートというのは、便宜上使っている単なる決済のための手段であって、中央銀行はなくて、あるのは地方銀行からなる組織で通貨発行権を持つＦＲＢです。中央銀行ではないので国際決済銀行にとって監視対象にはなりません。中央銀行がないのだから、金塊があるわけがないのです」

国際決済銀行は1930年、第一次世界大戦で敗戦したドイツの賠償金支払いを取り扱う機関として設立された。本部はスイスのバーゼル。各国の中央銀行を株主とする銀行として組織されている。中央銀行などの代表が会合を開催する舞台となるほか、金融に関するさまざまな国際的な委員会に対し事務局機能を提供していることでも知られている。

「株主は、世界中の中央銀行です。第一次世界大戦は、日本も戦勝国だったので、日本もドイツからお金をもらわなければいけなかった。けれども、結局、払わなかった。否、払えなかったのです。その支払いの契約、賠償金を定義した契約が、バーゼル条約でした」

BISは、第一次世界大戦後、ドイツの賠償金支払いの行き詰まりを打開するために提案されたヤング案［1930年］の一環として、賠償金の支払いを円滑化させるための機関として設立された。

しかし、大恐慌の深刻化によってドイツの賠償支払いが停止され、ドイツでナチスが台頭し賠償金支払いを拒否したことにより、賠償金の取扱機関としての機能は事実上消滅し、中央銀行間の協力を推進する機能のみが残された。

第二次世界大戦後、戦後の国際金融体制〔ブレトン・ウッズ体制〕の根幹を担う国際金融機関として国際通貨基金が設立されたことに加え、対ナチス協力の疑いもあって、BISはいったん廃止されることとなったが、BISの存続を強力に主張したケインズの尽力などもあり、廃止案は立ち消えとなった。

「ブレトン・ウッズ体制によって世界銀行がつくられて、BIS自体は1930年につくられたけれども、ここで使命・役割が変わった。世界中の中央銀行を監督する『根幹を担う』はずだったのに、ヒトラーが踏み倒した賠償金を含めて、いまここで、すべて帳尻を合わせなければならないのです。バーゼル条約に基づいて取り立てをする機関としては、いったん廃止されることが決まったのですが、ケインズの主張により、廃止されずに役割が変わったのです」

１９７０年代前半まで存続したブレトン・ウッズ体制の下で、金プールの運営にかかる協議が行われるなどＢＩＳは、この体制の安定を確保するための重要な舞台の一つであった。

その後、石油ショックや途上国の債務問題を背景に生じた攪乱的な国際的な資本移動への対処方法の検討に寄与したほか、活発化する国境をまたぐ金融活動に対する規制監督の指針の形成も支援している。

さらに、最近ではグローバル化が進展する下での国際金融システムの安定性確保や円滑な金融政策の運営に向けた国際的な共通理解の形成促進に貢献している。

国際決済銀行は、金の取引の規定を決めて、世界の金塊を管理している

「金の取引の規定を決めているのは、国連でも世界銀行でもない。国際決済銀行です。スイスの銀行が保管している金塊には、金庫番号がふってあり、何トンあるか、原産地はどこで、純度はどのくらいであるかといったことな

どが、ここで管理されています」

日本は、第一次世界大戦の戦勝国として、1930年のBIS創設時には株主となっていたものの、1951年のサンフランシスコ講和条約によってその権利を放棄した。

「日本は、第一次世界大戦の戦勝国だったから株主になれたのです。ナチス・ドイツの借金、つまり債務を放棄しました。戦争が終わる前に、他の連合国は放棄していました。第一次世界大戦のときのバーゼル条約で債券が残っていたのを放棄しているのです。債務放棄しただけですからデフォルトしたのではありません。なぜなら賠償金自体があまりに巨額でありひどすぎました。そのためにナチスが台頭してきたということが表面上の理由になっています。二度と世界大戦を起こさないようにという趣旨で、第一次大戦の戦勝国の債権は、日本が最後まで持っていましたが、連合国軍最高司令部［GHQ］による占領が終わって独立したと同時に放棄しました」

その後、国際金融界への復帰を粘り強く働きかけた関係者の努力の結果、日本は1964年以降、BISで開催される中央銀行の会合への定期的な参加が認められるようになり、1970年には日本銀行が株主として復帰した。

BISは、世界各国の中央銀行が出資する法人であり、2011年現在58カ国の中央銀行が株主となっている。

最高意思決定機関は株主中央銀行の代表が出席する総会［General Meeting］で、組織規定の改正、決算の承認などの権限を有する。年1回、6月末から7月初めに開催されているが、臨時総会の開催も可能となっている。

BISの組織としての運営方針の決定などは理事会が行っている。理事会は2011年現在19人の理事によって構成されており、少なくとも年6回開催される。

2011年当時の理事会の議長はフランス中央銀行総裁**クリスチャン・ノワイエ**、副議長は日本銀行の**白川方**

明総裁でした。白川総裁は当時、この立場を利用して悪いことをしようとしたと言われている。

国際決済銀行の日常業務の運営場所は、日本に配置されている！

日常業務の運営は、総支配人［General Manager］以下の職員が担っており、職員数は600人弱である［2011年現在］。

「日銀のなかには、国際決済銀行の委員会があります。600人のうちの何人かが、日本にも配置されています」

BISは、次のような活動を通じ、その目的を遂行している。

・各国の中央銀行相互の議論を促進し、協働関係を推進すること。
・金融システムの安定に責任を有する中央銀行以外の組織と中央銀行との対話を支援すること。

・中央銀行およびその他の金融監督当局が直面している政策的な課題について調査研究を進めること。
・中央銀行に代わって金融市場取引を行うこと。
・国際的な金融オペレーションに際し代理者または受託者となること。
・各国の中央銀行相互の議論を促進し、協働関係を推進すること。

「金の取引は、中央銀行同士の決済でしか合法ではありません。

それ以外は、中古品として古物商扱いで行う取引となり、運用には乗せられません。それは国際的な取引ではなくて、ただ単に質屋で金を売り買いするのと同じだからです。

インドネシアの金を買おうと思ったら、インドネシアの中央銀行に相当額のお金を払わなければ買えません。また買ってもいけません。メガバンクであろうが、金の取引はやってはいけない。それを監督しているのです。これが本当の金の取引なのです。

日本の所有する金の取引については、国際決済銀行の委員会が日銀にあるので、照合することができます。照合すれば、取引が本物か偽物か、違法か合法かがすべてわかります。
ここに行って、それを見ることができる立場にない人は、何を言ってもウソになってしまいます」

金融システムの安定に責任を有する中央銀行以外の組織と中央銀行との対話を支援する。

「中央銀行以外の組織というのは、中央銀行の歳入代理店である商業銀行のことをいいます。日本だったらメガバンク3行と地方銀行。ネット銀行はこのなかに含まれません」

中央銀行およびその他の金融監督当局が直面している政策的な課題について調査研究を進める。

「これは、警察と同じで、捜査権があり、調べる権利があります。公安と同じです。動くなと言われたら、書類一枚隠せません。それでも隠そうものなら、すぐに捕まって、国際司法裁判所に書類送検されて、処分されます」

中央銀行に代わって金融市場取引を行う。

「実際にはここがやっています。だから国際決済銀行といいます。私の口座は決済型無利息口座になっています。準拠法は民法の消費寄託受託契約の規定です。決済に使う口座ですから、利息がつかないのは当たり前です。その代わり銀行法の適用外ですから、ペイオフの対象外です。つまり、ペイオフでは1人あたり1000万円プラス金利分しか保護の対象になりませんが、日銀により無制限に全額が保護されます。商業銀行が潰れても関係ありません」

国際的な金融オペレーションに際し代理者または受託者となる。

「訴訟問題が起きたときに、委任状をもらって、この人たちが国際司法裁判所に訴えを起こすことができます。委員は、ほとんどが弁護士で単なるバンカーでありません。日本の検察庁や金融庁は権限がないのです」

各国の中央銀行が相互に協力する場としてのＢＩＳの役割を如実に示しているのが、中央銀行の総裁が参加する隔月の諸会合である。

２０１１年11月以降、主要会合の議長はイングランド銀行マービン・キング［Mervyn King］総裁が務めている。スタッフ・レベルでの会合も数多く開催されており、代表的なものとしてバーゼル銀行監督委員会［バーゼル委員会、ＢＣＢＳ］、グローバル金融システム委員会［ＣＧＦＳ］、支払決済委員会［ＣＰＳＳ］、市場委員会、中央銀行ガバナンス・フォーラム、アービング・フィッシャー委員会などがある。

「ここで一番重要なのは、バーゼル銀行監視委員会です」

このほか、ＢＩＳには、中央銀行の業務と関係の深い国際的な委員会である、金融システム委員会〔Financial Stability Board、ＦＳＢ〕、保険監督者国際機構〔ＩＡＩＳ〕および国際預金保険協会〔International Association of Deposit Insurers〕に事務局機能を提供している。

「保険監督者国際機構〔ＩＡＩＳ〕は、ロイズやＡＩＧ等の巨大な損害保険会社です。全部ここがもとになっています」

バーゼル銀行監督委員会〔バーゼル委員会、Basel Committee on Banking Supervision、ＢＣＢＳ〕は、銀行監督にかかるさまざまな問題に関する国際的に共通の理解を増進することを通じ、世界各国における銀行監督の強化を目指す委員会である。委員会の活動を通じて形成された共通の理解を基に、銀行監督に関する概括的な規準、指針あるいは推奨事項をとりまとめている。

「金融庁を指導しているのは、バーゼル銀行監督委員会です。ここの指示に基づいて、金融庁はいわば下請けのような立場で業務をしているのです」

グローバル金融システム委員会［Committee on the Global Financial System、ＣＧＦＳ］は、中央銀行の立場から、国際金融市場に緊張をもたらしかねない動向とその重要性を分析すること、金融市場の機能を支える制度的な要因の理解を深めること、および、そうした市場の機能度と安定性の向上を促進することを目的としている。１９７１年にユーロ・カレンシー常任委員会［ユーロ委員会、Euro-currency Standing Committee、ＥＣＳＣ］として設置され、１９９９年に現在の機能と名称を与えられた。

「金融テロや空売りは、ここで監視しています」

支払決済委員会［Committee on Payment and Settlement Systems、ＣＰＳＳ］は、支払

い・決済システムにおける健全性と効率性の向上を促進することを通じ、金融市場のインフラを強化することを目指して活動している。この委員会は、金銭の支払いを取り扱うシステムおよび証券取引を決済するシステムの運用基準を策定しているほか、中央銀行がそうした分野における動向を把握するための場となっている。

「ある大手企業が、取引企業に対しての支払いが、末締めの翌月末の手形だとしたら、取引している中小企業が現金を受け取るのは、8カ月後だったりします。

その手形を割り引いてどこか現金にしてくれるかというと、どんなに大きな企業であろうが、お金を貸してくれる銀行はメガバンクだろうが地方銀行だろうが全部含めて、どこもありません。

基本的に、国際間の取引は、レターオブクレジット［LC信用状］で、アドバンストというのは、キャッシュオン・デリバリーと同じで、これは届いた瞬間に現金がもらえます。普通のLCでも30日。1カ月で現金になります。

それは当たり前です。30万円までは現金だが、30万円を超えたら現金になるまでに180日。

日本で一番まともなのは、パナソニック〔旧・松下電器産業〕です。1億であろうが1兆であろうが。15日締めの25日100%現金です。しかし、普通は10月末締めだったら、手形が11月末に振り出されて、それを取りに行って、それをもらってから、現金になるのが180日後です。だからその間、運転資金を持っていなければいけない。

その手形があれば、普通は銀行がお金を貸しますが、それを最近では貸しません。そんななかで、アベノミクスだなどと言っても、できるわけがありません。それを監視して指導しているのに、言うことを聞きません。だから、潰すしかなくなってきます」

バーゼル合意〔いわゆるBIS規制〕とは、バーゼル委員会がとりまとめた銀行監督に関する指針のうち、主として銀行が保有すべき自己資本の量に関する指針の総称である。国際的に活動している銀行に対し、信用リスクを加味して算出された総リスク資産の一定比率〔当初は8％〕の自己資本の保有を求めたものである。バーゼル委員会に参加している各国の監督当局の規制体系に採用されることで実現される形をとっており、バーゼル合意そのものが法的な効力を有するわけではない。また、制定主体のバーゼル委員会とＢＩＳ自体も別の主体であるため、ＢＩＳ規制という俗称は誤解を招くものである。

「この8％はバブルの後だから、1994年ごろ、それまでは三菱でいうと、貸付残高が86兆円に対して、現在はゼロ金利だから、金利ゼロで日銀から借りて、金利をとって貸し付けています。

これに対して、資本金はバランスシートでいうと、プロフィットのロスのほうに入ります。借金と同じ扱いになるので、少ないほうがいい。

資本金が大きい会社のほうがよいと思われがちですが、資本金というのは少ないほうがよい。

米国には資本金という考え方はない。授権資本、発行可能株式数＝資本金。

米国では、会社をつくるときに、お金はいらない。印紙代がいるだけです。

バブルの後、銀行がいっぱい潰れた。これは、資本金を増資しなければいけないのに、集められないので、合併で資本金を高めた。日本長期信用金庫や新生銀行、北海道拓殖銀行、足利銀行などは、資本金が集められずに潰れた。いまは、ペイオフで1000万円の保証があるけれども、このときにはまだ保証されていなかったので、潰れた銀行に預けていた人の預金はパーになった。

ペイオフについても、BISが指導したからできた。当初は8%。潰れるところは潰れて、その後、ペイオフの制度ができて、その後に、15%にしました。今度は、20%にした。これは決定事項だから、しなければいけません。

いまはペイオフがありますから、ペイオフのための支払い準備金を資本金以外に預金保険機構に積んでいます。銀行が潰れたときに、1000万円以上預金している人に支払えるように、積み立てておかなければなりません。その準備金と、資本金を合わせて20%にしなさいということになりました。

全国銀行協会の会長であり、三菱の頭取のH氏は、『預金保険機構に積めばいいのだろう』くらいにしか認識がない。財務大臣にいたっては、『これで国費投入しなくていいから大丈夫だ』と言っています。

実際、りそなは、この資本金のハードルが越えられなくて潰れたから国有銀行になった。今回の20％は、メガバンク3行だけに出されました。少なくとも、２０１９年までに世界中のすべての銀行が20％にしてくださいよということが決定事項だったが、日本のメガバンクに対しては、この前のG20で、『可能な限りすぐにやってください』とされた。それをやらなかったら、潰れるということになります。

実際に、りそなは潰れました。物凄く重要なことです。金融庁も日銀も、誰も理解していません。これは決定事項です。少なくとも、２０１９年までには地方銀行も含めてすべての銀行が20％にしなければならない。あと5年しかないのです。

この委員会は、日銀のなかに部署としてあります。

デイビッド・ロックフェラーがリーマンショックのときのサブプライムローンなど難しい言葉を使って、さも儲かるような商品をたくさん売ってきましたが、そういったことを監視して潰してきたものの、実際には次から次へと新しい商品を出してくるので、焼け石に水でした」

日本銀行は商業銀行ではないので、営利目的の利益を出してはいけない！

日本銀行たるものが何たるか、これもきちんと理解されていないといけない。日本銀行は、日本銀行法［平成9年6月18日法律第89号］に基づく財務省所管の認可法人であり、日本の中央銀行である。日本銀行券でのローマ字表記はNIPPON GINKOとなっている。

「47都道府県全部に出先機関があります。ただ、窓口業務をやっていないだけです。金融機関コード0000、ちゃんとある。SWIFTコードは国際版のコードで、BOJPJPJT、これももちろんある。これがないと、取引ができません」

資本金は1億円。総資産112兆円、貸出金残高23兆円、預金残高11兆円。普

	代　氏名	就任	退任	出身地
1	吉原重俊（よしはらしげとし）	明治15年10月６日	明治20年12月19日	鹿児島県
2	富田鐵之助（とみたてつのすけ）	明治21年２月21日	明治22年９月３日	宮城県
3	川田小一郎（かわだこいちろう）	明治22年９月３日	明治29年11月７日	高知県
4	岩崎彌之助（いわさきやのすけ）	明治29年11月11日	明治31年10月20日	高知県
5	山本達雄（やまもとたつお）	明治31年10月20日	明治36年10月19日	大分県
6	松尾臣善（まつおしげよし）	明治36年10月20日	明治44年６月１日	兵庫県
7	高橋是清（たかはしこれきよ）	明治44年６月１日	大正２年２月20日	東京都
8	三島彌太郎（みしまやたろう）	大正２年２月28日	大正８年３月７日	鹿児島県
9	井上準之助（いのうえじゅんのすけ）	大正８年３月13日	大正12年９月２日	大分県
10	市来乙彦（いちきおとひこ）	大正12年９月５日	昭和２年５月10日	鹿児島県
11	井上準之助〈二度目の就任〉	昭和２年５月10日	昭和３年６月12日	大分県
12	土方久徴（ひじかたひさあきら）	昭和３年６月12日	昭和10年６月４日	三重県
13	深井英五（ふかいえいご）	昭和10年６月４日	昭和12年２月９日	群馬県
14	池田成彬（いけだせいひん）	昭和12年２月９日	昭和12年７月27日	山形県
15	結城豊太郎（ゆうきとよたろう）	昭和12年７月27日	昭和19年３月18日	山形県
16	渋澤敬三（しぶさわけいぞう）	昭和19年３月18日	昭和20年10月９日	東京都
17	新木栄吉（あらきえいきち）	昭和20年10月９日	昭和21年６月１日	石川県
18	一萬田尚登（いちまだひさと）	昭和21年６月１日	昭和29年12月10日	大分県
19	新木栄吉＜二度目の就任＞	昭和29年12月11日	昭和31年11月30日	石川県
20	山際正道（やまぎわまさみち）	昭和31年11月30日	昭和39年12月17日	東京都
21	宇佐美洵（うさみまこと）	昭和39年12月17日	昭和44年12月16日	山形県
22	佐々木直（ささきただし）	昭和44年12月17日	昭和49年12月16日	山口県
23	森永貞一郎（もりながていいちろう）	昭和49年12月17日	昭和54年12月16日	宮崎県
24	前川春雄（まえかわはるお）	昭和54年12月17日	昭和59年12月16日	東京都
25	澄田智（すみたさとし）	昭和59年12月17日	平成１年12月16日	群馬県
26	三重野康（みえのやすし）	平成１年12月17日	平成６年12月16日	大分県
27	松下康雄（まつしたやすお）	平成６年12月17日	平成10年３月20日	兵庫県
28	速水優（はやみまさる）	平成10年３月20日	平成15年３月19日	兵庫県
29	福井俊彦（ふくいとしひこ）	平成15年３月20日	平成20年３月19日	大阪府
30	白川方明（しらかわまさあき）	平成20年４月９日	平成25年３月19日	福岡県
31	黒田東彦（くろだはるひこ）	平成25年３月20日		福岡県

日本銀行　歴代総裁
※日本銀行 HP より

通の銀行と変わらない。ただ、通貨の発行権を持っていて日銀法に基づいて運営しているところが違う。1872年［明治5年］に国立銀行条例制定、1876年［明治9年］に国立銀行条例全面改正。不換紙幣の発行を認めたことが一因となって、インフレーションが進行し、兌換紙幣ではなくて、金との交換を保証しない紙幣の発行を認めてしまった。1881年［明治14年］に三井銀行の為替方を廃止し、大蔵卿松方正義が日本銀行を創設した。

「日銀の基は三井銀行ということです。

ロスチャイルド、ゴールドマン・サックス、日銀、三井は全部、欧州最大財閥ロスチャイルド系でつながっています。特に総帥のジェイコブ・ロスチャイルドの祖父であるドール・ロスチャイルドとの関係が深かった。

ドール・ロスチャイルド先生は、イングランド生まれで、幕末に東インド会社から日本に派遣され、明治天皇の友人となりました。日本に帰化して、明治政府の保護の下で、東京・等々力に特別事務所を設置し、日清、日露戦争の軍費調達に尽力、満州国建国に大変寄与して、戦後の日本も、この人によって再生することができました。

このドール・ロスチャイルドの力なくして戦後の日本の再生はあり得なかったと言っても過言ではありません。

日本のドール事務所は、賀屋興宣、金子悦次郎、中村洋〔モルガン銀行東京支店長後、三井銀行代表取締役〕、白洲次郎〔水資源開発総裁、日本発送電会長、東北電力会長〕、吉原修で構成されていました。

EC初代委員長を務めたのもドール・ロスチャイルドです。1950年に亡くなりましたが、欧州のドール事務所は、ベルギーのブリュッセルのEU本部のなかにあります。戦前は、デンマークにありましたが、第二次世界大戦後は、EUの本部がブリュッセルに移ったのに伴い移転しています」


1885年〔明治18年〕に日本銀行兌換銀券を発行するようになる。

「このころは、銀本位制だから、兌換銀券発行。明治時代は、金本位制になったり銀本位制になったり、何回も変わっている。そのときには、まだ国際的な組織がなかったので、その国によって違っていました。要は、基準となる貴金属を何にするかです。金でも銀でも銅でもいい」

1942年〔昭和17年〕2月24日に日本銀行法〔昭和17年法律第67号、以下「旧法」〕公布。

1942年〔昭和17年〕5月1日に旧法に基づく法人に改組。日本銀行条例、兌換銀行条例の廃止。

1949年〔昭和24年〕5月に東証一部に上場。同年6月には大証一部、名証一部にも上場。

1960年〔昭和35年〕5月に東証、大証、名証から上場廃止。

1963年〔昭和38年〕2月に店頭登録〔現ジャスダック市場に公開〕。

「中央銀行が買収されたらいけないので、上場を廃止しました。しかし、現在はジャスダックに上場している。ほとんど取引されていません。資本金1億円だから株数も少ない。

日本銀行は、政府から独立した法人とされ、公的資本と民間資本により存立する。資本金は1億円で、そのうち政府が55％の５５００万円を出資し、残り45％にあたる約４５００万円を政府以外のものが出資する。

この残り45％がロスチャイルドのオルレアン社。政府が55％。

この比率は、もとは逆で、オルレアン社が55％でした。日本政府はマジョリティを持っていなかったのです。この比率を逆転させたのが、**橋本龍太郎**元首相です。

株式市場で株が取引されて買収されないように明治天皇が上場を廃止したのに、日本政府がマジョリティをとって、なおかつ、ジャスダックに上場してしまった。そのために、橋本龍太郎元首相は不幸な末路を迎えることになりました」

日本銀行法によりすべて国に財産は帰属することになっている「第9章 第60条2項」。

「これも橋本龍太郎元首相が変えました。貸出金残高が23兆1877億円となっているが、そんなことはない。赤字国債だけで1000兆円を超えており、国債はそれだけではありません。独立性と透明性を保つといっていますが、まったくそうではありません」

1998年、日本銀行法の全面改正によって、「物価の安定」と「金融システムの安定」という二つの日本銀行の目的が明確に示された。

第二次世界大戦下に制定されていたそれまでの日本銀行法では、日本銀行は「国家経済総力の適切なる発揮を図るため国家の政策に即し通貨の調節、金融の調節及び信用制度の保持育成に任ずる」、「専ら国家目的の達成を使命として運営せらしむる」機関として位置づけられていたが、この全面改正によってその国家総動員・戦時立法色は払拭され、日本ひいては国民経済の発展のために資するための機関と位置づけられた。

また、政府からのその独立性が明確とされた一方で、円で生活している国民の危惧を排せるような、金融政策の透明化が不可欠のものとして求められるようになった。

「これはまったく正しかった。日本銀行だから、通貨の安定と金融の安定を保持するのは当たり前なのに、なぜ日銀法を変える必要があるのか。日銀は、銀行の銀行です。日銀は商業銀行ではないので、営利目的の利益を出してはいけません。
商業銀行は利益を出さないと潰れます。日銀は潰れません。ジャパニーズ円を発行し、市中の公定歩合を決めたり、マネーストックの統計を出したり、日銀短観を出したり、商品指数を出したり、中央銀行としての役割を果たしています」

日本銀行の通常業務は、次の通り。
①商業手形その他の手形の割引。
②手形、国債その他の有価証券を担保とする貸付け。

③商業手形その他の手形〔日本銀行の振出しに係るものを含む〕又は国債その他の債券の売買。
④金銭を担保とする国債その他の債券の貸借。
⑤預金契約に基づいて行う預金の受入れ。
⑥内国為替取引。
⑦有価証券その他の財産権に係る証券又は証書の保護預り。
⑧地金銀の売買その他前各号の業務に付随する業務。

「日銀に行けば手形を割り引いてくれます」

支店は32店、国内事務所14カ所、海外事務所7カ所、ニューヨーク〔米州統括〕・ワシントンD．C．・ロンドン〔欧州統括〕・パリ・フランクフルト・香港・北京。

「海外にも事業所があり、北京にもあります。国内は、日本中に全部ありま

す」

日本銀行出身の著名人のなかに、**横田滋**［北朝鮮による拉致被害者家族連絡会（家族会）元代表］がいる。

「日本が円借款していないのは北朝鮮だけです。

ベトナムは共産主義だったが円借款しています。中国にもしています。韓国にもしています。

イランは、パーレビ国王のときはしていた。ホメイニ革命でイスラム原理主義になってからは向こうが断ってきた。

私の口座から大きな資金を送金できないのは、イランと北朝鮮だけです。

北朝鮮は悪い悪いと言われていますが、そもそもなぜ北朝鮮だけに円借款しないのでしょうか。

日本国政府が隠し続けていることですが、**横田めぐみ**

さんは日本に円借款をさせるための人質です。

北朝鮮は国連にも加盟しています。ほとんどの国と国交があるのに、なぜ円借款しないのか。ずっと北朝鮮は円借款を求めてきたが、日本はそれに応じないのです」

世界銀行の巨額資金とフラッグシップや口座管理人の役割とは？

フラッグシップと口座管理人の役割とは、何なのか。


「いわゆるサイナーとは、口座管理人のことです。いわば資金の管理人のような立場です。

私の場合は、フラッグシップで承認する立場であり、サイナーではありません。私が一人ですべてを見ることはできないので、口座管理人が何人かいます。

ＩＭＦの運用に関わる金の取引と、日本が管理権、運用権、使用権を持っている35％日銀にシェアされるお金は、フラッグシップである私の承認がなければ動かせません。日本政府も日銀総裁も動かす権限はない。

世界銀行の別段預金は、表面上には載らないところにあります。それは、300人委員会が管理しているのです。

ずっと運用していてずっと貯めているので減らない。どんどん増えていっている。

それの管理権、運用権、使用権は、基本的に日本にあります。

なぜかというと、ホストカントリーだからです。厳密には35％が日本のものです。それをどこの国に分配［シェア］するのかを決める人ということです。

円借款で渡していたお金が戻ってきた場合、それを宗像神社だったら権禰《ごんね》宜《ぎ》により、そこに保管するといったことがあります。それは神社庁に記録が残っています。その神社庁の記録を日銀のなかの国債決済銀行の委員会で管理しています。

そういうことを外務省や金融庁の人は知りません。知らないまま伝票処理をしているだけです。しかも元の台帳を見ることはありません。スイスの銀行法のような厳密な秘密条約があるので、第三者に見せると見せた者が罰せられるので、絶対に見せられないのです。

アーサー・ロスチャイルドがサイナーだった後というのは、ロックフェラーの息のかかった者たちがやったりしていましたが、それは正式ではありません。

トーマスもジェイコブ・ロスチャイルドも資金者の立場を譲った。つまり資金者は**デイビッド・ロックフェラー**になりました。その代理でサインをする人がサイナー。

デイビッド・ロックフェラーになってから、反社会的勢力と癒着して滅茶苦茶になった」

なぜデイビッド・ロックフェラーに譲ったのか。

「その当時は、まだまともで、信頼していたのでしょう。

最初からの悪魔はいない。天使が堕落して堕天使になって悪魔になる。

秀吉にしても天下人になるまでは、人を殺さないようにしたからこそ人気がありました。ところが、天下をとったら人が変わってしまった。人というのは変わります。数えられないようなお金を持つと変わってしまうものなのです」

世界銀行は、正式な機能を持っている機関である。巨額資金の運用や分配は、正式な機能なのか。

「正式な機能です。それは、渡すには商業銀行を通して渡さなければいけない。それが日本だと『みずほ銀行』でした。返さなくていいローンです。日本でいうと、借金の時効は10年なので、15年で契約する。だから、結果的には返さなくていい。

ところが、世界銀行から日本の商業銀行、現在の『みずほ銀行』にお金を入れていて、それを海外に分配しなければいけないところを、デイビッド・ロックフェラーの息のかかった政治家やその関連の人々が、自分たちの懐に入れてしまっていた。国債、ワリコー同様に支払い期日が来ても全然換金されず、いたずらに糊塗された。

大蔵大臣、厚生大臣、ほかのメンバーの捺印、還付金、支払い保証書を交付したのであると書かれている。これらのお金は、銀行に記帳されていて見かけ上は資金があるが、ロックされていて使えません。

G20などで、運用については、きちんとしたルールが決まっていて、すべて合法なのです。

発展途上国に資金を出すことがG20やG8で決められていることは事実であり、それは世界銀行の口座から中央銀行の口座に入って商業銀行を通じて、先進国の企業に発注して道路をつくることなどを決めて行っています。

それとは別に、300人の個人委員会があって、ここのトップがフラッグシップです。

日本には代理が何人かいます。それを代理代行とか、資金者代行とか、口座管理人とかいろんな言い方があります。

9・11以前は、バチカンに集まって会議をしていましたが、1995年にマイクロソフト社のビル・ゲイツがウィンドウズ95を発売したときから始まったIT革命が進んで、すべての契約が電子認証方式に変わって、それまでのフラッグシップでは契約ができなくなりました。

私の立場はフラッグシップです。

フラッグシップというのは、こういう取引をしますよということを世界銀行に宣言したとき、その取引を契約書が合法であるということをチェックし、契約書に記された配分通り配分することをいいます。

運用したお金が100兆円あって、それをいっぺんに全部分配［シェア］するのかというと、そうではありません。元本は減らしてはいけないので、残しておいて、増えた分だけを分配［シェア］します。

運用にのせる最低単位が1億ドルで、残高証明書みたいなもので、もとの金塊などがあって、バンクギャランティに金庫番号とかが全部書いてあります。

ロスチャイルドや世界の王族は、それが本物であるということをきちんと確認しています。

ＦＲＢやＨＳＢＣでしたらヨーロッパ中央銀行が承認して運用にのせてもいいということになり、運用の契約をＩＭＦと行い、受け取りの契約をし、配分をどのようにするかを決めています。巨額資金と個別のものと2パターンあります」

ゴールドマン・ファミリーズ・グループの「巨額資金」が大義名分を得て世界各国に分配される

ゴールドマン・ファミリーズ・グループが世界銀行に寄付している「巨額資金」が、ようやく大義名分を得て、世界各国に分配されることになった。その背後では、「悪魔大王」の異名を持つ米国最大財閥デイビッド・ロックフェラーらが撲滅されて、巨額資金が、第三次世界大戦などの戦争に使われる心配をなくすための環境浄化が行われたという。ならば、どのようにして大義名分を得て、どんな形で資金配分が実施されるのか？

大義名分は、地球温暖化対策を話し合う国連気候変動首脳会合［気候変動サミット、俳優のディカプリオを気候サミット大使として起用」によって与えられた。巨額資金は、世界銀行から各国に分配［シェア］される。具体的には、「世界銀行↓開発銀行↓各国中央銀行↓商業銀行」というルートで流れていくという。

マスメディアは、巨額資金のしくみについて触れていないので、ニュースでは、たとえば次のような報道として伝えられている。

ロイターが2014年9月24日午前10時19分、「国連気候サミット、再生エネ利用拡大や途上国支援で合意」という見出しをつけて、以下のように配信した。

【国連　23日　ロイター】地球温暖化対策を話し合う国連気候変動首脳会合［気候変動サミット］は23日、再生可能エネルギーの利用拡大や発展途上国の支援に向け数十億ドルの資金を調達することで合意した。

サミットは国連の潘基文事務総長が主宰。2030年までに熱帯雨林の消失を食い止めることや都市部で新車販売の30％を電気自動車にするといった拘束力のない目標を定めた。

これらの目標は2015年末に開かれる国連気候変動パリ会議に向けたたたき台となる。

各国政府と投資家らは、２０１５年末までに地球温暖化対策向けに２０００億ドル超の資金を調達すると表明。この中には、商業銀行による３００億ドルのグリーンボンド発行や、開発銀行グループによる１０００億ドルの資金調達が含まれている。

潘事務総長はこれら資金について「２０１５年の気候変動パリ会議において普遍的で有意義な最終合意に達するのを促す役割を果たすだろう」と述べた。

「再生可能エネルギーの利用拡大や発展途上国の支援に向け数十億ドルの資金を調達することで合意した」というのが、大義名分である。

巨額資金は「各国政府と投資家らは、２０１５年末までに地球温暖化対策向けに２０００億ドル超の資金を調達すると表明。この中には、商業銀行による３００億ドルのグリーンボンド発行や、開発銀行グループによる１０００億ドルの資金調達が含まれている」という説明のなかに仕込まれているのだ。

「普通は２０００億ドル以上と書くところを２０００億ドル超と書いている

のは、2000億ドルをはるかに超える金額、つまり無限大を意味しています。

世界銀行とは、世界開発銀行のことで、これをピラミッドの頂点として、その下にはアジア開発銀行などいう開発銀行が世界各地にある。その下に中央銀行があり、さらにその下に商業銀行〔ストックホールディングカンパニー、中央銀行の債入代理店〕があります。このピラミッド構造全体を『開発銀行グループ』と呼んでいる。

日本の商業銀行は、日本銀行の債入代理店であるメガバンクや地方銀行のことです。要するに、通貨の発行権を持っていなくて、中央銀行から資金を借りて、市場に利息を付けて貸し付けている銀行のことをいいます。

その商業銀行が、300億ドルのグリーンボンド〔ボンドと債券〕を発行すると表明しています。この場合の債券は、株券、投資信託、リートという不動産投資信託、生命保険などです。

生命保険に入ると、『保険証券』が発行され、加入者に送られてきます。つまり、印刷物によって権利が確定するものであり、この場合、紙幣も債券として含まれる。

国連総会で決まったグリーン債について、もともとはサムライ債でやろうとしたことだったが、うまくいかなかった。だから、グリーン債で行うことを最終決定しました。常任理事国を含めて、全部賛成。それ以外に動かす方法がない。要するに、グリーンボンドというものは、いままでなかった。そこで『国連が新たに承認した債券を発行する』という意味です。

続いて『開発銀行グループによる』とある。世界銀行から分配［シェア］する巨額資金には、開発銀行グループによる2000億ドルの資金調達が含まれている。つまり、『数え切れないくらいいっぱい』、無限大の資金を分配［シェア］するということです」


AFPは9月23日午後2時37分、「ロックフェラー兄弟財団、化石燃料投資から撤退宣言」［発信地：ニューヨーク／米国］という見出しをつけて、「デイビッド・ロックフェラーが撲滅された」ことを意味するニュースを以下のように配信している。

【9月23日 AFP】世界最大の石油財閥であるロックフェラー一家[Rockefellers]が22日、化石燃料に対する投資を止めると発表し、米ニューヨーク［New York］で23日に開かれる国連［UN］の気候変動サミットにとって大きな後押しとなりそうだ。

サミットを翌日に控え、民間機関や個人、地方自治体などによる連合はこの日ニューヨークで、化石燃料に対する計500億ドル［約5兆4000億円］以上の投資撤退を宣言した。この連合には資産規模8億4000万ドル［約900億円］のロックフェラー兄弟財団［Rockefeller Brothers Fund］も含まれており今後、化石燃料との関わりを可能な限り減らし、また環境に最も有害なエネルギー源とされる石炭灰と油砂［オイルサンド］へのすべての投資を止めると発表した。

ロックフェラー兄弟財団は、ジョン・D・ロックフェラー［John D. Rockefeller］の子孫たちによる財団。石油王ロックフェラーが創始したスタンダード・オイル［Standard Oil］の後身である世界最大級の石油大手、米エクソンモービル［ExxonMobil］は、気候変動に関する取り組みの敵となることが多い。

化石燃料産業全体の規模に比べれば投資撤退の規模は小さいが、気候変動問題に取り組む人々からは歓迎の声が上がっている。南アフリカのデズモンド・ツツ［Desmond Tutu］元大主教は、この宣言を歓迎するビデオ・メッセージを発表し「私たちはこれ以上、化石燃料への依存を支えるわけにはいかない」と述べた。

この記事の「ロックフェラー兄弟財団、化石燃料投資から撤退宣言」という見出しは、正確ではない。「投資から撤退」ではなく、「投資できなくなった」ということだ。

米国最大財閥だったデイビッド・ロックフェラーは、完全に没落したのである。

「この章の締めくくりとして、一言述べさせていただきます。

世界は日本人の覚醒を待ち望んでいます。

世界に冠たる精神世界と技術を有する日本人は、天皇皇后両陛下が日頃、仰っておられるように、相手の立場になって物事を考え、奪い合うのではなく、分かち合う和の文化を持って、いまこそ世界に貢献すべきときを迎えました。

各自がこの世に生を受けた使命を自覚し自分にできることをすればよいのではないでしょうか？　日本が沈んだら、世界も宇宙も滅びます」

第3章

資金配分の手順とその方法／各国の財団、NPO法人などを通して行われる

マッカーサー最高司令官のために設立したマーティン財団は、孫が理事長を務めている

世界銀行から各国の中央銀行、小銀行を経由して末端まで資金を配分する場合、財団、NPO法人を通して行われるケースが多い。その中で、歴史的に大きな役割を担ってきた組織として「マーティン財団」「I．I．D．O」「J．I．O」が挙げられる。その他にはノーベル財団が一番有名である。

「世界銀行の資金とは別に、国連決議で決まった日本だけに与えられた合法的な資金があります。

日本政府は1945年9月2日、**東久邇宮稔彦首相**の下、全権・**重光葵外相**と**梅津美治郎参謀総長**が東京湾のミズーリ号艦上で降伏文書に調印しました。

表立っては発表されていませんが、この同じ日に、裏

で極秘のうちに日米英三国同盟が結ばれていました。

1948年に相互防衛援助協定［Mutual International Act Agreement］に基づく国際運用資金［1948年　国連決議MISA 81704］というものが生まれました。それに準拠しているのが長期管理権委譲渡資金です。

その担保となっている大元の『金』があります。その原因証書もあります。

宮内庁が昔から持っていたもの、神社庁が持っていたもの、新しく円借款で戻ってきたお札は、表では流通できないものだけれども、いまは、国際決済銀行に記録が全部集約されています」

マーティン財団［本部・米国コロラド州デンバー市］は第二次世界大戦後、呉一族の末裔がマッカーサー最高司令官のために設立し、現在は孫が理事長を務めている。

「マーティン財団はI．I．D．Oと同じ位置付けです。ベルリンの壁が崩壊し、ソ連が崩壊したときには、世界銀行からマーティン財団に資金を寄付して、それをロシアのゴルバチョフのところに持って行きました。マーティン財団から資金を出したのです。

日本のルートで送った資金もあります。**中曽根康弘**元首相が送ったものもあれば、父ブッシュ［パパブッシュ］と呼ばれている米国**ジョージ・ハーバート・ウォーカー・ブッシュ**［1924年6月12日～］元大統領が送ったのもあれば、米国政府が直接送ったものもあります」

「日本の国体を守る目的」を持って《I．I．D．O》と《J．I．O》が設立される

国連憲章が１９４５年10月24日、20か国で批准完了して発効、国際連合が正式に発足した。

続いて、ブレトン・ウッズ協定が同年12月27日に発効したのに伴い、国際通貨基金［ＩＭＦ］と国際復興開発銀行［世界銀行］の設置が決定された。世界銀行は１９４６年6月から業務を開始している。

しかし、敗戦国である日本は、国連に加盟できなかったので、米国のマーティン財団と平仄を合わせる形で「日本の国体を守る目的」を持って《Ｉ．Ｉ．Ｄ．Ｏ》と《Ｊ．Ｉ．Ｏ》が設立され、「枢軸国のための国連」としての役割を担うことになった。

その後、日米英3国の国際相互防衛援助協定による国際運用資金［１９４８年、国連決議＝ＭＳＩＡ８１７０４］に準拠した関連法案に基いて活動してきた。

「Ｉ．Ｉ．Ｄ．Ｏをつくったのは、英国のケンブリッジ派のドール・ロスチャイルドです。

彼は幕末、まず東インド会社からトーマス・グラバーを日本の長崎に送り込みました。日本という国がどういう国なのかを知ろうとしたのです。

欧州の王族・貴族の人たちは、働くということは奴隷がすることだと思っています。

しかし、日本人はみんな勤勉でよく働く。彼らは一体何を調べに来たかというと、日本の皇室の歴史を調べに来た。

調べてみると、『すごいじゃないか』ということになった。ユダヤより歴史が古い。本当だったら、天皇をさらって植民地にする予定だった。だが、この国は、逆に尊敬しなければいけない、奉らなければいけないと思ったのです。

ユダヤのヤーハウエは太陽神、日本の天照大神も太陽神で、大本は『日本の国』であると気がついた。

それで、どんどん資金を投入してきたばかりでなく、ドール・ロスチャイルドが日本にやってきた。

しかも、帰化して日本人になってしまいました。

その後、日清・日露戦争で明治天皇を助けて、１９５０年まで生きていた。

明治時代に明治天皇が何をつくったか。それは、秀英舎［現在のＤＮＰ］です。

これは大日本印刷の前身で、ジャパニーズ円の印刷工場。いまでも秀英体という字体がありますが、日本で最初にお札の字体に使ったのは、この秀英舎の字体でした。

なぜお札を発行したか。それは、不平等条約で小判を欧米に持って行かれて、多くの小判がなくなってしまったからです。

日清・日露戦争の武器は、戦艦三笠を旗艦とする連合艦隊にしても１００％英国製でした。日本にはそんな武器を買うお金はありませんでした。そこでどうしたか。ロスチャイルドが保証したポンド債という国債を発行したのです。

要するに莫大なお金を借りた。その償還期間が、だいたい70年から90年でとにかく長期でした。なぜなら、日本が勝利して借金を返せるまでにはそれくらいかかるだろうと思ったからです。

そんな長期で貸してくれる人はいない。ドール・ロスチャイルドは、明治天皇を助けて、日清・日露を勝ち抜いて、朝鮮を併合して満州に出ていった。なぜなら、お金を返せないから出ていかなければならなかった。

中国やフィリピン、インドネシアにある日本の金《きん》を取り戻しに行った。占領して、満州国をつくった。

満州国で何をしたかというと、佐藤栄作が千円札を刷りまくった。そして世界中に配りまくったので、結局、最後は帳尻を合わせなければならない。昔はコンピューターもないので、とてもじゃないができない。

5・15事件で犬養毅、2・26事件で高橋是清たちがどうして殺されたかというと、本当の理由は、その処理ができなかったからです。

戦後の世界銀行は、その時どきの国際情勢とそれぞれの国々の状況よって、何処の財団、NPO法人などからシェアするかを振り分けてきました」

《I．I．D．O》と《J．I．O》は、日本の復興を手がけた

《I．I．D．O》と《J．I．O》は、ドール・ロスチャイルドと呉一族の末

裔が個人的に提供してくれた資金［ポケットマネー］によって日本の復興を手がけた。

また、世界銀行からの復興資金は、連合国軍最高司令部［GHQ］を通して提供された。晴れて世界銀行から融資を受けられるようになったのは、1951年9月8日、サンフランシスコ講和条約調印、日米安保条約調印を経て、1956年12月18日、国連に加盟してからであった。

日本は、世界銀行から融資を受けて、東海道新幹線を建設、1964年10月1日に開業した。10月10日の東京オリンピック開催に間に合わせることができた。

高度経済成長が実現した後、《I．I．D．O》と《J．I．O》は、組織体制を変更して現在も活動を続けている。


《I．I．D．O》のY総裁が発起人一同を代表して、日本の財閥から寄付を募り、《J．I．O》を組織として再構築した

《I．I．D．O》は1985年3月、《J．I．O》は1987年3月10日、再び息を吹き返した。

ゴールドマン・ファミリーズ・グループ《I．I．D．O》のY総裁が発起人一同を代表して、《J．I．O》を再構築したのである。

規約により、事務総局を日本は、東京、米国［ニューヨーク］、欧州［デンマークのコペンハーゲン市］に置く。

国際産業開発機構規約により、「出資をする者の氏名および出資の目的たる財産ならびその額およびこれに対する出資の口数」は、次の通りであった。

▽SN氏［20億円、20口］▽KY氏［20億円、20口］▽YO氏［20億円、20口］▽KM氏［10億円、10口］▽AO氏［10億円、10口］▽IT氏［5億円、5口］▽FM氏［5億円、5口］▽SS氏［5億円、5口］▽UK氏［5億円、5口］▽KM氏［5億円、5口］▽MK氏［5億円、5口］▽KM氏［5億円、5口］▽YA氏［5億円、5口］＝合計120億円、120口）

出資された財産を、基本財産20億円、運用財産100億円に充当する。

役員［2003年1月現在］は、以下の通り。

政策委員会委員＝佐藤行雄、ポール・ボルカー、ミルトン・ポーランド、蝦名功至、西沢潤、ラウレル川上。

選言委員会委員＝吉原修、フレーミング・ラーク、ハンス・シュライター、友利恵［船舶事業部長］

総裁＝吉原修、

総裁＝東久邇信彦［御中主大社建立委員長］、根本菊代

専務理事＝西沢潤［アポロ研究所長兼務］

審議官＝本田稔［外務部次長］

実務理事＝西浜ミヱ［通商外文部代表］▽諸橋文士郎［財務部長］▽海老澤充［総務自治担当］▽加藤岡巳英男［秘書室長兼務］

理事＝フレーミング・ラーク［ヨーロッパ総局主幹理事］▽ミルトン・ポーランド▽伊藤龍郎▽蝦名功至［ＡＶＥＸ製造人工衛星製造担当］▽中村博志［御中主建立事務局長］▽大西司郎▽小松勇五郎［ＡＩＵ関連事業統括官］▽佐藤行雄［南北アメリカ総局主幹］▽濱島治夫▽小西一彰

監事＝西沢潤

国際産業開発機構Ｒ．Ｅ．Ｅ．システム製造販売部は２００３年１月１日、次のような事業内容を提示した。

1、凡そ、ゾロアスターの昔より生きとし生けるものが夢に描いたアポロのイヨとトサ［エレキ］という光がエネルギーとなり、医療に産業に、そしてエネルギーに応用出来るとしたらそれはすばらしいことである。

人類が陽（日、火）を利用し始めたのはわずか6000年昔のことである。エレキの発見は、わずか4000年昔の事である。雷光（イナズマ）を蓄える事を考えた先人も数限りない。

エジソンもガイドを雷光の中に挙げてその糸にエレキを誘導させそれを蓄えようとしたことは、有名な事実である。これが避雷針の発明となるが蓄のことには及ばなかった。

発明や発見は、神の造りしものを神理の探求によってのみそれが偶然であれ、必然であれ初めて明らかにしたことによってのみ使用する用語である。

神学文明の発達は、人工的にはめまぐるしく発達した。そのため宇宙界におけるエレキの存在は早くから判っていた。植物、動物の成育も、日照時間と深い関係があった。特に植物は、日照時間が最短1日10時間で発芽し、育成し、それ以下になると育成が止まり、樹木は落葉し、草類は枯れてしまう。

従ってその日照時間の総計が2300時間でブドウが熟成する。柿も栗も実となるものは、すべてこうして自然の定理のもとにキチンと定められている。

これは太陽光の葉との光合によるものと考えられていた。しかしこれは、どんでもない間違いであった。

赤外線と紫外線の光（アポロ）の作用であることが証明された。

従って生きとし生けるものは勿論、無機物にもアポロ（電気）がイオンという名において存在していた。それを集電して利用する**ハンス・シュライター氏**の発見と発明こそ根本的に生命権を変革する偉業であって、地球上にこれ以上の発明はあり得まい。

これを当機構はR．E．E．システムと名命し、生きとし生けるものへの最大のプレゼントとしたい。

2、大宇宙には、神の造りしものと、人の作りしものが物体として存在する。

神の造られたものは、その神理を守っていさえすれば他に害をなすものは決してないが、人の作りしものは、必ずその使用方法を間違えると大きな害を平然とふり散らす。

紫外線と赤外線の中間を電磁放射と言う。日中に長期間、肌をさらして太陽光を浴びると、人間でも動物でも日に焼ける。しかし、これも数時間だつと又もとにもどる。決して害されたのではない。

人間が作った電磁放射、即ち発電エネルギー、特に高圧線が放射する物質は特におそろしい。医学が進んだ現在、なぜ癌が人類や動物にうなぎ昇りに多発するのか？

それは人が作りしトランスなる品物によって発電したエネルギーを高圧にして、その送電する電線から放射される電磁放射なるがゆえにこれを浴びたものは、生きとし生けるものは勿論、無機物まですべての物質を害してしまう。これこそが公害の源なのである。

地球上に張りめぐられた送電線こそ、悪の根源であることに、人類が気付いていない。

すみやかに発電をやめ、送電線を地球上から皆無にしなくてはならない。これこそが地球の環境保護なのである。

CO_2やその他で地球の環境が悪化するものではあり得ない。とくと銘すべきである。

吾が機構が生きとし生けるものを始めとして万物にエネルギーとしてプレゼントするREEシステムは、その点全く安全で未来永劫に利用し続けられる唯一のエネルギーであることを特に強調する由縁である。何故なら神の造りしものだからである。

ドール事務所・B．O．C．Pの加藤浩総裁は「宣誓書」を作成し、関係者に配布した

国際産業開発機構・日本産業開発事業団・UnderTakersGroup〔ロイズ保険協会〕・ドール事務所・B．O．C．Pの加藤浩総裁は2006年9月1日、次のような「宣誓書」を作成し、関係者に配布した。「宣誓書」の内容は、次の通りである。

現化の世界経済のFAINANCEは10年の間にのみ運用は可能であるが、以後は取締り条約が細かになるとFAINANCE事業は地球上では成立をし

ない。即ちローリングは成功しないと言う事である。

そこで世界で唯一の多国籍使用通貨の発行と天之御中主大社の建立は日本人1億人の一握りによる砂の持ち寄りによってのみ成就するのである。時は今、この時をおいて後日はあり得ない。B．O．C．P［太平洋中央銀行＝ミクロメラネシア連邦共和国　国立中央銀行］の発足に恒って永世政策委員を下記の通りと決定し、環太平洋友好各国の本社［法律行政］事務所に通告する。ディビット　ロックフェラー［米上院議員、ロックフェラー財団理事長］（2）ラウレル川上［ハワイ州知事、米上院議員］（3）カボア天田［ミクロ・メラネシア連邦共和国大統領］（4）加藤浩［ドール事務所、総裁］（5）ポール・ボルカー［アメリカンホーム保険会長］（6）加藤岡巳英男［国際産業開発機構、常務理事］（7）協賛、藤井大司教［バチカン、ローマ本部］以上7名である。以上。

国際産業開発機構のあゆみ

国際産業開発機構は2006年9月1日、「国際産業開発機構のあゆみ」を以下のようにまとめている。

1．コロラド州デンバーのモーリーワン社［アメリカでトップのマーチン財団所有のアメリカ最大の貴金属採掘鉱山］との共同開発の契約による事業。

2．I．T．I社の特許による農業の改革によるハウス農業の推進。これによってアジアの農産物、及び植物ハウスからの収益金は260兆に及び友好各国の経済に寄与すること甚大である。これはIT産業を超える最大市場を形成している。農理化学研究所の成果である。

ヒッツェンズ会長の指導や切である。このハウス栽培によって、地球上の人口が200億人になったとしても、人類は自給自足の生活が出来る。又「キュウイ」の開発も当該研究所の所産であって、日本、台湾、フィリピン、インドネシア、マレーシア、タイ、インド、中国、韓国の生産や甚大である。水耕栽培、及びハーモニーZ［A～Z］に及ぶ作物別の配合肥料、これらも土壌改良と共に耕作を利便にした。生きとし生けるものへの寄与たるや、大なり。

3．不沈船の開発　デンマーク国、王立船舶製造企業スキャンクルーズ社との業務の提携によりメキャンクレルーズⅡ社をアジアに設立し、船内流水型高速不沈船の製造、修理及びアベックス〔ブラックボックスと海流によるナビゲーション及び衝突予知〕、海水を飲料水化器の付帯する150㎞／Aの船舶の造船事業。

4．アポロ集電機による完全自動車及びモノレール〔名古屋万博に出展済〕の総合乗り物

研究所及び無電地帯に於ける集電機の開発は人類の生態に利便を寄与するものである。

5．コンゴジャパン資源開発会社の設立、資本金壱百億円也、ダイヤモンド開発〔採掘加工販売〕。

6．カリマンタン石油公社の設立。フィリピンアロヨ政権との共同開発、トレンチーノ、モロ民族解放戦線の協力により資本金壱百億円は当該機構の全額出資による。本公社は3年後に株式会社に移行する旨、理事会において決定している。

7．ハイブリッド溶融方式〔集電機〕による電気分解装置の開発。一日処理能力は300tであるがP．C．Bは勿論のこと、放射能X線y線も38000

ガウスまで炭素棒4本の炉内で回転させること、これは東大工学部が日本産業開発事業団及び、日立エンジニアリングのたゆまぬ研究心の成果であった。将に学に於いて工学研究と製造炉の日立エンジニアとドイツボンに於けるランス・シュライダー博士の共同開発とプラントの企構社のアイデアによるハイブリットの完成であった。識者の賛同を希うや切である。

8．アンデス開発公社の設立

①広東特別区の三ツ星契約　広東省との当機構理事明石康〔元国連大使〕を団長として地下資源重金属の採掘および製錬、加工、販売の共同開発契約は三年前に終了している。

②タイ国王室行政府軍事勢力と三社契約による運河の開設、距離8・7km、幅200m、水深50m、予算30億円で着手する件。従って資本投資は当該機構、但し、メノウ、ヒスイは現地ではザクザクであり山が弱いので藤増理事の発明による凝固剤による施行法により五洋建設、大都工業の施行より完成させることになっている。この運河の開通によりジョホール水道を通る必要がなくなりアジアへの航路は1日半短縮される。その通行料は1／3対1／3対1／3と

契約はすでに終了している。これによってアンデス山脈の東側の開発が始まりしいては、インド及びネパールに及ぶ。

9．貨幣の発行　当機構傘下のB．O．C．P〔太平洋中央銀行〕の永久に発行する通貨はNAVI〔ナービー〕と称す。これが本部と工場は日本国茨城県内に置く。その種類は大別にして、硬貨と紙幣とする。従って茨城県に於いて高萩から五浦〔常盤太田〕迄の海岸線とする。

「I．T．I社の特許による農業の改革によるハウス農業の推進は、いまでいう、水耕栽培のことで、米国のI．T．I社が発明し特許も持っていました。

　ITという言葉は、マルチメディアといっていた時代より前から、ゴールドマン・ファミリーズ・グループが定義していました。後に、マルチメディアをITと表現するようファミリーが変えさせました。

　ここで注目すべきことは、『このハウス栽培によって、地球上の人口が200億人になったとしても、人類は自給自足の生活が出来る』と明確に記されていることです。人類は人口が200億人に増えても食糧に困ることなく自給自足の生活ができるということです。

ところが、人口がこのまま増えていくと食糧が足りなくなると不安を煽り、有色人種撲滅で人口を減らそうとしてきたのが、デイビッド・ロックフェラーです。デイビッド・ロックフェラーは、ゴールドマン・ファミリーズ・グループの一員でありながら、ゴールドマン・ファミリーズ・グループの敵となってしまいました。残念ながら、ファミリーといえども、良い人もいれば、悪い人もいるということです。

アポロ集電機を実際に開発したのは、**ドクター中松**です。ドクター中松の自宅は、特殊な黒い素材の壁で集電し、必要な電力をすべて賄っています。宇宙からはいろんなものが飛んできています。α波、β波、γ波、放射線などをエネルギーに変え貯めるしくみなのです。これが各家庭に広がれば、電線はいらなくなりますし、極端な話、発電所もいらないのです。

しかし、そうした技術が普及するとエネルギー産業の構造が変わってきてしまいます。

これまで人類がやってきたことは、効率の良い技術が開発されても封印して、わざと非効率な方法を使うことにより、既得権益に連なる一部の人たちだけが莫大な利益を得るしくみになっているのです。

しかし、このままの産業構造でいくと、間違いなく地球は滅んでしまいます。だから、ここで新機軸の下、方針を転換していかなければなりません。

ゴールドマン・ファミリーズ・グループが決めたエネルギー政策は新しい技術に転換していくことなのです。

ハイブリッド溶融方式とは電解コンデンサーのことです。一言で言えば、ものすごく大きな電池ということになります。

炭素素材にアルミ箔を入れて紙のセパレーターで分け、科学反応を起こして電圧をかけると、炭素が電気を発電して蓄電することができます。とっくにこういう技術は開発されています。つまり、原子力発電はいらないということなのです」

本件については、2006年9月1日に政策委員を決定した。この政策委員の全員の決議により総裁を吉井昭二氏として送り出し、ミクロ・メラネシア連邦共和国日本領事駐在所総局内に事務局を置き、3兆9000億円を資本金として出発した。

もとより本件についてはすでに株式の発行準備に入っている。ミクロ・メラネシア連邦共和国の参加組織および活動、加盟国は以下の通りである。

各国の協力を希うや切であり、日米通商航海条約を批准し、日本国憲法98条の適用により機構として発足したことは言うまでもない。

オーシャンバンクグループ▽オーシャン経済研究所▽オーシャン保険、生保、損保

オーシャンT［テクノロジー］I［インベストメント］▽オーシャン証券、債券▽オーシャン食採研究所

営業［1］国債通貨の発行、企業の援助、生活の援助、［2］光と陰の調整事業［援助事業O．D．A］、［3］オーシャン保険の事業［生保、損保、医療保険］、

［4］オーシャン証券の売買［株券出資券］国債債券、［5］オーシャン賞基金によるITIによる記念品と1億円程度の授与、ITI内に審議員を置いて1年に1度授与する。①平和賞、物理、文化、神学、発明、発見 ②環境問題、外交問題、医学、介護、看病 ③ボランティア、奉仕活動当等［6］カリマンタン石油の出資、［7］天山開発希少金属の採掘に対する出資、［8］プルサーマル事業の援助、［9］アベックス事業の援助、［10］造船事業の援助及び船舶会社への出資、［11］平和に対する援助、［12］環境整備世界規模に於ける出資。

ミクロ・メラネシア連邦共和国

(1)アリューシャン (2)メキシコ (3)ガラパゴス (4)サモア東西 (5)マレーシア (6)ナムール (7)アスカ (8)オスカ (9)ティモール東西 (10)オーストラリア (11)インドネシア (12)フィリピン (13)中華民国 (14)ペルー (15)ポルトガル (16)チリ (17)ブラジル (18)セネガル (19)ベトナム (20)タイ (21)インド (22)カリマンタン (23)シンガポール (24)小笠原諸島 (25)イラン (26)ブルガリア

（27）アラブ首長国連邦　（28）エジプト　（29）コンゴ　（30）マダガスカル
（31）コートジボアール　（32）中国　（33）モンゴル　（34）バチカン

トーマス・ロスチャイルドが「オイルマネー」を元手にした「長期管理権委譲渡資金」

「長期管理権委譲渡資金」〔長期保護管理権委託とも称する〕というものがある。

これは、日本では、ＭＳＡ協定〔ＭＳＡ（Mutual Security Act・相互安全保障法）〕に基づいて管理・運用されている。日本の基幹産業の育成・振興と保障の根拠となっている協定内容は、以下の「Ｃ項」および「Ｄ項」である。

Ａ．相互防衛援助協定、Ｂ．農産物購入協定、Ｃ．経済措置協定、Ｄ．投資保証協定

この「長期管理権委譲渡資金」の目的内活用に基づいて譲渡資金の免税・免責・返済不要となることもＭＳＡ協定に属している。

「国際産業開発機構・日本産業開発事業団と並行して、日本には相互安全保障法［MSA Mutual Security Act］協定に基づく『長期管理権委譲渡資金』というものがあます。

資金の口座管理人は12人いました。このうち、国際産業開発機構・日本産業開発事業団の理事3人が、口座管理人でありサイナーとして関わっていて、口座管理人9人は、いわゆる『旧摂関家』の末裔から選ばれていました。

『管理権委託譲渡資金』は、トーマス・ロスチャイルドが『オイルマネー』を元手にIMFで運用した利益が源泉になっており、世界銀行を通して投入されていて、その資金は、いったん、日本銀行に送金され、ここから口座管理人の『無利息型決済口座』に振り込まれた後、資金を提供する相手に『予約手形』で渡していました。

これは、日本国内では、財政法はじめ諸法律に基づく『合法的な資金』です。

最も盛んに資金が投入されていたのは、佐藤栄作首相［在任：1964年11月9日～1972年7月7日］、田中角栄首相［在任：1972年7月7日～1974年

12月9日」の時代でした。
主に資金提供を受けることのできる相手は、日本復興に貢献した基幹産業の経営者で、この資金を基に財団を設立して、世界に貢献する意欲を持っていることが資格要件でした。高度経済成長を継続し維持するのが、最大の目的でした」

近年作成された「長期管理権委譲渡資金規約書」から、その実態の輪郭を垣間見ることができる。解説書の表題は、「長期管理権委譲渡資金規約書」［注：手続き上一部変更される場合があります］。

（1）資金の沿革＝本資金は1951年パリの国際商工会議所［ＩＣＣ］に我が国が加盟した時から始まったもので、世界銀行［ＷＢ］、国際通貨基金［ＩＭＦ］、米連邦準備銀行［ＦＲＢ］、国際決済銀行［ＢＩＳ］、などが参画して基幹産業の復興と育成を目的として、スタートしたものです。

そして本格的に取り組みされたのは、1954年3月相互安全保障法［ＭＳＡ］に基づき、アメリカと日本との間に締結した相互防衛援助協定［ＭＳＡ協定］

が発効されてからであります。

（2）資金の性格＝ＭＳＡ協定に基づき、日本国平和憲法9条を基に産業育成を始めとして、世界主要国〔Ｇ8〕への協力金を生産する為、基金及び共産主義排除を目的として、その運用を我が国日本に指名され、各国主要国政治的配慮に貢献しているものです。

この育成資金は独立資金で、外部からの妨害阻止は法的にも出来ない、立派な産業育成資金で公然と使用出来る安全な資金で、管理管財権利を与える契約の基での資金であります。従って一般的な金融の貸付ではなく、担保や保証人、利息など一切必要としておりません。

譲渡を受けた資金は、企業によって7〜10年の償還が原則ですが、企業に管理権を譲渡した同等額を本部が国の保証の下に運用する事により、元利金が償還された形となり、企業は償還する必要がなくなります。従って企業への譲渡金は１００％返済を必要としません。

（3）資金の所在＝今現在においては、即移動可能な資金として当面提供出来る資金のほとんどを、みずほ銀行〔一部は三井住友銀行〕の名義人口座に保管しています。又、大口資金については日銀にて簿外で管理しています。

（4）資金の確認＝受権者［代表権者］の意思が明確に確認されない限り、事前には資金の確認は出来ません。本当の意味での資金の確認とは、その資金が使用出来るか否かであります。

従って受権者の意志が明確に確認された段階で、契約前に一部金口座に送金、又、現金預手で入金するか又は本人名義の資金証明を提示し、契約時一括で実行するかの方法にて実施されます。一部金の場合は入金後3日以内に残金の引渡しと契約を行います。

従来の方法は、まず申し込み時に多数の書類を事前に提出し、資金の準備を行っておりましたが、事前に書類を受け取る事によって、悪質なブローカー等の手に渡り、コピーを取られたりして被害を受けている企業も少なからずあり、この資金の信憑性まで疑われてしまっている現状もあります。

そこで我々と致しましては、トップ資金管理者の理解を得て窓口担当責任者［事前協議担当者］が面接時に直接申し込み書類を受け取り資金実行の手続きに入る事に成りました。なるべく受託者のリスクをなくす形になっており、「論より証拠」の精神で取り組んで頂きたいものです。この世界は疑えばきりが無い訳ですから、その点ご理解頂ければと思います。

（5）関係省庁＝本資金の移動管理当局者として、最高裁長官の下に法務省と財務省［通貨調整準備委員］が調整機関として契約時に関与します。

（6）受権者の資格＝代表権者の人柄、信用、信頼と一定の資本金がある基幹産業企業［東証一部上場企業］の代表権のある取締役個人です。

（7）資金の使用制限＝譲渡される資金の概ね80％は企業育成を主として使用、又は社会的貢献度の高い事業への投資及び寄付［例えば青少年の為のスポーツ施設等］に利用できます。運用期間は約10年間位で消化する計画で使用する事になります。

資金実行の後、官僚や代議士他から手数料を要求された場合は、窓口担当責任者又は本部に申し出て頂ければ処理いたします。

事業計画は簡単なもので、借入金返済［当社の現借入れ］、事業拡大、研究開発、社屋建設等、計画書の仕様は自由です。残りの20％は受権者の自由裁量権として認められ、免責、免税となりますが、その内15％前後は本部と国内諸官庁の調整金、その他費用〔手数料等〕として徴収になります。従って個人が私的に使用できる金額は5％程度となります。20％、80％の比率はあくまでも原則であり、受権者と本部要員〔資金管理者含む〕との面談時の対応の如何によって、この比率は変動される場合があります。

（8）受権者の権利及び特典＝この資金は受権者に管理権利を与える故に、税法には触れません。

（9）資格対象企業＝①資本金X億円上、東証一部上場以上の製造業〔X＝その都度資本額を定める〕②銀行〔未上場可〕③預金残高5000億円以上の大手信用金庫〔以下の場合は相談〕

（10）譲渡される金額〔目安〕＝①資本金の100倍が原則〔増額の場合も有ります〕②銀行の場合は、およそ預金残高の10倍程度です　③信用金庫の場合は資金量程度です。会社の状況と受権者の人格、事業計画構想の如何により、査定評価の増減が出来ます。

（11）資金受領方法＝入金は受権者個人の口座へ日銀の現金預手を以って実行されるか、都市銀行に既に入金済み口座より振り替えで行うかの方法で実行されます。一部金については、送金又は現全預手で実行されます。契約場所は指定邦銀［みずほ銀行本店］にて行います。
（12）契約方法及び手順＝契約は、管理権の委譲渡によって成立する資金です。［手順］①受権者の意思確認＝＊窓口担当及び責任者が直接本人の意思を確認。＊確認の際は受権者の希望する場所に出向く事も可　②受権者と資金者代行が面談　③送金［一部金］又は面談　④契約・残金実行＊免責、免税、管理権譲渡証交付　⑤清算・完了
以上の作業を正味7日間で完了します。［土曜・日曜・祭日は除く］
（13）申し込み手続き［書類］＝申し込み時の書類は、面接時に直接窓口担当者［事前協議担当者］及び責任者へ提出してください。①名刺5枚　②会社案内和文・英文　各1部　③パスポート［写し］表紙・中・末頁　3枚／1セット14。
契約時必要書類　①名刺15枚　②パンフレット　和文・英文　各3部　③資格証明3通　④印鑑証明［個人］3通　⑤住民票［家族全員］3通　⑥パスポート・通帳　現物［持参］　⑦銀行印・実印　現物［持参］　⑧社用便箋1冊　⑨社用封筒　小20部／大10部＊多少予備を用意してください。

非営利法人制度について＝本資金を受けようとする代表権者は、受託した資金の一部〔又は、全部〕をどのような方法で生かせるのか、又、その透明性に問題は無いのだろうか？　という疑問が払拭出来ないためなかなか決断出来ないという現状があるようです。

その疑問を解消する一番良い方法として提案するのが、平成20年12月1日に施行されました「新非営利法人制度」であります。その内容は次の通り、概略を説明いたします。

明治29年の民法の制定以来、税法上の優遇措置を受けることが出来る公益法人〔社団法人、財団法人〕を設立するには、主務官庁による設立の許可が必要とされ「法人格の収得」「公益性の判断」税法上の優遇処置」が一体となっていました。

その為、法人設立が困難で、又公益性の判断基準が不明確であったり、営利法人類似の法人等が公益法人として税法上の優遇処置を受けるなど、様々な問題が生じているとの指摘がありました。

平成20年12月1日から施行された「一般社団法人及び一般財団法人に関する

法律」は、法人格の取得と公益性の判断を分離するという基本方針の下、営利［剰余金の分配］を目的としない社団と財団について、法人が行う事業の公益性の有無に関わらず、登記のみによって簡便に法人格を取得することが出来る法人制度を創設したものです。

又、一般財団法人は、収益事業を行うことも可能で、その利益は、法人の人件費、活動経費に当てることは認められております。但し、株主への配当のように利益や剰余金の分配は認められませんので、注意が必要です。

そして、従資産額が2期連続して300万円以下になった場合は解散しなければなりません。従って、本資金を受けた代表権者は、信頼できる人物を理事長に置き、基本財産とは別に運用金として財団に預託してその活用を図る［預託金額はいくらでも可能］事をお勧め致します。財団に預託した運用資金から、自社への貸付、投資、子会社への貸付、投資、自社株の購入［増資時］、地域への設備投資、寄付など活用方法は無限にあると考えます。

［重要書類］守秘義務誓約書＝今般、長期保護管理権委託譲渡契約［国家予算外特別委託管理保護資金］を極秘に実行するにあたり、私共は下記の件につき知り

得た文書、書類等の物証、情報等、一切外部に漏洩しない事を誓います。たとえ夫婦、親族、会社関係者、顧問弁護士、会計士等いかなる理由があろうと一切他言しない事を誓約致します。尚、本件については、資金管理者から機密保護法に基づき厳しい守秘義務を絶対条件として課せられている事を承諾致します。万一、違反した場合は、いかなる処分を受けても異議申し立てしません。（1）社名、契約者名（2）契約内容（3）資金管理者名、担当者名、官庁担当者名（4）仲介者名（5）当契約を実績として他の契約に利用する事、たとえ社名を伏せても私共が何処かで実行した事など（6）金銭授受の後、受取後の金額、預手、預金証書等、第三者に漏らさない事（7）契約者から、後々金品等一切要求しない事。

あとがき＝基幹産業育成資金に関し、一部世間で流言飛語し、中傷や阻止しようとする人達もおりますが、飛語呪縛にかからないよう、資金は立派な独立した産業育成資金であることを断言いたします。

実例として、新日鉄、松下電器、大阪ガス、第二電電、ＮＥＣ、ホンダ、トヨタ、富士通、富士電機、キヤノン、京セラ等多数の企業が過去に契約を完了して、日本の基幹産業として国民に貢献しております。

ただ残念な事に、世間を騒がす偽資全者やその代理人と称する悪質なブローカーも多数存在している現実もあります。

契約上の最終手続きは本資金の譲渡証書を交付する事であります。

当方のみが扱う窓口でこの実体、即ち窓口の存在については、大手銀行の頭取といえども把握する事は出来ません。また、念のために、本資金の適用にあたり暴力団、政治家、悪質ブローカ一等が介在していることが判明した場合は、手続きが中止されますので十分注意が必要です。受権資格者の方々に十分説明して頂き、深き理解のもと本資金を活用され、企業の体質強化と繁栄を持続する事を望んでやみません。

最後に、申し込み時より契約締結〔資金受領〕迄の間は一切の経費の負担はありません。保証金又は印紙代等の名目で契約前に受権者に金員を要求する不心得者が介在する事もありますので、ご留意賜りますよう、念のため申し添えます。

財務省・長期保護管理権委譲渡契約方式資金について——財政法第44条に基

づく国際流通基金、財務省・長期保護管理権委譲渡契約方式資金について——財政法第44条とは、財政法第五章推測第44条〔特別資金の保有〕、国は法律をもって定める場合に限り、特別の資金を保有することが出来る。

資金の沿革＝本資金は１９５１年パリのＩＣＣ［International Chamber of Commerce 国際商工会議所］にわが国が加盟した時から始まったものであり、世界銀行［World Bank］・ＩＭＦ［International Monetary Fund、国際通貨基金］・ＦＲＢ［Federal Reserve Banks、《米》連邦準備銀行］・ＢＩＳ［Bankfor International Settlements、国際決済銀行］等が参画して、日本の基幹産業の世界大戦後、復興に役立てる事を目的としてスタートし、財政法第44条〔特別資金の保有〕に基づき運用されるものです。

昭和26年、当時の政府・官僚首脳及び学識経験者の意見により、国家の簿外資金として、その有効運用の方途が決められ組織が創設されました。

わが国復興資金として、『償還契約』により、直接、企業、銀行等の外的信用枠を国が借りて、国の財源を造り、その財源〔公的資金〕捻出に協力して頂く基幹産業企業、銀行の首脳個人を特定し、その使用をほぼ無条件で委託するという『長期保護管理権委譲渡契約方式』〔国の財源の運用管理権を貴殿に委託しますと言う契約〕により運用されています。

資金の性格＝日本国の資金ですが、国家予算外の資金です。従って非公開の資金ですが、公然と使用出来る資金です。

この資金は歴代の米国副大統領の管轄下にある資金の一部です。それ故、この資金を国内に放出、流通（正規に）させる為には、米国憲法、連邦制度法、日本国憲法、商法、日米安保条約等の適用を受けなければなりません。

国より流通促進の委託を受けた資金ですので、免責、免税の処置がなされるのは当然のことであり、企業の代表者個人との契約ですので、会社の取締役会、役員会、等の承認などは一切必要ありませんし、第三者に知らしめることがあってはなりません〔厳格な守秘義務が発生します〕。

国に対するその功績として永久代表権、勲4等以上〔本来個人が受賞すべき位の一階級上位の意〕の叙勲等の対象に成ります。

資金の目的＝この資金は日本国の基幹産業の育成と復興を助成し、併せて国家予算外の諸費用を急出し、日本政府に当事国諒解の下に財務省財務局、マネーサプライ［通貨供給］コントロールの調整を勘定してこの資金の一部を国内運用し産業の育成目的とする。

［委譲渡契約の要旨］

これは金銭の管理権の長期に渉る委譲渡です。通常の賃貸の概念には入りません。金銭の管理権が新契約者に対し移管する契約であり、負担義務は現状復帰義務のみです。上記の資格を有する申込者個人が新管理者となります。積立しこれの運用を金融機関に委託［×］年後には自動的に１００％になり、資金総額が完納できるという仕組みです。

しかも、この半額の運用は全部について国が責任を持って企画運用し、金額について償還していくので、契約者は全く関知する必要はありません。契約者は、手元に残る資金は返済不要の手取金として交付し、交付を受けて自由に使用できます。尚、契約者には契約調印と同時に、『返済義務免除を証する書面』と『免税証明書』が交付されます。

［実施要領］

非公開の資金と組織である為、公然と窓口を構える事は出来得ません。権力を伴わない人脈によって資金受領責任者に繋がった場合にのみ、実行を見ます。簿外資金ですので、建て前の上から民間人である資金指示者［実際には官と連携した本件に精通した担当者］が指揮をしますが、別に権力者ではありません。運用権の委譲渡を受託される方に対する説明役と、建て前の上でオーナー役である受託者の御納得を戴いた時点で、中央銀行の現役が登場し、実務が遂行されます。

受託者は基幹産業の首脳であるのですが、あくまで個人にお願いするものであり、会社の役員会の決議等は一切不要です。この資金は資金側からアプローチする事は絶対にありません。関係者を経由して、企業経営首脳よりの申込みがなければ、単なる『路傍の石』にすぎません。しかし、関係者を通じて受ける意思の確認が明確に伝わってくれば、この度の場合は、正味5日間を限度として、全ての疑問を払拭して終了致します。金員は公然なものですが、受託者保護の立場から全てが厳重な守秘事項です。

尚、このルート関係者の中に、政治家、弁護士、新聞記者（マスコミ関係者）、現職の高級公務員、政治団体関係者、暴力団関係者等が、介在している事が判明した場合は、当然のことながらこの話は中止になります。

［資金（免税、免責、返済不要）に関係する法律］

（1）国際法　日米防衛協定　S29・5・1、日米安全保障条約6条　S35・6・23、同法に基づく日米行政協定　S36・6・23

（2）国内法　財攻法44条［国の特別基金］、同法45条［特別会計］、産業特別会計　S29・6・9、外貨公債発行の特例に関する法律　S29・6・18

付属法令　日米防衛協定秘密保護法　法律166号　S29・6・9、同法施行令　法令140号　S29・6・18

関係法令　日米投資協定　S29・5・1、日米防衛技術協定　条約12号　S31・6・6、日米船舶貸付協定　条約13号　S29・6・5、日米関税特別協定法律112号　S29・5・18

〈文書不可侵〉MSA協定［1953年］のA－Dまでを適用し、無償貸与一管理権運用の資金契約は管理権委託譲渡とし、元本保証の処置ならびに米国出訴期間制限法において、免責に関する一切の件を協定されたもの。日本国内においては、免責の措置を講じ、政府機関の介入、行政指導を得る。

〈民間委託している理由〉

（1）米国証券取引法、第80条に基づく（2）対共産圏輸出統制委員会（3）多国籍企業行動指針による（4）経済開発協力機構制度（5）政治資金規正法、第22条5項－7項、各該当禁止事項をもって策定

［文書不可侵およびMSA機密保護法特刑法適用（安保及びMSA協定）］

（1）米国連邦制度法、第2条、レギラシオン譲渡可能定期預金証書［MSA地位協定A－D省略、国際決済銀行内略］による（2）1MF・国際通貨基金協定、第8／9／25条で転換（3）日米友好通商条約、第4条［出訴権および商事仲介］、第7条［営業行為］による（4）米国修正憲法、第14条、平等保証条項に基づく（5）日本国民法、第90条、公序良俗に関する遵守（6）日本国憲法、第98条2項、米国連邦遵守必要により定義（7）財政法第5条、44条外国為替資金特SI会計、第5条および付則10に基ずく［国家予算外資金］（8）銀行法第10条、20条、21条、22条、証券取引法第65条2項、在日外国銀行は同法32条、同法65条、および同法施行細則、第18条、25条の適用の上。

（9）企業は　商法、第298条、245条、資本糸、IEL法、第3条、資

本償却準備法令で実施を図るもので、口述以外の伝達方法をもっていない。

本資金は、国際間の資金資本移動を目的とするとともに、日本における重要産業企業の資金援助を目的とする。以上、国際間の資本移動を目的とする。

別に・平和憲章第5条・国連憲章第51条・米国安全保障法第55条・米国保険準備保証制度等において税法を適用しない。


松下電器産業の松下幸之助とソニーの井深大、トヨタの豊田章一郎、キヤノンの御手洗毅、京セラの稲盛和夫の各氏が管理権委託譲渡資金を受けた

「戦後復興のとき、管理権委託譲渡資金を受けたのは、松下電器産業の**松下幸之助**とソニーの**井深大**、その後、トヨタの**豊田章一郎**、キヤノンの**御手洗毅**、京セラの**稲盛和夫**の各氏です。みんな大勢いるように思っているが、本償還というのは、そんなにたくさんはいない。

世界連邦運動協会國際会議という国連の組織が大阪にありました。松下幸之助に1回目、2回目、3回目と管理権委託譲渡資金を出していました。こ

の組織のメンバーは、ほとんどが松下電器産業の松下幸之助の関係の人でした。松下電器役員の奥さんが事務を手伝っていた。この資金でＰＨＰと松下政経塾もつくったのです。

奇しくも松下政経塾の第一期生である野田佳彦元首相が『空白の20年』という言葉を使ったが、それはまさにこのことです。厳密にいうと33年です。財政法24条で日本国は赤字国債を発行することを禁じられています。それは、一般会計以外に特別会計という日本国にだけ与えられた特別な予算を有しているからです。

日本は破産もしないし、増税も必要ありません。一般会計と特別会計を一本化して毎年５００兆円程度の予算を組めば赤字国債も減らせるし、増税なんか必要ありません。日本の政治家も官僚も勉強が足りないのではないですか。

ここに書いてあることは国際法、国内法に照らして違法な点は一つもありません。それを実行することに関与している人間が無能なだけです。

1000兆円を超える赤字国債は国民がつくったのではありません。歴代の無能な自民党政権がつくったのではありませんか。どうして、そのしわ寄せが国民にくるのですか。

自分たちは公用車に乗り、料亭でくだらない談合をして癒着、天下り、政治資金も全部国民の税金、このようなことが延々と続いています。

消費税増税も要らない、アベノミクスも要らない。

このような政権は溶けてなくなればよい。とはいえ、言っているだけでは何も変わらない。

ゴールドマン・ファミリーズ・グループは本気ですよ。根本的に変えます。決定事項です。ブレることはありません。ということで次章に繋ぎます」

第4章

本償還（巨額提供資金）を
受けた人々と
M資金など偽償還について、
そのすべてを明らかにする！

本償還は、資本金500億円以上の一部上場企業の代表者個人に資金を提供する

戦後復興のとき、松下電器産業の松下幸之助やソニーの井深大、キヤノンの御手洗毅、京セラの稲盛和夫、トヨタの豊田章一郎、の各氏が提供された「管理権委託譲渡資金」は、「本償還」と言われている。本償還とは、どういうものなのか。また、どのように行っていたのか。

「戦後の償還制度には、まず本償還というのがありました。これは、資本金500億円以上の一部上場企業の代表者個人に資金を提供するものです。もう一つ、2次償還といって、資本金500億円以下100億円以上の企業の代表者個人の小さい企業に対する資金がありました。そこに富士銀行がついていました」

法律に基づいて、実務的には、どのように行っていたのか。

「民法の消費受託寄託契約に基づいて借款契約を行います。25年契約をする。しかし、財政法緊急特別措置法に基づいて、15年の特別なリースを実行するというものです。

貸金業法による借金の時効は10年なので、結果的に返さなくていい。財政法に準拠しています。

しかし、この資金を正式にもらった人は、公安調査庁や公安警察の監査が入ります。

資金のうちの20％は自由裁量、残りの80％は日本の基幹産業のために使わなければなりません。基幹産業は、基本的には製造業です。

それから紹介者に対してお礼をしなくてはならない。

正式に決まっているのは、出た金額の0・0125％。たとえば、100兆円出たとすると、そのうち20兆円は自由裁量で、豪邸を建てようがクルーザーを買おうが高級車を買おうが自由です。

そこに口座管理人代行が後から行く。本償還の受託者に対しては、免責、免税、免訴の手続きが取られています。これは法務大臣が判を押す。免訴は訴追されない。

これは物凄く大きなことです。極端な話、受託者が人を殺しても訴えた人が捕まる。一生、訴追されません。しかし、基本的には世界に貢献できる優秀な人間と認めたから資金を出すので、そのようなことは起きない。こんなことをするような人にはお金を渡しません。法律上はそうなっています。法務大臣と財務大臣と官房長官がOKすればいいのです」

松下幸之助は、PHP研究所を設立、晩年は松下政経塾を立ち上げた

松下幸之助［1894年11月27日〜1989年4月27日］は、松下電器産業［現・パナソニック］の創業者である。一代で大企業を築き上げた経営者として「経営の神様」の異名をとっていた。

自分と同じく丁稚から身を起こした江戸時代の思想家・倫理学者の石田梅岩

〔1685年10月12日～1744年10月29日、丹波国桑田郡東懸村＝現：京都府亀岡市出身、石門心学の開祖〕に倣い、PHP研究所を設立して倫理教育に乗り出す一方、晩年は松下政経塾を立ち上げ政治家の育成にも意を注いだ。これらの資金は、本償還から提供されていた。

PHP研究所を設立した経緯と目的などについては、『21世紀のパワーエリートたち　松下政経塾のリーダー論』〔板垣英憲著、DHC刊、1994年7月〕のなかで、以下の通り記述している。

松下電器産業は、まさに家庭電化製品の王者の名にふさわしい地位を築き、松下幸之助は、「経営の神様」と呼ばれるようになった。

そうした過程で、松下幸之助は、発明を武器とする単なる事業家から、社会に幅広く貢献する大型の経営者として、脱皮を重ねていった。

そのはしりが、社会に向けての貢献活動であるPHP運動だった。一九四六年〔昭和二十一年〕十一月三日に「経営経済研究所」の看板を掲げた。その月の二十八日「PHP研究所」に改称している。五十一歳のときである。

PHPとは、「Peace and Happiness through Prosperity」すなわち、「繁栄に

よる平和と幸福」という意味だ。松下幸之助はその頃、公職から追放されていた。国家の要請に応えて、軍事関係の仕事をしたのが、連合国総司令部［GHQ］にとがめられた。そうした不遇な状態のなかで、松下幸之助は、人間育成のための運動をはじめたのである。

松下幸之助が、国家有為の政治家を養成する松下政経塾の創設を決意する伏線は、実はこのPHP運動に張られていたとみてよいだろう。

また、松下政経塾の創設の経緯と目的などについても、同書のなかで、以下の通り詳しく説明している。

「真に国家と国民を愛し、新しい人間観に基づく、政治・経営の理念を探求し、人類の繁栄、幸福と世界の平和に貢献しよう」とある。確かに「政治・経営」と書かれている。「政治・経済」ではないのだ。つまり、松下政経塾というのは、「政治」と「経済」を学部のように勉強する場所ではなく、「国家経営」の基本理念や哲学、政策などについて学び、国家指導者を養成する場所ということである。これは、「目先のことにとらわれているばかりで国家百年の計を考える指導者がいない」

という松下幸之助が遺した言葉が、端的に示している。国家指導者というものは、百年単位の物差しで国の舵取りを行わなくてはならないということである。生前、松下幸之助は、日本に国家百年の計を考える指導者がいないことを憂慮していたのである。

国家指導者といえば、「国民統治」という権力主義的な言葉が想起されるが、松下幸之助は単なる「統治者」の養成を考えたのではなかった。国家・国民を豊かにし、繁栄させ、幸福な社会を築くことのできる「国家の経営者」の養成を目指したのである。それを「政経」と称したのである。

世界的にも知られた松下電器産業グループの総帥として、経営者らしい感覚で、国家の経営をとらえたのだ。松下幸之助は、日本の政治家に対して、かなり落胆していたようである。それは、むしろ絶望に近かったとみられる。電化製品の製造という実業の世界に育ち、政治の世界には、ほとんど素人同然だったとはいえ、松下幸之助は日本の将来を憂えていた。それは実業人として、「二十一世紀はアジアの時代」と直感していたからである。いわば動物的な感覚ともいうべきものであり、科学的で学問的な根拠があるわけではない。それは松下幸之助自身が、「理論的裏づけがあるわけではない。ただ長年の間に培った私のカンだ」と認めている。

現代の科学でさえ、未来予知の力が万全であるとはいえない。それよりも、経験の豊富な人間の皮膚感覚の方が優れている場合が多い。その点で、松下幸之助は、人間学の大家であった。いまにして思えば、松下幸之助は、予知能力と洞察力が群を抜いて優れていた。世界史の動向に対して、鋭い眼光を向けていたのである。

科学的、学問的な根拠がないとはいえ、世界の歴史の流れを知る者にとって、松下幸之助の直感は、長い間に蓄積された人間の経験則に照らしてみると、それなりの必然性を持っていることがわかる。すなわち、「文明の西回り」という現象である。

エーゲ海から発したヨーロッパの文明の重心は、ギリシヤ、ローマから、オーストリア、フランス、英国を経由して、アメリカ大陸へと移動していった。十九世紀には、七つの海を支配した大英帝国が、世界の繁栄の中心だった。ところが、二十世紀には、アメリカが、それにとってかわったのである。

西回りで移動してきた文明の流れから言えば、アメリカの次に重心は、太平洋を経て、日本を中心とする東アジアに移動してきたとしてもおかしくはない。場合によっては、韓国や中国に重心が移っていくかもしれない。

太平洋文明という未曽有の文明が出現してこないとも限らないのである。松下幸之助は、これを歴史上の単なる可能性とは感じていなかった。「それは世界の歴史の必然的なめぐり合わせである」と受け止めていたようなのである。ならば、その必然性が現実のものになったとき、日本は東アジアにめぐってくる繁栄の受け皿になり得るか。否、むしろ、積極的に受け皿になることを考えなくてはならない。すなわち、新しい世界、新しい人類のあり方を自ら創造していかなくてはならないのである。

明治維新以降、欧米化に専念し、すでにかなり成熟してきている日本は、新しい時代を切り拓く気力とエネルギーを持っているだろうか。対応を誤れば、韓国や中国に文明の重心を奪われてしまう。文明の重心が、東アジアに移動し、二十一世紀がアジアの時代になってくるのではないかと予感するなかで、日本の政治家は、果たして、どのような展望をもって臨んでいるだろうか。日本の政治家は、目先のことばかりにとらわれて、「百年の大計をもって臨んでいない」

と松下幸之助の目に映っていたらしい。とすれば、日本はそれに向けて、上手に対応できるだろうか。そう考えたとき、彼は、おそらく、憂うつな気分になったに違いない。

松下幸之助は、自らが政治家になって、新しい太平洋文明の受け皿となり、重心の役目を担える日本づくりに取り組もうと、一度は決意したと言われている。

しかし、なにぶんにも松下幸之助は、あまりにも高齢になりすぎていた。いや、年齢ばかりではない。実業界でそれこそ最高位ともいってよいほどの地位を築いていた。

「いまさら、政治家になって、泥まみれになることはないではないか。晩節を汚すべきではない」と周囲から猛烈な反対を受けたのである。そこで、松下幸之助は、自分の志を受け継ぐ分身として、若者たちを政治家にする道を考えたのであった。それは、百年単位の物差しで物を考えられる政治家、すなわち、国家の指導者の養成である。

このとき、松下幸之助は、すでに八十五歳の齢を重ねていた。「志」とは、ひとくちでいえば、前述のように、「太平洋文明時代の受け皿となり得る日本の国づくり」である。しかるべき準備をきちんとして、万全の構えで受け皿をつくり上げていくならば、太平洋文明時代が到来しても、日本は、大繁栄の時代を迎えることができる。

このことについて、松下幸之助は、「新しい世界を主体的に創造する、無限の大きな望みを持った仕事をするのだ」と力説し続けたのである。しかも、この「国家有為の人材養成」という事業を天から与えられた使命と感じていたのである。松下幸之助は、こう語っている。「私がこの塾を創ったのは、単なる思いつきや道楽ではない。天が私をしてこの塾を創らしめたのである。そして、ここに集う若き塾生諸君もまた、単に試験に受かったとか、縁があったからという程度でここに集まったのではない。天が諸君をしてこの塾に参加せしめたのである。この塾の使命は、まさに天命である」

松下政経塾では、松下幸之助のこの言葉を非常に重く受け止めている。『松下政経塾のご案内』のなかでも、とくに強調しているのである。

「人間は、自分の与えられた仕事を単なる偶然の役割程度に考えるか、それとも天から与えられた大仕事であると考えるかにより、力の湧き方が極端に変わってくる。松下政経塾の仕事はまさしく天の命ずるものであり、ひとりひとりの知恵才覚、利害得失、立身出世などという次元でとらえうるものでないという思いである」

現実の社会生活では、だれしも、個人の知恵や才覚、利害得失により動いていくのが常である。

「百年の大計」をしっかり考えて、それに基づいて行動することは、口でいうほどたやすいことではない。

本償還を真似して2次償還が行われ、詐欺事件が多発した

本償還でないものもあるのか。このほかにどういう人々が関わっていたのか。

「資金者は、トーマス・ロスチャイルドであり、原資はオイルマネーでした。日本で物凄く儲けた資金をペンタゴンが管理しています。オランダ等にも資金者がいます。メインはトーマス・ロスチャイルドで口座管理人が24人いた。このため、口座管理人が資金者だと勘違いされてきた。

申請があると、口座管理人の中から選ばれた人の富士銀行口座に資金をいったん移す。額としては、40兆円とか50兆円。また口座管理人の代行というのが代々いました。代々いるのですが、資金についてのしくみが、世間的に知られていないことでもあり、なかなかわかりづらい。それをいいことに、勝手に資金者と称して印紙代などの資金を騙し取ろうとする詐欺師やブローカーが山ほどいたのです。

このため何億円ものお金を騙し取られた人がたくさんいます。しかも、それについて、国は裁判にしない。闇から闇に葬ってきました。なぜなら、管理権委譲渡資金について触れることになりかねなかったからです。

確かに、30年前までは**アーサー・ロスチャイルド**がサイナーとして動かしていた。そのことは本人に会ったとき、直接聞いている。
いわゆる本償還といわれる長期管理権委譲渡資金については、松下幸之助の3回目以降は、この30年間動いてない。それを真似して京セラの稲盛和夫氏に渡したり、キヤノンの御手洗毅氏に渡したりしていた。いわゆる2次償還と称するものは、みんな皇族を名乗るものがやっていた。これが元で詐欺事件が多発するようになったのです」

政治家は、絡んでいたのか。

「2次償還については、何でもありでした。本来、政治家に渡してはいけないはずの資金であるにもかかわらず提供したのです。
2次償還を使って、カネをいっぱい手に入れたのが、**竹下登**元首相と**金丸信**副総理でした。三角大福中と言われていた**三木武夫**、**田中角栄**、**大平正芳**、**福田赳夫**、中曽根康弘の元首相のなかで、三木武夫元首相以外はみんな関わっていたということです。

越山会の秘書3人のうちの1人だった木村某という人は、日中国交回復をしたときに唯一、受託者以外で免責、免税、免訴になった人です。台湾に16兆円を現金で持って行った。そのときのお金を木村さんはまだ7兆円持っていた。法務大臣がこの人ならということでなければ免責・免税・免訴を認めない、判を押さないのです」

右翼の大物や宗教団体、反社会的勢力が関わった

右翼の大物や宗教団体、あるいは、いまで言うところの反社会的勢力、つまり暴力団は関わってきたのか。

「ヤクザが資金を狙ってきた。

元の資金がトーマス・ロスチャイルドのオイルマネーだったので、トーマス・ロスチャイルドの下にエクソン・モービルのオーナーのデイビッド・ロックフェラーがついていた。

その資金を2次償還という形で引き出し、マネーロンダリングをしていたのが、右翼の大物だったS・KとかS学会のIです。S学会は、東京都が認めた宗教団体で無税です。寄付を受けることもできれば、運用もできます。日本船舶振興会の笹川良一、児玉誉士夫、田岡一夫、稲川聖城は、みんな右翼やヤクザのトップですが、いずれもS・Kの草履取りです。だから、2次償還のことをヤクザマネーとも言っています。これが戦後日本の復興と、政治家とマフィアの表と裏の基本的な図式です」

S・K［1895年1月24日〜1980年6月22日］は、福岡県小倉出身で大正・昭和期に活躍した右翼活動家である。

高等小学校を中退し、筑豊炭田で兄の仕事を手伝い、上海に渡り、中国革命運動に参加した。1919年、戦前の日本の思想家、社会運動家、国家社会主義者であった北一輝［1883年4月3日～1937年8月19日、二・二六事件の「理論的指導者」として逮捕され、軍法会議の秘密裁判で死刑判決を受けて処刑］とともに帰国。辻嘉六の後援で大化会を設立。後に大化会を岩田富美夫に譲る。1924年、山本唯三郎・後藤新平・八代六郎らの支援により大行社を創立し、会長となる。1925年、大川周明の行地社に参加。1928年に衆議院議員選挙に出馬するも落選。1931年、三月事件に関与。1932年、大日本相撲協会分裂に関与。大行社は休眠状態に。満州国の鉱山開発・経営に従事。1945年、徳川義親とともに日本社会党結成のための資金を提供。1950年、東京都競馬株式会社を設立、大井競馬場を造る。1973年、西パプア独立運動に協力。1979年、天誅会最高顧問となっている。

S学会のI名誉会長の従弟・K・D氏は、「S・K先生と私との関係について」と題して、以下のような追憶文を記述している。

一（1）後藤新平先生の教訓を深く受けていらっしゃいます。関東大震災の折には、後藤新平先生と共に、被災者救済・支援を率先して行いました。

※後藤新平［1857・7・24～1929・4・13、満71歳没］台湾総督府民政長官、鉄初代総裁、逓信大臣・内務大臣・外務大臣、東京市［現東京都］第7代市長。

(2) 日本国家改造を目指した三月革命では、徳川義親候と共に、S・K先生は、日本政治の浄化に尽くされました。［文芸春秋H20年9月号参照］

※徳川義親候［1886・10・5～1976・9・5］尾張徳川家・第19代藩主

(3) 満州国の活動に於いては、岸信介元総理は、官僚として従事し、S・K先生は、民間人として、これに協力しました。

※岸信介［1896・11・3～1987・8・7］満州国財務部次長、満州国国務院総務長官、商工大臣、自由民主党初代幹事長、56代内閣総理大臣。

(4) 戦後、占領軍による国際裁判があり、S・K先生は、3月革命に関与したとのことで召喚されましたが、無罪が立証されました。その折、アメリカ主席検事キーナン氏と親しくなり、S・K先生の伊豆長岡の別荘で、種子島鉄砲を贈呈しました。そして、政治家・財界人の釈放に多大な貢献をしました。

※ジョセフ・キーナン［1888・1・17～1954］東京裁判・首席検察長。

（5）S・K先生は、戦後、三井系、三菱系企業、東急電鉄などと関係し、白木屋事件、丸善石油、新東宝等の解決を導きました。東急電鉄創立者・五藤慶太様より、守護神の観音様を頂いています。

※五藤慶太、東京急行電鉄［東急電鉄］創案者

S・K先生とのご縁によって、

（6）財団法人体力つくり指導協会の設立時期、財界人より、理事をご紹介して頂き、各著名人の方々に理事として参入して頂く事が出来ました。

（7）財団法人体力つくり指導協会は、財団法人日本宝くじ協会寄贈の宝くじ号［大型バス］に、体力測定器・運動用具を積み、北海道から沖縄まで全国を巡回しました。その活動資金を、S・K先生、三井、三菱各企業から寄附を賜り

ました。

※巡回指導者「宝くじ号」、1～3号が指導機材を積んで全国を巡回。昭和41年～43年8月までの間に長期巡回で24214㎞、短期巡回で18625㎞を走破した。車両は財団法人日本宝くじ協会より寄贈された。北海道・東北・北陸・中部・関西・山陽の農・山・漁村などで体力測定を実施しました。

※財団法人体力つくり指導協会設立当初より、日本人の体位体格向上を目的に全国を巡回しました。その後は、財団法人として、トヨタ自動車工業［現・トヨタ自動車］等、各企業での体力つくり全国各地域において、日本人の体位体格向上に貢献致しております。

（8）昭和40年に、米本卯吉先生団長、S・K先生副団長の基に、笹原正三氏、遠藤幸雄氏、福田富昭氏、計23名で、沖縄、台湾、香港に模範演技と親善を行いまいた。その際のマネージメントを、私が担当しました。

※米本卯吉、日本体育大学創立者、「健康と信用は最大の宝」昭和35年、創立に際して、当時の学校

法人日本体育会が教育の理想として掲げた言葉。
※笹原正三、ササハラズ・レッグシザーズ［笹原式また裂き］、笹原の名前を聞くだけで、相手選手は震え上がった。
※遠藤幸雄、1964年東京大会、男子体操個人総合金メダル、同じ秋田の出身、小野喬にあこがれ、施設で育つ苦しい環境のなか、誰にも負けない猛練習で、世界の頂点に立った。

(9) 古橋廣之進氏が、日本で最初のスイミング・スクール［品川とびうお⑭］を設立しました。その際の用地は、S・K先生のご好意により、ご自宅［約450坪］を貸与して頂きました。そのマネージネントを私が担当致しました。

(10) 戦前、S・K先生が、春秋園問題を円満に解決した功績として、財団法人日本相撲協会から、桝席の寄贈を受ける事となりました。昭和43年から初場所と秋場所の7日目は、私が、又、14日目は、国際放映阿部社長が、利用させて頂く事となりました。

※春秋園事件、昭和7［1932］年1月6日、相撲改革をとなえ出羽海部屋の力士達らが、品川

大井町の中華料理店「春秋園」に立てこもり、相撲協会に要求書の決議文を提出するという大紛争が勃発。要求が受け入れられないとみるや、力士達は髭を切り、新興力士団を結成して協会を脱退した。また東方力士の一部も、これを受けて同様の主張のもとに革新力士団を結成し協会を脱退。幕内残留力士はわずかとなり、角界は混乱に陥った。新興力士団・革新力士団は合同興行を行い、人気を集めたが、翌8［1933］年1月には多くの力士が協会に帰参した。天竜らは関西角力協会を設立して抵抗を続けたが、昭和12［1937］年12月に解散した。

---

(11) 徳川義親候の米寿の祝会、しのぶ会［共に東京会館］に、政財界人1500名が集い、S・K先生のご指示により、私は、このマネージメントを担当致しました。

(12) S・K先生は、昭和56年6月22日に86歳で天寿を全うされました。葬儀は、上野寛永寺で行い、大井競馬場、現東京シティ競馬［TCK］とS家合同葬儀で執り行われました。約1000名の方々が参列し、大井競馬場社長、矢次一夫氏［経団連に関する企業労使の解決に寄与された人］、尾張藩20代藩主、徳川義宣候に、弔辞をして頂き、多くの皆様により執り行われました。又、その際のご香典は、朝日新聞・社会福祉部・日本赤十字社・血液財団に、ご親族の了解を受け、ご寄附させて頂きました。

上野寛永寺での葬儀の挙行を致し、墓地は、S・K先生のご意思に従いまして、私が寄附させて頂きました。

※S・K先生のお墓、院号は、【秦隆院殿報国行信太居士】先日、お墓参りに行って来ました。より風格がある墓地になっておりました。

※矢次一夫、国策研究会、昭和8年に貴族院議員・大蔵公望、東京帝大総長小野塚喜平次氏、同教授美濃部達吉氏、労働事情調査所主幹一矢次一夫氏ら官民有志が参集し発足。

(13) 私は、S・K先生との紹介を賜りました。又、私は、S・K先生に、スポーツ界の人々をご紹介し、長い年月を共に、お仕事させて頂く事が出来ました。

(14) 86歳でお亡くなりになりましたが、それまで数十年来のお付き合いさせて頂けたのは、私だけと、ご親族からお聞き致しております。私の人生に於いて、先生から頂いた大きなお力に心から深謝し、先生と私の関係を記させて頂きました。

――2次償還に右翼の大物やヤクザなどが関与するようになったのは、なぜか？

「いわゆる償還というのは、過去の歴史からいうと、日本が戦争に負けて、GHQに占領されていた間に第三国人〔台湾人、朝鮮人、中国人〕が暴れた。当時は、国家権力がないわけだから、警察も取り締まれない。そこでS・Kが児玉誉士夫〔1911年2月18日〜1984年1月17日、CIAエージェント説、暴力団・錦政会＝後の稲川会：会長は稲川裕芳で、後の稲川聖城＝顧問〕、田岡一雄〔1913年3月28日〜1981年7月23日、山口組3代目組長、甲陽運輸社長、芸能事務所・神戸芸能社社長、日本プロレス協会副会長〕らヤクザに武器を持たせて三国人の取り締まりをさせました。いわゆる治外法権にした。

当時は、GHQの占領下だったから、厳密には日本ではない。占領されていて日本の国家権力がなかったので、吉田茂とマッカーサーが相談して、

S・Kに『大行社』という右翼団体をつくらせた。児玉誉士夫も田岡一雄もS・Kの草履取りだから、武器を渡した。第三国人は、物は盗む、人は殺す。とにかく暴れてメチャクチャしていたので、ヤクザが全部撃ち殺した。

復興資金ということで、国際運用資金を入れるのに、当時は公安がないから、松下幸之助など資金をもらうときに、ヤクザにガードさせていた。その名残がずっと残っていたのです。しかも、彼らは過去の資料を持っているので、物凄く詳しい。

今回、司忍〔篠田健一〕の家宅捜索をして、彼らが抱え込んでいた原因証書など過去の資料を全部没収しました。2012年11月15日、極心連合会〔大阪府東大阪市に本部を置く暴力団で、指定暴力団山口組の二次団体〕連合会会長の橋本弘文〔韓国人〕、弘道会〔愛知県名古屋市に本部を置く暴力団〕2代目会長の高山清司〔指定暴力団六代目山口組の若頭〕らは処分されました」

償還詐欺のやり口は、基本的に同じで、「口上」もほぼ決まっている

2次償還以下のところで、詐欺事件が起きるようになったのは、なぜか。

「たとえば、本償還の手続きを行っていた日本銀行の職員とは、別の職員が、全体像を知らないまま、事務方が手続きをしているのを目撃、つまり契約書や伝票などを見て、手続きの流れについて、ストーリーを描き、反社会的勢力などと結託して、『預金通帳と実印を預かる』と言って資金を提供しなければならない相手を騙し、預金を勝手に引き下ろして詐取する事件が多発するようになったのです。これが償還詐欺と言われるものです」

償還詐欺のやり口は、基本的に同じである。話を持ちかけて説明する「口上」もほぼ決まっている。被害者は、まんまとマインドコントロールに引っかかり、気づいたときには、「数千万円」の預金通帳と実印を持ち逃げされている。さり

とて、社名と自分の名前に傷がつくのは困る。これを恐れて、警察に被害届も出せず、「泣き寝入り」しているケースが、ほとんどだという。

『大蔵 日銀と闇将軍 疑惑の全貌を暴く!!』〔板垣英憲著、泰流社刊、1995年5月〕の「第7章 竹下登元首相の周辺で起こる数々の疑獄事件と疑惑」――「第2節 巨額の融資話を餌にして多発した金融詐欺事件」で書いた内容とまったく変わらない事件が、いまでも相変わらず起きている。世の経営者諸氏は、このことによくよく注意し、警戒する必要がある。

参考までに、「第2節 巨額の融資話を餌にして多発した金融詐欺事件」を以下、引用しておこう。

平成三年から四年ごろにかけて、ワンロット三千億円とか五千億円とかの金額の融資話を上場企業の経営者や優良企業の経営者らに持ちかけて、数千万円もの銀行預金口座を作らせて、印鑑を預かり、そのまま持ち逃げするという詐欺まがいの事件が、都内で多発していた。

平成四年夏も、東京都内の政界ゴロや金融ブローカーを中心とした詐欺グループが、優良企業の経営者に対して当初二千万円入金の通帳を持参させ、それを見てさらに総額五千万円入金の通帳作成を求めた。通帳を取られそうになった寸前、経営者が危険を感じて、退散したため運良く助かったという。詐欺未遂である。これは、実際にあった事件だ。

当人が出した名刺によれば、詐欺グループの首領は、「財団法人農林産業研究所顧問」の肩書を持つ「竹ノ下秋道」という人物である。この財団は、「東京都港区東新橋二の一〇の一〇　東新橋ビル内」を所在地としていた。

その一味には、秘書役を名乗っている建設株式会社代表取締役「K」［本社・東京都港区芝五丁目］と太陽住建グループ恵陽商事株式会社代表取締役「T」［本社・東京都港区新橋二丁目］なる人物がいた。Tの友人である「N」［東京都豊島区在住］という人物も介在していた。

Tは、中央大学法学部出身で、大手製菓会社や商事会社営業部長などを経た人物である。このTは、「ある財団が日本の基幹産業に属する一流企業を支援するため数千億円から場合によっては何兆円もの融資を行っている。私が理事長から委託を受けている」

と自らが融資元であるかのような語を持ちかけては、企業経営者を誘い出していた。「N」なる人物は、「Tの窓口」を務めているようであった。これら詐欺グループは、東京・虎ノ門の「ホテルオークラ」を舞台にしていた。

首領である竹ノ下は、このホテルの6階にある「M662号室」に投宿していた。企業経営者らをこの部屋に誘い込んでは金員を騙し取っている模様であった。Nなる人物は、

「私は、政界に通じている。竹下派の経世会の金丸信会長や羽田孜蔵相、渡部恒三通産相などの大物政治家とは、マージャン仲間である」

「娘に殺された山村新治郎代議士の未亡人や娘など遺族の面倒を見ている」などと述べて、相手を信用させては、Tにつなぎ、巨額の成功報酬稼ぎを皮算用している様子であった。

ちなみに、不幸な死を遂げた山村新治郎元運輸相の遺族である山村増代夫人をはじめ旧山村新治郎後援会の幹部のだれ一人として実川幸夫県議［当時］を山村元運輸相の後継者と認めていない。山村元運輸相は、生前、

「国会議員は自分の代一代で終わりでいい」

と漏らしていたので、増代夫人も故人の意思を尊重して、

「身内からも後継者を出さない。山村が築いた地盤もだれにも継がせない」

と周辺の人々や経世会の国会議員たちに盟言してきていた。

事件を起こした山村元運輸相の娘は、東京高等検察庁の措置により、心神喪失として、責任を阻却され、現在、順天堂病院に収容されております。増代夫人ら遺族は、東京での静かな生活を過ごしているようだった。

Nは、金銭右翼崩れの金融ブローカーであり、政界ブローカーで、「竹下元首相が行ってきた金融機関を利用した政治資金づくりをいまは、私が受け継いでいる。私は政界のタニマチである」などと自己紹介しているようだった。Nは、「全日空の若狭会長は、個人融資を受けて会社に貸付けているから、裁判で有罪になっても地位を保っている。最近は、東武デパートが兆の資金を、エイズをテーマに明治製菓が、八百億円、日活が新しいプロジェクトで五千億円の融資をそれぞれ受けた」

「学習院出身で皇族とも親交があるF［以前に衆議院埼玉1区から出馬して落選］という大金持ちと知り合いである」

などと経営者たちに説明していると言っていた。

ところで、竹ノ下やK、T、Nのような人物は、東京都内に二十万〜三十万人も暗躍していると言われていた。

Nを窓口とする詐欺グループは、架空の融資話を企業経営者につなぐに当たって、株式市場に上場している大企業経営や経営幹部らに顔の効く人物に知己のあるNを活用しているようだった。もともと金銭右翼崩れのNには、大企業経営者からの信頼が薄いために、信頼の厚い人物を利用しているようであった。大企業経営者に信頼の厚い人物を利用するに際して、Nは、別の詐欺師的女性たちを使っているようだった。女性たちにそうした人物を連れてこさせては、融資先を探してもらい、紹介を受ける方法を取っている。

「インターネット技術」の時代でも、「アナログ的な手口」がいまだに用いられている

驚くべきは、「インターネット技術」が高度化しているいまの時代でも依然と

して、いわゆる「アナログ的な手口」がいまだに用いられているということだ。つまり、この手の金融詐欺事件は、いまでも跡を絶っていないのである。「日本銀行の資金を運用している者」を名乗る金融ブローカーが、東京都心で横行している。

安倍晋三首相が推進している「アベノミクス政策」［3本の矢＝異次元の大胆な金融緩和、機動的な財政出動、民間投資を喚起する成長戦略］景気に沸いている昨今、「日本銀行の資金を運用している者」を名乗る怪人物らによる、いわゆる「M資金」まがいの騙しの手口を使って行う詐欺事件が、依然として東京都の中心地帯である丸の内、大手町、有楽町、あるいは、港区虎ノ門のホテルオークラ、新宿区歌舞伎町にある西武新宿駅周辺などで頻発しており、その数は、20万〜30万件以上に上っていると見られている。

日銀OBであるとか、日銀関係者であるとか、正体不明の怪人物が、国会議員や大企業経営者ばかりでなく、中堅・中小企業経営者をターゲットに狙いを定め、「カモ」にして、大金をせしめようと忍び寄ってくるのだ。手口と口上は、いまもむかしも変わっていない。

すなわち、これら怪人物は、いずれも「金融ブローカー」の装いをしていながら、いずれも「詐欺犯」であると断言しても構わない。それは、日本銀行が、「金融ブローカー」を使って、資金運用することはあり得ないからである。巨額資金の動きは、財務省・国税庁、金融庁などが、厳重に監視しており、これらの監視網をくぐり抜けて、「日銀資金を運用」することはできない。

もっと言えば、世界的な規模の巨額資金の運用は、ゴールドマン・ファミリーズ・グループが、管理しており、ＩＭＦ、世界銀行などの国際金融機関を通じて、すべてが、国際法に基づき「英語とＩＴ技術「インターネット」」を駆使できるプロ中のプロによって行われているので、これらの技術が堪能でない「金融ブローカー」の手には負えない。従って、「Ｍ資金」まがいの話を持ち回っている怪人物は、「詐欺犯」以外の何者でもない。

ところで、昭和天皇崩御後、今上天皇に御世が変わって26年も経ているのに、いまなお、「償還詐欺事件」が相次いでいる。それはどうしてか。

「今上天皇陛下は、ハイテクオタクで、日立製作所の研究所に毎週のように

行かれていたことがあります。だから、パソコンのスキルは高いものをお持ちになっています。しかし、ご公務に忙しいので、実際にチェックをしていたのは旧摂関家出身の皇族の人たちでした。その人たちは、金の証書に筆でサインをして2次償還を承認していました。彼らは、お茶会と称して、すでに廃家となった皇族の人たちを集めては、『こんなものがあるんですよ』と2次償還の話をして、実質的には償還ごっこの詐欺まがいのことをしていたのです。どう考えても、おおもとの資金とは別の資金をでっち上げ勝手にルールを決めて、仲間内で分配してきたとしか考えられません」

デイビッド・ロックフェラーがオーナーだったシティグループの衰退ぶりが著しく、破綻寸前に陥っている！

「資金者であるトーマス・ロスチャイルドとジェイコブ・ロスチャイルドが、資金者の立場をデイビッド・ロックフェラーに譲ったのを境に、デイビッド・ロックフェラーが国際産業開発機構・日本産業開発事業団を私物化するようになってしまい、ついに本来の機能を失い、今日に至っているのです」

本償還制度を破壊した張本人が、米国最大財閥デイビッド・ロックフェラーだったということだ。デイビッド・ロックフェラーが2011年秋に失脚して以来、デイビッドがオーナーだった国際金融機関シティグループの衰退ぶりが著しい。このことを思い知らせる事態が起きた。

米シティグループは、増配と自社株買いによる株主への還元計画について連邦準備制度理事会［FRB］の承認を得られなかった。2008年の政府による救済以降、シティの評判を立て直そうとしてきたマイケル・コーバット最高経営責任者［CEO］にとって大きな打撃となる。FRBは年次の銀行ストレステスト［健全性審査］の一環で、大手行5行の資本計画を却下し、25行の計画を承認した。

と「ウォール・ストリート・ジャーナル」が報じたからである（2014年3月27日午後3時22分配信）。これは、シティグループがついに破綻寸前に陥っていることを物語っている。

シティグループは、**ジョン・デビッドソン・ロックフェラー4世**［デイビッド・ロックフェラーの甥］が事実上オーナーの国際金融機関ゴールドマン・サックス社と双璧を成してきた。米国の投資銀行であるリーマン・ブラザーズが2008年9月15日に破綻し、世界的金融危機の大きな引き金となった。いわゆる「リーマン・ショック」である。2007年のサブプライムローン［サブプライム住宅ローン危機］問題に端を発して米国バブルが崩壊したのが、原因だ。

しかし、シティグループが、大損害を被ったのに対して、ゴールドマン・サックス社は、事前に「空売り」していたので、巨利を得ていた。

デイビッド・ロックフェラーは、「リーマン・ショック」が起きる前から、損失を被っていて経営危機に直面していたので、これを回避すべく日本を訪れ、メガバンクや福田康夫首相ばかりか、皇居を訪問して天皇陛下に窮状を訴えていたけれど、救済資金提供のメドが立たず帰国。そして南アフリカのケープタウンに欧米の資産家を集めて、基金設立を図ったものの、これに応ずる資産家が少なく失敗した。その結果、「リーマン・ショック」に見舞われて、シティグループの業績も大きな悪影響を受けた。

このため、2008年10月、米連邦政府から250億ドルの公的資金注入を受け、さらに、11月下旬には200億ドルに上る追加の資本注入と3060億ドルもの不良資産の損失の一部肩代わり［290億ドルまでは自己負担でそれ以上は1割の損失負担］の支援を受けて、ピンチを辛うじて免れた。だが、米連邦政府により当面の間は普通株について四半期に1セント以上の配当が禁止された。

デイビッド・ロックフェラーは、ギリシャなどのCDS付国債を大量に仕入れて、再び大博打に打って出てきた。CDSとは、クレジット・デフォルト・スワップ［Credit default swap］といい、クレジットデリバティブ［信用リスクの移転を目的とするデリバティブ取引］の一種であり、一定の事由の発生時に生じるべき損失額の補塡を受けるしくみだ。

これを「大量空売り」して巨利を得た。ところが、これが、ギリシャを国家倒産寸前に陥れたばかりでなく、欧州金融危機から世界金融危機、さらに世界大恐慌を招きかけた。

　このため、欧州最大財閥ロスチャイルドの総帥ジェイコブ・ロスチャイルドの呼びかけで「57カ国会議」が開かれ、世界経済を大混乱させた罪でデイビッド・ロックフェラーらが2011年秋、処分を受けて、失脚した。

　この間、デイビッド・ロックフェラーは、米英中心に多国籍軍を編成して世界戦争を策動する「世界新秩序派」の頂点に立ち、「第3次世界大戦」を勃発させようとした。この企てに日本の政治家が引き込まれた。いわゆる「ジャパン・ハンドラーズ」〔日本操縦者〕にからめとられたのである。

　この毒牙にかかった政治家のなかに、渡辺喜美前衆院議員、前原誠司元外相、橋下徹大阪市長、菅直人元首相らが含まれており、「世界政府派」〔国連軍中心に世界秩序を維持する〕のトップであるジェイコブ・ロスチャイルドやジョン・デビッドソン・ロックフェラー4世に親しい小沢一郎代表を盛んに陥れて、政治生命を奪おうと画策していた。

ＩＭＦ・世銀年次総会は、「金融恐慌→世界大恐慌→世界大戦」を止められず、お祭り騒ぎに終わった

「危険」「危機」「危難」などの「危」は、「あやうい、たかい」と読む。立命館大学の白川静名誉教授の名著『字通』には、「产の下に、跪く人の形をそえたものが、危」であり、「厓の上下に跪く人の形をそえて危うい意を示す」とある。

思えば、私たちは、さまざまな危険にさらされている。だが、だいたいは、危険にさらされているのに、それと気づかず暮らしている。また、危険を知らされていても、まともに受け止めないで、安閑と日々を送っているのが、常である。突然、危険に襲われて、ひどい目に遭っても、もはや遅い。

種々の危機のなかでも、いま世界を揺るがして、人類を危険に曝しているのが、欧州発の金融危機であり、対処を誤れば、「金融恐慌→世界大恐慌→世界大戦」へと人類を破滅に突き落としてしまう。これは決して絵空事ではない。

1929年10月24日、ニューヨーク・マンハッタン島のウォール街で始まった

株式市場の大暴落「暗黒の木曜日」は、「金融恐慌→世界大恐慌→世界大戦」の始まりであった。あれから85年経ているけれど、再び、同じようなことが起こり得る危機状態にある。

今回は、欧州金融危機が直接引き金になりそうだが、この近因は、2008年9月15日、ニューヨーク・マンハッタン島のウォール街の「リーマン・ブラザーズの経営破綻」〔サブプライムローンの破綻〕にあった。

強欲資本主義にドップリ漬かった国際金融機関〔米国最大財閥デイビッド・ロックフェラーがオーナーのシティグループ、ジョン・デビッドソン・ロックフェラー4世がオーナーのゴールドマン・サックス社など〕とヘッジファンドなどによる「デリバティブ〔金融派生商品〕の空売り」が、世界の金融秩序を破壊し、混乱させた。

FNN〔フジニュースネットワーク〕は10月7日午後5時59分、「東京と仙台で開かれるIMF・世銀年次総会を直前取材しました」というヘッドラインをつけて、以下のように配信している。要点のみを引用しておこう。

——IMFについて、クレディ・スイス証券チーフ・マーケット・ストラテジストの市川眞一氏は「短く言えば、危機対応です。どこかの国が、国際収支が急激に悪化したりとか、財政危機がきて、金融的に非常に厳しい状況になった時に、お金を短期的に融資して、急激な変動に対して対応していく、これがＩＭＦの仕事です」と話した。

記憶に新しいものとしては、１９９７年のアジア経済危機の際、経済危機に陥った韓国を救済したのがＩＭＦ。また、今回の総会のポイントにもなっているヨーロッパの財政危機でも、ギリシャなどに支援を行っている。

今回のポイントについて、市川眞一氏は「ポイントは４つあると思っています。１つは、ヨーロッパの財政問題にどう対応していくのか。２つ目は、どうやって世界経済を押し上げていくか。３つ目は、世界的に食料の価格、穀物の価格が急騰していて、これにどう対応するか。４つ目は、ＩＭＦの機構改革をどうしていくかというところが、１つ大きな課題として挙がっている」と話した。

しかし、国際通貨基金［ＩＭＦ］・世界銀行年次総会が東京［メーン会場は、東京国際フォーラムと帝国ホテル」と宮城・仙台市で開催されても、「金融恐慌→世界大恐慌→世界大戦」へと人類を破滅に突き落としていっている「最悪シナリオ」を食い止めるための決定的手立ては、確立されなかった。たとえばヘッジファンド禁止、空売り禁止などはいまのところ、実施されていない。従って、国際通貨基金「IMF」・世界銀行年次総会はただのお祭り騒ぎに終わってしまった。

米国の格付け機関「S&P」が遂に米司法省に提訴される このことの意義は大きい

「勝手格付け」機関と、とかく批判を浴びてきた米国の「S&P」［スタンダード・アンド・プアーズ］が、米国司法省から遂に提訴されることになった。

朝日新聞デジタルは2013年2月5日13時45分配信で、「米司法省、格付け会社S&P提訴へ『不当に高く評価』」という見出しをつけて、以下のように報じている。

―【ワシントン=山川一基】◆司法省は、2008年の金融危機のきっかけとなった住宅ローン関連証券について、不当に高い格付けを与えていたとして、米格付け会社のスタンダード・アンド・プアーズ〔S&P〕を近く提訴する方針を決めた。金融危機を巡って、格付け会社の法的責任を米連邦政府が問う初のケースとなる。S&Pが4日、司法省から通告を受けたと明らかにした。米メディアによると5日にも提訴する見通し。S&Pによると、司法省が問題にしているのは07年に同社がつけた債務担保証券〔CDO〕の格付け。CDOは、複数の住宅ローンから得られる金利収入などを束ねた金融商品で、証券会社などが作って投資家らに販売した。

格付け会社としては、米S&Pのほか、米ムーディーズ・インベスターズ・サービス、欧米系フィッチ・レーティングスが有名である。

しかし、これらの格付け会社が世界各国企業の株式や政府国債などについて行っている格付けについては、「本当に正しい格付けをしているのか」と疑惑の目で見られている。

第1に、格付けの基準があいまいで、恣意的に行っているのではないかという不信感がつきまとっている。以前に、日本国債が、小国ボツワナ並みに扱われたり、トヨタ自動車が、「終身雇用と年功序列を維持している」との理由で、格付けを引き下げられた例もある。

その反対に、「債務不履行〔デフォルト〕寸前」に追い込まれている米国国債の格付けが高評価だったことが、理屈に合わないと感じられることもあった。

第2に、格付け会社にカネを出している企業については、株式などの格付けが大甘にされるなど、格付け会社との「癒着」疑惑もしばしば見られる。それだけに不信感が募る。

米司法省が「S＆P」をヤリ玉にあげたのは、一罰百戒的な面がある。言い換えると、ほかの2社も五十歩百歩ということだ。

サブプライムローン付き証券を開発したのは、ソロモン・ブラーズだと言われている。低所得者向けの不動産担保ローンをこま切れにして、いろんな証券に組み込ませて取引させた。低所得者がローンの返済が不能になって、サブプライムローン付き証券が破綻しても被害は最小限に食い止められるとされてきた。この「安心感」からどんどんサブプライムローン付き証券が販売されたのである。

それが豈図《あにはか》らんや、一角が崩れたところ、後はドミノ式に総崩れになっていき、被害が世界中に拡大し、各国で金融危機を招いてしまった。

このサブプライムローン付き証券が大量取引となったのが、格付け会社の「高評価＝高い格付け」だった。つまり、格付け会社が「高い格付け」をしなければ、大量取引も行われず、サブプライムローン破綻による被害は拡大しなかったはずだというのが、米司法省の判断である。

その意味で、格付け会社が提訴されて、その責任を問われることになったことの意義は極めて大きい。

遠因は、「2001年9月11日」のテロ攻撃を受けて、ブッシュ大統領［当時］が始めた「300兆円戦争」と言われる「アフガニスタン空爆・イラク戦争」による経済的疲弊である。いまだに完全終結していないために米国に財政負担という重荷を背負わせている。

「悪の戦争経済」は、「資本主義経済」につきまとういわば「業」であり、避け難いとはいえ、「短期決戦」が肝要なのである。

野田佳彦前首相は、松下幸之助翁が提唱した「無税国家論」を忘れ、「恩師を裏切った男」と軽蔑されていた

野田佳彦前首相は、「尊敬する大平正芳首相」と「民主党マニフェスト違反」の落差説明をしなければならない。

ちなみに、野田佳彦前首相は2011年12月当時、「消費税増税に不退転の決意で臨む」と力説して強引に押し通した。しかし、この不退転の決意には、国民の重税感への思いは、少しも感じられなかった。

しかも、恩師・松下幸之助翁が提唱した「無税国家論」を忘れたのか、恩師への思いも、やはり無感覚に見えた。みんなの党の江口克彦参院議員〔松下幸之助翁の元秘書、松下政経塾で野田佳彦前首相を面接して採用〕からは、「恩師を裏切った男」と軽蔑されていた。

野田佳彦前首相は、「時代が違う」と言って、松下幸之助翁からのいわば「親離れ」を強調していた。だが、「重税」を国民に課すことは、為政者としては、

最低であった。そのくせ、国家公務員の給料をカットしなかった。

「埼玉新聞」は2011年12月11日付け朝刊「第2総合面」［2面］の「フォーカス」欄で、「大平政治目指す首相」「発足100日　消費税増税に執心」という見出しをつけて、以下のように述べている。

「財務相当時の8月中旬、首相は大平氏の首相秘書官を務め、娘婿でもある森田一元衆院議員を都内の日本料理店に招き、指南を仰いだ。『大平政治を理想としています』と言い出すと、森田氏は『増税を言い出すと「財務省のあやつり人形」と批判される。ぶれないことだ』と助言した。首相は『既に「増税男」と言われている。覚悟はある』と政治生命を懸ける気概を見せた」

しかし、大平正芳元首相は、いまの消費税にあたる一般消費税導入を唱えて、1979年10月7日、総選挙を行い、自民党を敗北させて、政敵の福田赳夫元首相にその責任を追及された。その翌年6月、衆参同日選挙を行おうとして、その直前の同月12日、心臓を悪くして急死してしまった。

当時、大平正芳元首相は、「大蔵官僚に騙された」というふうに見られた。この大平正芳元首相を尊敬しているという**野田佳彦前首相**は、「無理難題」と知りながら、覚悟を決めて、消費税増税を強引に実現しようとした。

「埼玉新聞」の「フォーカス」は、「首相にとって最大の障害となりそうなのが小沢一郎元代表の存在だ」と述べている。

これに関連して、時事通信は、２０１１年12月11日午後10時６分配信で、「消費増税は契約違反＝『首相は覚悟示せ』―民主・小沢氏」という見出しをつけて、こう伝えている。

民主党の小沢一郎元代表は11日、都内で記者会見し、野田佳彦首相が目指す消費増税について「国民との契約違反だ。何としても今やりたいということならそれなりの覚悟があるはずだ」と反対の考えを強調した。

さらに「首相はもっと国民に分かりやすい言動を取るべきだ」と指摘、首相の対応は説明不足として強く批判した。「覚悟」とは、首相に増税前の衆院解散・総選挙を求める趣旨かとの質問には、小沢氏は「そうではない。政治家の考え方と決意を示さないと、国民は納得しない」と説明した。増税反対派による新党結成の可能性について、「当面は、政権交代の時の気持ちに戻って頑張ってほしいと考えている」として、首相の出方を見極める考えを表明。同時に「聞き届けられなかった場合はそれなりの方法を考えなくてはいけない」と述べ、否定しなかった。

民主党の破壊者「戦犯6人組」が「離党」を迫られていた

民主党は1996年9月28日、ゴールドマン・ファミリーズ・グループとフリーメーソン・イルミナティが設立した政党である。「55年体制」の下でデイビッド・ロックフェラーの影を引きずってきた自民党の使命と役割は終わっており、解体が不可避となっている。

ジェイコブ・ロスチャイルドが目指している「地球連邦政府樹立・地球連邦軍創設と原発ゼロ」体制に即応する新しい政党づくりがいまや喫緊の課題となっている。

ゴールドマン・ファミリーズ・グループとフリーメーソン・イルミナティは、

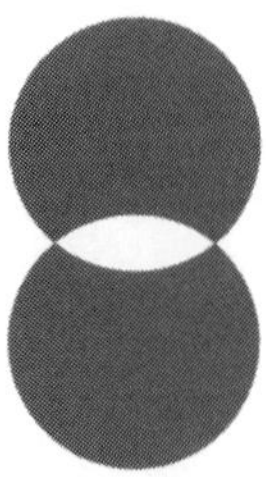

民主党党旗　プロビデンスの目

「世界政府樹立と原発ゼロ」を目指して鳩山由紀夫、菅直人の2人に「民主党」を結党させ、党旗に「プロビデンスの目」をあしらった。太陽を2つ重ねて、複合部分にプロビデンスの目を描いた形の意匠だ。この図章のルーツはエジプト神話にあるホルスの目〔ウジャトの目〕にあるといい、プロビデンスはキリスト教の摂理という意味で、神の全能の目を意味する。光背や、三位一体の象徴である三角形としばしば組み合わせて用いられる。

このため、ゴールドマン・ファミリーズ・グループとフリーメーソン・イルミナティは、「民主党分裂」を厳に戒めていた。だが、立党の意味と目的を知らない菅直人元首相〔デイビッド・ロックフェラーと手を組んだソフトバンクの孫正義社長と再生エネルギー事業で共感〕、野田佳彦前首相、岡田克也元副総理、仙谷由人元官房長官、前原誠司元外相〔デイビッド・ロックフェラーの配下だったマイケル・グリーンＣＳＩＳ元日本部長と親密〕、長島昭久元首相補佐官〔リチャード・アーミテージ元国務副長官やマイケル・グリーン元ＣＳＩＳ日本部長らの知己〕ら「反小沢一郎派」が、「小沢一郎排除」

にかかり、結局、野田佳彦政権の下で小沢一郎代表を離党に追い込んだ。その果てに民主党は2012年12月16日の総選挙で大敗、自民党・公明党連合に政権を奪われてしまった。

ゴールドマン・ファミリーズ・グループが小沢一郎代表に求めているのは、「プロビデンスの目」を党旗とする政党に多くの同志を再結集することである。それがいまの民主党なのか、あるいは、新しい政党なのか。いずれにしても、小沢一郎代表が急いで取り組まなくてはならないのは、ジェイコブ・ロスチャイルドはじめゴールドマン・ファミリーズ・グループとフリーメーソン・イルミナティが小沢一郎代表を「新帝王」に指名して「地球連邦政府樹立・地球連邦軍創設と原発ゼロ」という国際的政策実現を目指していることを同志に徹底的に叩き込むことである。

ゴールドマン・ファミリーズ・グループとフリーメーソン・イルミナティは、民主党を軸に野党一本化することを水面下でしている。最終的には、小沢一郎代表が連携して、民主党に合流、復党することを強く望んでいる。小沢一郎代表が、民主党代表に就任しなければ、資金を含めて全面応援できなくなるからである。

ゴールドマン・ファミリーズ・グループとフリーメーソン・イルミナティは民主党を設立させた事実上の「創業勢力」なので、「是が非でも取り戻したい」としている。

民主党「戦犯6人組」の岡田克也元副総理＝代表代行・選挙担当は、小沢一郎代表がかねてから提唱している「非自民」の旗印を掲げて、野党が総選挙で候補者調整して臨戦態勢を組もうと努めた。実兄の岡田元也社長の「イオン株式会社」が、食品スーパーの不振により最終利益が減益となるなど営不振説が取り沙汰されている折、中国の習近平国家主席、李克強首相と強い絆で結ばれている小沢一郎代表をないがしろにはできない。

玄葉光一郎元外相、野田佳彦前首相、前原誠司元代表、枝野幸男元経済産業相＝幹事長、安住淳元財務相らは、「反小沢」、このなかで特に野田佳彦前首相は、「生活の党と連携するなら、民主党から離党する」と明言している。細野豪志前幹事長は、「小沢離れ」、長島昭久元首相補佐官は、「野田佳彦前首相と前原誠司元代表」から決別している。ゴールドマン・ファミリーズ・グループとフリーメーソン・イルミナティは、「反小沢派、特に破壊者である戦犯6人組は民主党を離党せよ」と迫っているという。

「政権が変わるたびに、ころころ変わる。数百年先を見越した国家としてのビジョンがありません。これでは資源の無駄遣いと老朽化に依る事故とそのメンテナンスにかかる費用は膨大になり国家財政は破綻します。それを避けるために長期的な国家ビジョンが共有できる2大政党制にするためにゴールドマン・ファミリーズ・グループが民主党を創設しました。そのために小選挙区比例代表制にしたのです」

第5章

排除される組織は
ロックフェラー、
バチカン、マフィアなど／
世界にはびこる
悪魔を退治し浄化する

ジェイコブ・ロスチャイルドは、デイビッド・ロックフェラー系銀行と日本のMT銀行を叩き潰すつもり

欧州最大財閥ロスチャイルドの総帥ジェイコブ・ロスチャイルドが、「欧州の銀行は潰さない。米国最大財閥デイビッド・ロックフェラー系銀行と日本のMT銀行は、潰すかロスチャイルド系に吸収・統合する」として着々と手を打っているという。

「ドブに落ちた犬は叩け」という言葉通り、ジェイコブ・ロスチャイルドは、デイビッド・ロックフェラーとその配下、手下を完膚なきまでに叩きのめそうとしている。

一体、どんな方法で潰すのか、あるいは吸収・統合しようというのか？

ジェイコブ・ロスチャイルドが、デイビッド・ロックフェラー系銀行とMT銀行を潰すか、ロスチャイルド系に吸収・統合しようとしているのは、いずれも「軍需産業」に関わっているからだという。すなわち、デイビッド・ロックフェ

ラー系銀行とMT銀行が「悪の戦争経済」により、巨利を得ているからであると言い換えてもよい。

これに関連してジェイコブ・ロスチャイルドは、MT銀行と関係の深い米金融大手JPモルガン・チェースに対して、サイバー攻撃をかけさせているという。

JPモルガン・チェースは、米国ニューヨークに本拠地を置く銀行持株会社で、商業銀行であるJPモルガン・チェース銀行や投資銀行であるJPモルガンを子会社として有している。

2000年にチェース・マンハッタンとJPモルガン・アンド・カンパニー［JPM］との経営統合で誕生した。1959年にはギャランティ・トラスト・カンパニー・オブ・ニューヨークと合併、モルガン・ギャランティ・トラストとなるが、10年後に持株会社を設立し、再び社名がJ．P．モルガン&カンパニーに復帰した。

ちなみに、デイビッド・ロックフェラーが1981年までチェース・マンハッタン銀行の頭取兼最高経営責任者を務めていた。

ロイターは2014年10月10月3日午前8時3分、「米JPモルガンにサイバー攻撃、8300万件の顧客情報流出か」という見出しをつけて、以下のように配信していた。

【2日　ロイター】米金融大手JPモルガン・チェース［JPM．N：株価、企業情報、レポート］は2日、サイバー攻撃により過去最大級の8300万件の顧客情報が流出した可能性があると発表した。

同行によると、7600万人の個人と700万社の中小企業の名前、住所、電話番号、電子メールアドレスなどの情報が盗まれた可能性がある。

JPモルガンは声明で「口座番号やパスワード、ユーザーID、生年月日、社会保障番号が流出した証拠はない」とし「これまでに不正取引が行われた形跡は見られない」と説明した。パスワードや口座情報を変更する必要はないとの見解を示した。

「ニューヨーク・タイムズ」紙が10月4日、関係筋の話として「攻撃を受けた金融機関がJPモルガン・チェースを含め約10社に上る」と報じ、ニューヨーク時事は「いずれも同一の外国ハッカー集団の仕業で、攻撃はロシアから行われたと

みられている」「米高官はロシアに米国が科している経済制裁への報復の可能性を指摘した」と伝えている。ジェイコブ・ロスチャイルドとロシアのプーチン大統領が緊密な関係にあることから、背後関係について憶測を呼んでいる。

「シティ銀、撤退」「『超富裕層』の課税逃れ国税庁に専門チーム」「セウォル号沈没事件」の3題話

共同通信の「シティ銀、国内個人業務から撤退　複数金融機関に譲渡打診」、MSN産経ニュースの「『超富裕層』の課税逃れ許しません　国税庁に専門チーム」という記事と韓国の大型旅客船「セウォル号沈没事件」とが、一見無関係でありそうで、実は相互につながっていて、「超富裕層」の心胆を寒からしめる3題話ができ上がっているという。一体、どういうことなのか？

国税庁は、国外に5000万円超の財産を持つ人に「国外財産調書」を提出させる制度を始めたばかりで、7月には、富裕層の中でも特に所得や資産が多い「超富裕層」の課税逃れを監視するため、情報収集の専門チームを東京、大阪の

両国税局に発足させて、監視を強化した。

これに平仄を合わせて、安倍晋三政権は2014年7月4日の閣議で、小津博司・検事総長［64］の辞職を承認し、後任に大野恒太郎・東京高検検事長［62］を充てる人事を決定し18日に発令した。大野恒太郎検事総長は、東京地検特捜部でリクルート事件［贈収賄事件］や巨額脱税事件などの捜査を担当、最高検察庁総務部長、法務省刑事局長、法務事務次官、仙台高等検察庁検事長、東京高等検察庁検事長などを務めた。この経歴のなかでは、特に巨額脱税事件の捜査が光っている。

国税・検察当局は、「超富裕層」の課税逃れ、海外への違法送金による財産隠し、国際金融ブローカーによる金融犯罪［「セウォル号」に積んでいる金塊50トン］などの徹底摘発にすでに着手しており、内偵捜査が終わっている事件から、順次「強制捜査」に乗り出す。

超富裕層が、億単位の巨額貸付をした場合、その資金の出所などを徹底的に洗い、脱税容疑で摘発・逮捕・起訴する。

政府は、適正な課税・徴収の確保を図る観点から、まずは、2012年度の税制改正において、国外に5000万円超の財産を持つ人に財産を保有する者からその保有する国外財産について申告を義務づけるしくみ（国外財産調書制度）を創設した。2013年12月31日における国外財産の保有状況を記載して、2014年3月17日までに提出しなくてはならなくなった。国税庁は、富裕層の課税逃れを監視し、脱税を徹底的に摘発、検察庁は告発を受けて、起訴に持ち込む。

国税・検察当局が、富裕層の課税逃れ、海外への違法送金による財産隠し、国際金融ブローカーによる金融犯罪の摘発・捜査を厳しくしてきたことで、「日本での営業」が難しくなったのは、外資系の金融機関だ。

英国大手金融機関HSBCが参入からわずか4年の2012年2月22日、日本のリテールビジネスから事実上、撤退すると発表して、国外に去った。個人金融資産1400兆円の多くを保有する高齢層の厚い「慣習の壁」［「金融資産を持つ地方在住の高齢者は、外資系金融機関に金を預けることに抵抗感が強い」］を打ち破れなかったのが、最大の敗因と言われた。系列のスタンダードチャータードバンクも1年後に撤退している。

外資系金融機関にとって、高齢層の厚い「慣習の壁」を打ち破れなかったうえに、今度は、国税・検察当局が、富裕層の課税逃れや海外違法送金、国際金融ブローカーに対する取り締まりを強化してきたのは、大打撃だった。

ついに、日本に１９０２年に進出して30余りの拠点を構えている米系シティバンク銀行が国内の個人向け業務を営業譲渡し撤退する方向で調整に入ったというのだ。

シティグループのオーナーは、米国最大財閥デイビッド・ロックフェラー［２０１１年秋、失脚］だ。一時インドのシェルターに逃げて隠れていたが、２０１３年秋、天皇陛下によって日本に連れてこられ、皇居に匿われて、２０１４年5月ごろ、米国に帰り、実権のない会長に復帰したという。

国税・検察当局は、国際金融ブローカーの犯罪にも目を光らせている。このなかで、特に韓国の国家情報院の要員が、国際金融ブローカーとして暗躍していると言われているので、徹底的に追跡している。

たとえば、沈没事件を起こした韓国大型旅客船「セウォル号」の「3階船員室」には、海外に売却される途中の「金塊50トン」が積まれており、この闇取引に韓国国情院*の要員が、深く関わっているという情報もある。

また、国税・検察当局は、在日韓国人、在日朝鮮人が、違法送金しているケースが多々あるため、その解明捜査に力を入れていると言われている。

＊国家情報院　韓国の国家安全保障に係わる情報・保安及び犯罪捜査などに関する事務を担当するために大統領直属で設置された情報機関、韓国中央情報部＝ＫＣＩＡが改称した「国家安全企画部」が金大中政権下の１９９９年に改編され、国情院と略称される

検察庁、国税庁、金融庁は、韓国の国民銀行に対する業務停止命令で、日韓関係の何を「浄化」するのか？

国税庁が「超富裕層」の課税逃れの監視を強化し、東京国税庁が「韓国クラブ１・２億円脱税容疑」で元経営者を東京地検に告発している最中、今度は、「金融庁が２０１４年8月28日、韓国最大手の国民銀行［本店・ソウル市］の東京、大阪両支店に対し、一部例外を除く新規取引業務を停止する命令を出した。業務停止期間は9月4日から4カ月間。東京支店［東京都千代田区］が不適切な融資を繰

り返していたほか、反社会的勢力との取引防止対策が不十分だったことも判明、厳しい処分に踏み切った」という。「産経新聞」が報じた。検察庁、国税庁、金融庁は一体、日韓関係の何を「浄化」しようとしているのか？

それは、日韓両国に巣くう「国際金融マフィア」に関わる「不正資金の温床」に対して徹底的にメスを入れて、撲滅するのが目的だ。韓国最大手のメガバンクである国民銀行に限らず、韓国の金融機関と腐れ縁を持っている韓国マフィアと日本の反社会的勢力、さらにこれらと結びついている日本の在日系大企業、中堅・中小企業経営者の脱税を含めて「不正」を洗い出し、すべて潰していく。

韓国マフィアと日本の反社会的勢力は、不正融資、マネーロンダリング、人身売買、麻薬・覚せい剤・危険ドラッグ売買など「悪の温床」になっている。これらの事件に関係している政治家、高級官僚の名前も浮上しているといい、東京地検特捜部の事件捜査が本格化すれば、安倍晋三政権を根底から揺るがす大事件になる可能性が大であるという。

検察庁、国税庁、金融庁が、韓国マフィアと日本の反社会的勢力、さらにこれらと結びついている日本の在日大企業、中堅・中小企業経営者による「不正」に対する摘発・捜査の手を緩めるわけにはいかない最悪状態に至っていると判断したのは、内偵の結果、金額にして「100兆円規模」に達していることが判明したからである。

「100兆円規模」といえば、日本政府の一般会計予算の約1年分に相当する。このため「全部膿を出す」構えだ。

金融庁は、韓国マフィアと日本の反社会的勢力、さらにこれらと結びついている日本の在日大企業、中堅・中小企業経営者をすべてリストアップしていて、検察庁、国税庁に渡している。

東京地検特捜部は、マスメディア、インターネット広告やテレビCMなどによって、国民に広くよく知られている日本の在日大企業の経営者にかかわる事件について、すでに内定捜査を完了しており、強制捜査のタイミングを計っているという。

韓国マフィアと日本の反社会的勢力、日本の在日系大企業、中堅・中小企業経営者の悪行は、最近とみに目にあまるものがあった。これにメスを入れる突破口を開くキッカケになったのが、国民銀行東京支店［東京都千代田区］の書庫で30代の男性職員1人が首をくくって亡くなった状態で発見されたことであった。日本の警察は自殺と判断していた。

ここから、国民銀行東京支店が不適切な融資を繰り返していたほか、反社会的勢力との取引防止対策が不十分だったことが判明した。

ゴールドマン・ファミリーズ・グループが、国際金融正常化を進めている最中、みずほ銀行が暴力団に絡み、金融庁から業務改善命令

金融庁が2013年9月、「暴力団員」に絡む融資をめぐり、メガバンクの1つである「みずほ銀行」に対して、経営責任の所在の明確化や、再発防止策の取りまとめを求める業務改善命令を出した。

これは、ゴールドマン・ファミリーズ・グループが、国際金融ブローカーによる国際金融詐欺事件やマフィア、日本の広域暴力団などによるマネーロンダリング事件などを取り締まる国際組織を動かして進めている国際金融正常化の一環である。もちろん、これらの動きは「極秘」なので、公表されることはない。

みずほ銀行は、信販会社を通じて、暴力団員などの反社会的勢力に合わせておよそ2億円を融資していることを知りながら、2年以上にわたって抜本的な対応をとっていなかったという。

ゴールドマン・ファミリーズ・グループは、日本が保有している「国際運用資金」を米国防総省［ペンタゴン］に守らせており、国際金融事件については、マネーロンダリング事件などを取り締まる国際組織を動かして世界的規模で追及している。

国際組織のメンバーは2013年8月下旬に来日し、安倍晋三首相に対して、国際金融ブローカーの処分について、「9月2日」までに「承認するか、しないか」を決めるよう求めていた。これは、同時に「国際運用資金の運用」についての「承認」を伴っていた。

安倍晋三首相は9月5、6日の日程でロシアのサンクトペテルブルグで開催されたG20の初日に、「国際運用資金」の配布について説明してすぐに、2020年夏のオリンピック開催地を決める国際オリンピック委員会［IOC］総会［9月6日から10日までの日程］に出席のため、アルゼンチンのブエノスアイレスに飛び立った。「国際運用資金」については、あくまで秘密事項であり、世界に向けて「声明」が発せられることは一切ない。

国際金融正常化に関して、マネーロンダリング事件などを取締まる国際組織は、バチカンの粛正に乗り出し、教皇であったベネディクト16世〔2005～2013〕を生前退位させ、フランシスコ1世に交代させるとともに、ローマ教皇庁の国家財政管理と資産運営を掌っていた組織「宗教事業協会」〔ローマ教皇から指名された枢機卿が総裁〕を解体させた。総裁のもとに各国の民間の投資銀行を通じて投資運用し資金調達を行っていたばかりでなく、マネーロンダリングの巣窟と化していたからである。

ロシアは、プーチン大統領〔2012年5月7日再任〕がマネーロンダリングを行っていたマフィアや富裕層を徹底的に粛清した。特に、タックス・ヘイブンで知られたキプロスに蓄財していた大企業経営者をすべて暗殺したという。なお、プーチン大統領から暗殺命令を受けたのは、ロシア連邦保安庁〔FSB〕であった。ロシア連邦の防諜、犯罪対策を行う治安機関であるがCIS諸国内においても限定的に諜報活動も行っている。

2003年には連邦国境庁［FPS］が行っていた国境警備機能全体、連邦政府通信・情報局［FAPSI］が行っていたSIGINT機能、連邦税務警察庁［FSNP］が行っていた金融犯罪捜査機能の一部も移管され旧ソ連のソ連国家保安委員会［KGB］の姿に戻りつつあるという。

マネーロンダリング事件などを取り締まる国際組織は2013年8月までに、日本の巨大宗教団体「S」を処分した。

それまでMT銀行が預かっていた資金500億円をすべてみずほ銀行に移させたのである。MT銀行が国際金融の全権を掌握するにあたって、「好ましくない資金」と判定したのである。

「国際運用資金の運用」については、国際金融ブローカーが、相変わらず暗躍しており、被害者が生まれている。

映画「人類資金」でも描かれているようないわゆる「M資金」まがいの詐欺事件の国際版である。実際には、資金を使えないのに、いかにも巨額の資金を引き出せるかのような幻想を振り撒いて、詐欺相手から「1000万円が預けられている預金通帳と印鑑を預からせてほしい」「お世話料をいただく」などと申し向けて金銭を騙し取る手口である。

また、最近では、すでにデフォルトを起こしている米国債を日本のサムライ債に切り替える動きに便乗して、「米国債を3割〜4割の価格で引き取ってほしい」と資産家に申し込んで、現金化しようとする国際金融ブローカーが、暗躍している。特に、米国債を大量に保有している中国から日本に持ち込まれるケースが、頻発している。

マネーロンダリング事件などを取り締まる国際組織は、これらを厳重に取り締まっているのである。事実上、「紙切れ同然の米国債」が、市中に出回ると、米国の信用に傷がつくからである。米国オバマ大統領は、米国債がデフォルトを起こしている実態が、世界に露見してしまうのを最も恐れている。

NHKNEWSwebが9月27日午後5時25分、「金融庁 みずほ銀行に業務改善命令」というタイトルをつけて、以下のように報じた。

——金融庁は、経営責任の所在の明確化や、再発防止策の取りまとめを求める業務改善命令を出しました。金融庁によりますと、みずほ銀行は、信販会社が申し込みを受けて審査する「提携ローン」で、暴力団員などの反社会的勢力に自動車の購入代金などとして合わせて230件、総額およそ2億円を融資していたことが去年12月に金融庁が行った検査で分かりました。

この融資について、みずほ銀行は、担当役員が情報を把握しながら、2年以上にわたって、抜本的な対応をとらずに放置していたということです。このため、金融庁は銀行の内部管理態勢に重大な問題があるとして、27日、みずほ銀行に対し、経営責任の所在の明確化や、再発防止策の取りまとめを求める業務改善命令を出しました。金融庁は、ほかの金融機関でも同じようなケースがないかどうか、検査やヒアリングを行って実態の把握を急ぐことにしています。

これについて、みずほ銀行は「厳粛に受け止め、深く反省するとともにお客さまをはじめ関係の皆様にご心配とご迷惑をおかけしたことを心からおわび申し上げます。改善対応を着実に実施するとともに、内部管理態勢の一層の強化・充実に取り組んでいきます」としています。

ゴールドマン・ファミリーズ・グループは、安倍晋三首相がみずほ銀行の「ヤクザ」融資放置事件を中途半端に幕引きしたことに不満、激怒

みずほ銀行が2013年10月28日、暴力団組員ら反社会的勢力への融資放置事件で、**佐藤康博社長**はじめ54人に及ぶ役員［OBを含む］の大量処分を発表、この事件の幕引きを図った。

佐藤康博　安倍晋三政権の産業競争力会議の民間議員＝みずほホールディングの西村正雄元会長・日本興行銀行元頭取＝故人＝安倍晋太郎元外相のタネ違いの弟

だが、ゴールドマン・ファミリーズ・グループが世界的規模で「マフィアやヤクザの粛清」を進めているにもかかわらず、捜査当局によると、みずほ銀行に限らず他の銀行には、「ヤクザ」への融資に関わり過去に設けた「銀行口座」が抹消されないまま依然として数多く残っている。

これが銀行業界にとって「巨額の不良債権」化していると見られている。このため、

ゴールドマン・ファミリーズ・グループは、安倍晋三首相や銀行業界が「ヤクザ処分」を中途半端に終わらせたその不徹底ぶりに、強い不満を抱き、激怒しているという。

日本の金融業界と「ヤクザ」との関係は、長く根深い。それだけに「銀行口座」数は、膨大で、融資額は計り知れない。しかも、各銀行社長、会長にとどまらず過去の頭取クラスと「ヤクザ」、あるいは「総会屋」、さらに「警察・検察幹部OB」までがいわゆる「癒着状態」で密接に絡み合っているので、本格的な解明を開始した場合、それこそ、「天地をひっくり返す」ような事態に発展し、大混乱に陥ってしまう。

これに対して、ゴールドマン・ファミリーズ・グループは、これまで米国オバマ大統領に指示して、「マフィアやヤクザ」を徹底的に追及し、処分させてきた。また、カトリックの大本山「バチカン」に対しては、ローマ教皇庁の国家財政管理と資産運営を掌る組織「宗教事業協会」［ローマ教皇から指名された枢機卿が総裁］が各国の民間の投資銀行を通じて投資運用し資金調達を行って、マネーロンダリング［資金洗浄］してきたことを咎め、ベネディクト16世を2013年2月28日異例の生前退位に追い込んだ。ロシアのプーチン大統領は、情報機関に命じてキプロスに巨額していた大企業経営者［最低20人］らを射殺させ、隠し資産をすべて没収している。

だが、日本の場合は、「ヤクザ」に絡む「銀行口座」などを徹底的に追及していけば、みずほ銀行に限らず、三菱東京ＵＦＪ銀行、三井住友銀行などにも波及していくことが必至で、金融業界から大勢の幹部が、イモヅル式に摘発されることになる。みずほ銀行の佐藤康博社長はじめ54人に及ぶ役員［ＯＢを含む］の大量処分だけで、この事件の中途半端に幕引きを図ったのは、そうした事態に陥らないよう配慮したのが最大の理由だ。

「ヤクザ」が、銀行から巨額の融資を受けるのに使った「手口」はさまざまである。このなかで、捜査当局がいまなお、語り継いできているのは、第一勧業銀行、富士銀行、日本興業銀行3行が合併したみずほ銀行に引き継がれてきた事件だ。

第一勧業銀行の東京都心のある支店の支店長の娘が、「ヤクザ」に誘拐されて、出入りの「総会屋」に相談したところ、「警察に話すと、娘さんの命が危なくなる。銀行の信用にも傷がつくので、私に任せてほしい」と言われ、「お願いします」と善処を依頼した。そのとき「娘は無事に救出するから、融資の枠を設定して口座をつくってほしい」と条件を示されて、これを承諾した。約束通り、娘は無事に解放され、支店長は融資の枠（2000億円）を設定して銀行口座をつくった。実は、「ヤクザ」と「総会屋」は裏でつながっており、第一勧業銀行との「腐れ縁」は、以後も続くことになり、この銀行口座はいまでも、みずほ信託銀行に残っていて、「2000億円は、不良債権化している」と見られている。

このような手口が、「ヤクザ」世界に広まり、脅されて口座開き融資をした銀行幹部は少なくない。それどころか、「ヤクザ」と「総会屋」とも仲良くなり、融資した資金の一部を「キック・バック」してもらい、「甘い汁」を吸っていた銀行幹部もいたという話もある。山林開発などの名目で多額の資金を融資し、その資金の多くは、都心の地上げ資金に使われてきたという。有名な地上げ物件もあり、つつけば政治家の名前もチラホラ聞こえてくる。

そうした口座の大半は、いまも残っている。反社会的組織からの「倍返し」が恐ろしくて、今日まで抹消できずに来ている。

なお、第一勧業銀行にまつわる大事件と言えば、1997年に第一勧業銀行と

4大証券に関わる金融不祥事総会屋利益供与事件、すなわち、総会屋の**小池隆一**への損失補塡による利益供与事件が思い出される。宮崎邦次元頭取・会長［全銀協会長、日経連副会長などの要職を歴任］が、自殺に追い込まれたのだ。

　宮崎邦次元頭取・会長は、神戸支店次長時代に起きた神戸製鋼所の内紛終結に際して、「右翼の大物」**児玉誉士夫**とその子分の木島力也の介入を受けた。1993年にオープンした宮崎県の大リゾート施設シーガイア建設に際しては、「最後の黒幕」の異名を持つ**西山広喜**に介入されて、巨額融資をした。

　しかし、第一勧業銀行と4大証券に関わる金融不祥事総会屋利益供与事件の捜査過程で、宮崎那次頭取時代から小池隆一と付き合い、巨額融資していた事実を東京地検特捜部につかまれ、厳しい事情聴取を受けた。その直後、近藤克彦前頭取、奥田正司前会長、杉田力之会長兼頭取宛ての遺書を残し、三鷹市大沢の自宅で首吊り自殺している。

「読売新聞」YOMIURI ONLINEは2013年10月28日午後8時38分、「みずほ銀、役員54人処分……社外取締役導入へ」という見出しをつけて、以下のように配信した。

暴力団組員ら反社会的勢力への融資を放置していた問題で、みずほ銀行は28日、佐藤康博頭取が記者会見し、OBを含めた54人に及ぶ役員の大量処分を発表した。同行は同日、再発防止策をまとめた業務改善計画を金融庁に提出し、社外取締役を新たに導入するなどしてコンプライアンス［法令順守］態勢の強化を図り再発防止に取り組む姿勢を示した。ただ、度重なる不祥事でみずほの経営体制に疑問が投げかけられているほか、金融庁は追加の行政処分も検討しており、信頼回復には時間がかかりそうだ。佐藤頭取は記者会見で、「関係者に大変ご迷惑をおかけし、心よりおわび申し上げる。信頼回復にもう一度立ち向かう」と述べた。社内処分では、佐藤頭取を半年間、無報酬とする。塚本隆史会長は11月1日付で辞任するが、持ち株会社のみずほフィナンシャルグループ［FG］の会長は留任する。自身の処分について佐藤頭取は「［軽いと］批判があるのも認識したが、妥当な水準だと思っている」と述べ、引責辞任は「考えた

――ことはない」と強調した。

仮想通貨「ビットコイン」の「Mt．Gox」破綻の裏で、小沢一郎代表に敵対する巨大宗教団体潰し

仮想通貨「ビットコイン」の大手取引所「Mt．Gox［マウントゴックス］」［マーク・カーペレス最高経営責任者＝CEO、フランス出身、拠点・東京都渋谷区渋谷2－11－6］が破綻し、約490億円相当のビットコインが消失していたことが判明している。なぜ巨額のビットコインが消失したのかは、謎のままとされてきた。

だが、ここにきて、ゴールドマン・ファミリーズ・グループが、小沢一郎代表に敵対して前途を阻んでいる特定の巨大宗教団体潰しという「隠された目的」を裏で達成するため、意図的に巨額のビットコイン消失を指示したという情報が、国際金融機関筋の金融のプロの間で流布されている。果たして、特定の巨大宗教団体とは、何か？

ズバリ言おう。「S」である。Sは、MT銀行に約500億円を預金していた。

だが、ＭＴ銀行が２０１３年8月、国連支配権力を握っている「世界政府派」のトップ・リーダーであるジェイコブ・ロスチャイルドを前面に立てながら、国際金融の実権を掌握したのに伴って、Ｓの預金約５００億円をみずほ銀行に移動させた。

Ｓは、米国最大財閥デイビッド・ロックフェラー［２０１１年秋失脚］の傘下に入り、資金運用やマネーロンダリング［資金洗浄］を行い続けてきた。ゴールドマン・ファミリーズ・グループは、国際金融の実権を掌握したＭＴ銀行にいわゆる「いかがわしい資金」が預金されているのは都合悪いと判断して、みずほ銀行に移動させたのである。

そのみずほ銀行が、Ｓの約５００億円を資金源として仮想通貨「ビットコイン」の取引所「Ｍｔ．Ｇｏｘ」に結びつけていた。これを消失させたというのだ。

Ｍｔ．Ｇｏｘは、２００９年にトレーディングカードの取引所として設立され、２０１０年にビットコイン事業に転換し、ビットコイン取引所7社のなかでも最大級の取引量を誇るビットコイン取引所と言われるほど目覚ましい成長ぶりを見せていた。

ところが、２０１４年２月23日、**マーク・カーペレスCEO**がビットコイン財団の取締役を辞任、24日、全取引を中止、25日、74万４４０８ビットコインを実質消滅した状態となり、破産した。債務は１億７４００万ドル、資産が３２７５万ドル。創設者の所在は不明、東京の事務所はもぬけの殻となった。

ゴールドマン・ファミリーズ・グループが、S潰しを進めているのは、新帝王に指名している小沢一郎代表とSが敵対関係にあるためである。Sと関係があったオウム真理教がサリン事件を起こす以前までは、SのI名誉会長は、小沢一郎代表と蜜月関係にあった。だが、サリン事件をキッカケに小沢一郎代表が、I名誉会長と決別した。I名誉会長は、デイビッド・ロックフェラーの傘下に入り、「小沢一郎を抹殺せよ」というデイビッド・ロックフェラーの命令に従い、小沢一郎代表の政治生命を絶つため、妨害活動を続けてきた。特に東京地検特捜部の**佐久間達哉部長**「現・前橋地検検事正、S会員」は、デイビッド・ロックフェラーの強い影響下、民主党の小沢一郎元代

表をめぐる陸山会事件の捜査を指揮した。しかし、捜査過程で部下の検事が虚偽の捜査報告書を作成した容疑が明るみに出て、2012年6月27日、監督責任を問われ戒告の懲戒処分を受けたにもかかわらず、2013年7月5日、前橋地検検事正に栄転している。

ところが、I名誉会長が、病に倒れ、S本部近くの慶應義塾大学病院〔東京都新宿区信濃町35〕に入院、事実上、植物状態となっていると伝えられているなかで、ゴールドマン・ファミリーズ・グループは、地球連邦政府樹立・地球連邦軍創設を念頭に小沢一郎代表を「新帝王」に指名している。世界政府の下で「400年戦争のない平和な時代」を築こうとしている。ゴールドマン・ファミリーズ・グループは、小沢一郎代表の前途を阻んできたSを、「百害あって一利なし」の「有害な宗教団体」と認定して、壊滅しようとしているのである。

ゴールドマン・ファミリーズ・グループは「天皇の金塊」でプーチン大統領に「北方領土」を解決させ、新世界秩序構築の総仕上げ段階へ

ゴールドマン・ファミリーズ・グループにごく近い筋の情報によると、いわゆる「日本のロイヤルファミリーの金塊」の恩恵を受けている主要国が、日本に対する「信頼度」を高め、特に「対日外交姿勢」を好転させてきているという。

米国オバマ大統領がキャロライン・ケネディ駐日米大使〔ジョン・F・ケネディ大統領の長女〕を派遣したのに続いて、バイデン副大統領が2013年12月2日に訪日、オバマ大統領自身が2014年4月に訪日したことで「日米同盟関係」がますます強化されつつあった。

英国は、「日英軍事同盟」〔1902年1月30日調印発効〜1923年8月17日失効〕を復活させる動きを活発化、ロシアは、プーチン大統領が北方領土問題で態度を軟化させて新しい動きを示してきているという。果たしてどういうことを考えているのか？

結論を先に述べれば、プーチン大統領は、「日ロ平和友好条約締結」と同時に「北方領土〔国後、択捉、歯舞、色丹〕4島一括返還」を考えているということだ。

これまでは、柔道家らしく「引き分け」という言葉を使い、「歯舞群島と色丹島の2島先行返還」による日ロ関係改善を構想していた。けれども、2013年秋に「日本のロイヤルファミリーの金塊」による恩恵を真っ先に受けたことから、「4島一括返還」に変わってきているのだという。ロシアに続いて米国、英国、フランス、ドイツが恩恵に浴している。

ロシアが、「日本のロイヤルファミリーの金塊」による恩恵を受けるには、いくつかの障害があった。その最大の障害は、富裕層やマフィアが資産を「タックス・ヘイブン」で知られた地中海のキプロスの銀行に預けて、事実上、隠匿状態にしていたことであった。要するに、国家に対する「税金逃れ」である。プーチン大統領は、これらの富裕層やマフィアをすべて「暗殺」して一掃した。何かと地下経済を支配していたマフィアも粛清した。さらに、資本主義国の「税制」について、よく理解してきた。

これらの成果が、ゴールドマン・ファミリーズ・グループに評価されて、ようやく「天皇の金塊」による恩恵を受けることができることになったという。

プーチン大統領は、中国、ノルウェー、エストニアとの間でも領土問題を解決してきている。残る主要な領土問題は、日本との間だけになっているので、在任中に何とか実現しようと意欲的だ。シベリアや極東地域の経済を発展させるには、日本の経済力、技術力は不可欠と痛切に感じており、日本との関係強化を図ろうと考えているという。

ゴールドマン・ファミリーズ・グループは、国連憲章、国際法に基づく「地球連邦政府」を確立し、新しい世界秩序の構築を進めている。

いわゆる「地球連邦軍」は、日本が中心になり活動する。このためには、日本は国連常任理事国入りしていなくてはならない。それには、まず、「非常任理事国」になっておく。2015年に実施される国連安保理の非常任理事国〔任期2年〕選挙で当選し、2016年~2017年に安保理メンバー入りする。日本は過去10回、非常任理事国を務めており、直近は2009年~2010年。

そこで、国連憲章の「敵国条項」を完全削除し、中国を「4分割」して連邦国家にするとともに、常任理事国から外す。その代わりに、日本が常任理事国に選ばれる。これには、戦勝国「米国、英国、フランス、ロシア」の賛成が必要だ。つまり、ロシアを味方につけておくことは、絶対に欠かせない。

これから3年間は、新しい世界秩序づくりを実行するための第2段階に入る。こうした大事業を成功させるには、2016年7月の「衆参同日［ダブル］選挙」でゴールドマン・ファミリーズ・グループが新帝王に指名している小沢一郎首相による新政権を、何としても誕生させておかなくてはならないのである。

日銀からメガバンクに移された「50兆円」から「30兆円」が消え、オバマ大統領と安倍晋三首相がピンチ

AFPBB NEWSが2014年6月29日午後2時43分、「帰りたくない？外交官の亡命申請『前例ない水準』にカナダ」という見出しをつけて、次のように配信していた。

――【6月29日 AFP】カナダ・モントリオール［Montreal］の仏語日刊紙ラ・プレッセ［La Presse］は27日、秘密文書を引用して、外国の外交官ら50人余りが

同国に亡命を申請したと伝えた。

それによると、２００９年から今年までの亡命申請者は、38人がアフガニスタンの公使とその家族、16人がシリアとイラク、ギリシャ、ホンジュラスの外交官だった。米国大使館の職員も１人いたという。

元カナダ外務省領事部長のガー・パーディ［Gar Pardy］氏は同紙に対し、亡命を申請した外国当局者が［前例のない人数］に上っているとコメントした。


この記事に関連して、「本当は、カナダに亡命した米国の外交官は、上層部の80人」という情報がある。一体、どういうことなのか？

これは、ワシントンにいた日本のメガバンクの役員が、米国ＣＩＡ要員に、いきなりピストルを突き付けられて「30兆円を日本の銀行から米国ペンタゴンに移動させろ」と脅され、仕方なく手続きを取った事件が起きた。

そして「この事件に関係した米国上層部外交官80人がカナダに亡命した。日本の銀行から米国ペンタゴンに移動させた30兆円のうち、１兆２０００億円は、カナダへの亡命資金に使われた」というのだ。

この事件の経緯は、かなり複雑なので、以下時系列により整理して、真相を解明してみよう。

ゴールドマン・ファミリーズ・グループ〔天皇家の金塊が生む富を分配するファンド〕が、２０１４年6月26日にＧ８〔主要8カ国。米国・英国・ドイツ・フランス・イタリア・ロシア・日本・カナダ〕に対して、「30兆円」を分配する準備を進めていた。

米国オバマ大統領は２０１４年4月23日午後7時、エアフォースワン〔大統領専用機〕で、羽田空港に到着、国賓として2泊3日の日程で来日した。安倍晋三首相との日米首脳会談のなかで、オバマ大統領は「30兆円を米国に回してほしい」と要請した。

安倍晋三首相は6月4、5両日ベルギーのブリュッセルで開かれたＧ7〔ロシアを排除〕で、「30兆円をＧ８に分配する」と約束。

日本銀行が、日本のメガバンクに「50兆円」を移す。ところが、その後、「30兆円」が消えてしまった。このため、ゴールドマン・ファミリーズ・グループは6月26日までに、Ｇ８に配分できなくなった。

米国ペンタゴンは、「30兆円のうち、1兆２０００億円を米国上層部外交官80

人のカナダへの亡命資金に使い、さらに一部を抜き取って、残りをロシアのプーチン大統領に回した」という。

プーチン大統領に回した資金は、「米軍が2012年にイラクから撤退した後に残された中古の武器弾薬や破壊された戦車、ヘリコプターなどの撤去処理、2014年末までにアフガニスタンから駐留米軍が完全撤退した後に残される中古の武器弾薬や破壊された戦車、ヘリコプターなどの撤去を行ってもらうための費用」として使われる。

イラクやアフガニスタンにこれらの武器弾薬を残すと、アルカイダやタリバンなど武装勢力の手に渡り、武器は、解体され分解されて、同じような武器を製造するために利用される可能性が大である。米国は、このことを恐れているのである。

しかし、オバマ大統領と安倍晋三首相はいま、国際社会から「ロイヤルファンドがG8に分配する資金を不正に利用した罪」で「犯罪者扱い」されてきたという。

大迷惑しているのは、ゴールドマン・ファミリーズ・グループである。「消えた30兆円をどう穴埋めするつもりなのか」「資金の分配をアテにして待っているG8の各国は、安倍晋三首相は、ウソをついたのか」などと非難轟々、大ピンチだという。

「イエズス会」が、バチカンを解体して、新たな教皇庁を長崎市に設ける構想計画とは、どういうことか

宗教改革以来「教皇の精鋭部隊」とも呼ばれてきたカトリック教会の男子修道会「イエズス会」が2014年2月ごろ、ローマ教皇庁〔バチカン〕を解体して、新たな教皇庁を「原爆被爆都市」である長崎県長崎市に設ける構想計画を実現しようとしている。

「21世紀の宗教改革」を断行するには、ローマ教皇庁の権力闘争、腐敗、同性愛などの事件が、目を覆うほど余りにもひどいためであるという。これは、カトリック教会内部に詳しい筋からの情報である。

バチカンは、イタリアの首都ローマ市郊外にある国土面積が世界最小〔東京ディズ

ニーランドくらい〕のバチカン市の通称。カトリックの教皇が住み、ローマ教皇庁によって統治されるカトリック教会と東方典礼カトリック教会の中心地、いわば「総本山＝**サン・ピエトロ大聖堂**」〔バチカン市国南東端〕がある。世界のカトリック教会信者は、11億人〔世界人口の約17・2％〕と言われている。

だが、21世紀に入って一部の聖職者による児童への性的虐待事件がローマ・カトリック教会を揺るがした。

２０１０年3月28日には、ロンドンで当該問題に対するローマ・カトリック教会の責任を問い**教皇ベネディクト16世**の退位を要求する抗議デモが行われた。

この事態に発展する過程で、バチカン内部の権力闘争、腐敗、同性愛などの醜聞が表沙汰になり、ローマ法王ベネディクト16世〔85〕が、１４１５年に自ら退位したグレゴリオ12世以来、ほぼ６００年ぶりに極めて異例な形で、「生前退位」に追い込まれ、「コンクラーベ」〔教皇選

挙」の結果、アルゼンチンのブエノスアイレス生まれの**フランシスコ1世**［1936年12月17〜］が2013年3月19日、第266代ローマ教皇に就任した。フランシスコ1世教皇は、質素で庶民的な高潔な人物だが、バチカン内部の醜聞や腐敗が相変わらず跡を絶たないことから、「教皇の精鋭部隊」とも呼ばれてきた「イエズス会」が、バチカンを事実上解体し、いわば「第2のバチカン」創設を構想、計画し始めたという。

神に仕える身の聖職者の集まりであるバチカン内部は、欲望渦巻く「権力闘争」が激しい。前教皇のベネディクト16世の側近で絶大な権力を持っていた**ベルトーネ国務長官**［世俗の首相に相当］が、フランシスコ1世就任後、本来は、辞任すべきところ、辞任するどころか、その地位にしがみついて、権力を恣《ほしいまま》にしていた。このため、ベルトーネ国務長官を追い落とすための権力闘争が活発化したのである。フランシスコ1世は、最高幹部人事に手を付け、本格的な法王庁改革に乗り出していたのに、

ベルトーネ国務長官一派が、これに悉《ことごと》く抵抗したらしい。

MSN産経ニュースが2013年10月15日午後11時14分、「バチカン国務長官が交代」という見出しをつけて、以下のように配信した。

ローマ法王庁〔バチカン〕の官僚組織のトップで首相に相当するベルトーネ国務長官〔78〕が15日、辞任した。後任は駐ベネズエラ大使だった**ピエトロ・パロリン大司教**〔58〕。3月に就任した法王フランシスコは最高幹部人事に手を付け、本格的な法王庁改革に乗り出した。

法王庁では昨年、内部文書をメディアに流していたとして、前法王ベネディクト16世の執事が窃盗容疑で逮捕されるスキャンダルが発生。前法王の側近で絶大な権力を持つベルトーネ氏を追い落とすための権力闘争が背景にあるとされた。パロリン氏は15日、手術のためバチカンでの就任式を欠席。正式な就任は数週間先になる見通し。法王フランシスコは8月末、注目された国務長官交代人事を発表していた。〔共同〕

権力と言えば、「カネ」が必ず伴う。バチカンで「カネ」と言えば、「宗教事業協会」〔ローマ教皇庁の資金管理と運営を行う組織「バチカン銀行」とも呼ばれている〕である。

ローマ教皇庁の国家財政管理と資産運営を掌る組織として、ローマ教皇から指名された枢機卿が総裁となり、総裁の下に各国の民間の投資銀行を通じて投資運用し資金調達を行ってきた。

ただし、バチカンが公表する「国家予算」には、「宗教事業協会」の投資運用による利益は入っていない。このバチカン銀行は、「マネーロンダリング」〔不正な資金洗浄〕を過去からずっと行ってきた。だが、このことが、いまでは咎められているのだ。

朝日新聞デジタルが2014年2月1日午後6時16分、「バチカン、財務担当退任　資金洗浄疑惑の銀行閉鎖も視野」という見出しをつけて、次のように配信した。

バチカン〔ローマ法王庁〕は1月30日、財務情報監視局トップだった**ニコラ枢機卿**〔76〕の退任を発表した。教会の財務を10年以上取り仕切ってきた枢機卿の引退は、フランシスコ法王の組織改革に沿った人事とみられている。ロイタ

ー通信によると、ニコラ枢機卿は2002年から教会保有の不動産などを管理。07年から13年までは、バチカンの資産を管理・運用する「宗教事業協会」〔通称バチカン銀行〕の監視委員を務めていた。バチカン銀行の資産は、世界中から集まる寄付など約60億ユーロ〔8400億円〕にのぼるとされる。同銀行は長年、保守政治家やマフィアの借名口座として利用され、マネーロンダリング〔資金洗浄〕の抜け道だったと指摘され、イタリア当局の捜査を受けている。法王は1月15日、同銀行の監視委員である枢機卿5人のうち4人を交代させた。国際的な監査法人による監査も進行中。法王は同銀行の閉鎖も視野に、改革を進めているとされる。〔ローマ＝石田博士〕

バチカンの地は古代以来ローマの郊外にあって人の住む地域ではなかった。だが、キリスト教以前から一種の聖なる地とされてきた。

西暦326年にコンスタンティヌス1世によって使徒ペトロの墓所とされ、最初の教会堂が建てられた。間もなくこの地に住んだローマ司教が教皇として全カトリック教会に対して強い影響力を及ぼすようになり、バチカンはカトリック教会の本拠地として発展、755年から19世紀まで存在した教皇領拡大とともに繁栄した。

だが、教皇は初めからバチカンに居住していたわけではなく、4世紀から約1000年にわたり、ローマ市内の**ラテラノ宮殿**に居住していた。

さまざまな経緯の後、イタリア政府とバチカンの間で折衝が続けられた結果、1929年2月11日になってようやく教皇ピウス11世の全権代理ガスパッリ枢機卿とベニート・ムッソリーニ首相との間で合意が成立し、3つのラテラノ条約を締結。教皇領の権利を放棄する代わりに、バチカンを独立国家として保証された。1984年に再び政教条約が締結され、イタリアにおけるカトリック教会の特別な地位などのいくつかの点が信教の自由を考慮して修正された。

バチカンが事実上解体されて、長崎県長崎市に「第2のバチカン」が建設されると、カトリック教会にとって、歴史的な大変化となる。

ローマ法王フランシスコ1世が、マフィアなど闇社会との決別、日本では国税当局が、闇社会の撲滅に全力

「朝日新聞」が2014年7月28日付け朝刊「6面」〔国際面〕で「教会の難題法王果敢」という見出しをつけて、「ローマ・カトリック教会のフランシスコ法王が、バチカンが抱えてきた『負の遺産』と向き合っている。聖職者による児童への性的虐待問題の対応と、マフィアなど闇社会との決別だ。いずれも難題だが、積年の課題解決に意欲を見せる」と報じている。

日本では国税当局が、「指定暴力団の資金源」をめぐり闇社会の撲滅に全力を上げている。これは捜査当局と連携して進めている「反社会的勢力と舎弟企業」対策の一環である。

朝日新聞デジタルは2014年7月27日午前5時、「山口組系風俗店が所得隠

し8・7億円、一部資金源か　名古屋国税指摘」という見出しをつけて、以下のように配信した。

指定暴力団山口組弘道会の資金源とされる名古屋市の風俗店グループ「ブルー」の7社が、名古屋国税局から6年間で総額約8億7千万円の所得隠しを指摘されたことがわかった。追徴課税は重加算税と地方税などを含め計約4億円とみられる。国税局は愛知県警の協力を得て税務調査をしていた。

国税当局と捜査は、「反社会的勢力」、これに深く結びついている企業経営者に対する内偵捜査を進めてきており、いよいよ攻め込んでいくタイミングを計っている模様だ。

東京証券取引所も、「反社会的勢力」に対して、極めて厳しい姿勢を取っている。企業経営者が株式市場に上場する申請書を提出した場合、上場審査部が「反社会的勢力」と関係していないか、厳しい身体検査を行う。「黒」と判定されれば、いくら逆立ちしても、上場が認められることはない。株式市場に上場している企業の株を買い占め、M&Aをかけて、買収に成功して、後に自分の企業と合併を図る「抜け道」も認められていない。

東京証券取引所は２００８年2月、反社会的勢力排除に向けた上場制度の整備等に関する規則改正を行い、改正内容は、すでに施行されている。

改正内容では、反社会的勢力の排除に向けた対応が取られており、企業行動規範で規定され、コーポレート・ガバナンス報告書で開示を行うこととされた。

また、非上場会社が上場会社を吸収合併して上場する場合等のテクニカル上場において、新たに上場した会社が、テクニカル上場以前に上場していた会社が受けていた開示注意銘柄指定などの措置を引き継ぐことが明確化された。

東証上場審査部は、非上場会社から上場申請があった場合、厳重に審査している。特に「反社会的勢力」との「黒い関係」が判明すると、上場を認められることはない。後で判明した場合、上場審査部の担当者が責任を問われるからである。

このため、警察庁、警視庁などと緊急に連絡を取り、徹底的に情報収集を行い、「怪しい者」を突き止める努力をしているという。

警察庁は、刑事局内に以下を設置している。

警察庁刑事局組織犯罪対策部＝警察庁刑事局における独立部門である。組織犯罪対策を企画・立案し、総合的に推進する。実際の捜査には関わらない。組織犯罪対策企画課、暴力団対策課、薬物銃器対策課、国際捜査管理官、犯罪収益移転防止管理官。

各警察本部においては、旧来より刑事部内に「捜査第4課」「暴力団対策課」「組織犯罪対策課」等の名称で設置している。兵庫県警察本部では山口組本部を抱えている関係で以前から「捜査第4課」ではなく「暴力団対策第1・2課」が置かれてきた。

刑事部から独立して1個の部局として存在するのは以下の通り。

組織犯罪対策部：警視庁

暴力団対策部：福岡県警察本部

独立した部ではないが、刑事部内に組織犯罪対策の専務部門として存在するのは以下の通り。

組織犯罪対策本部：大阪府警察本部・神奈川県警察本部・千葉県警察本部

組織犯罪対策局：北海道警察本部・宮城県警察本部・埼玉県警察本部・静岡

県警察本部・愛知県警察本部・兵庫県警察本部

警視庁組織犯罪対策部＝組織犯罪対策総務課　庶務係、組織犯罪対策企画係、組織犯罪対策管理係、組織犯罪対策情報係、組織犯罪対策指導係、組織犯罪対策教養係、マネー・ロンダリング対策室、犯罪収益解明捜査第1－第4係。

組織犯罪対策第一課＝第1対策係〔庶務〕、第2対策係〔情報収集〕、第3－第6対策係〔組織実態解明〕、第7－第14対策係〔取締り〕、不法滞在対策室第1－第7係。

組織犯罪対策第二課＝第1捜査係〔課内庶務、国際事件調整〕、第2捜査係〔国際連絡調整〕、第3－第23捜査係〔国際犯罪捜査〕

組織犯罪対策第三課＝暴対企画係、暴力団情報管理係、暴力団規制第1－第6係、暴力団排除第1・第2係、保護対策係、行政命令係、特殊暴力対策第

1・第2係、特殊暴力犯捜査第1－第3係。

組織犯罪対策第四課＝暴力事件情報係、広域暴力団対策係、暴力犯特別捜査第1－第11係

組織犯罪対策第五課＝銃器薬物対策第1係［課内庶務］、銃器薬物対策第2係［資料・統計］、銃器捜査指導係、薬物捜査指導係、銃器捜査第1－第6係、薬物捜査第1－第6係

組織犯罪対策特別捜査隊＝隊本部［庶務係、管理係］、各班。

福岡県警察本部暴力団対策部＝福岡県警察は2010年1月、警察本部としては警視庁に次いで2番目に部として独立させた。部長は警視正、副部長兼北九州地区暴力団総合対策現地本部長も警視正。

組織犯罪対策課＝国際捜査室、暴力団排除調査係、北九州地区暴力団排除調

査係

暴力団犯罪捜査課＝特定事件捜査係、特別捜査班

北九州地区暴力団犯罪捜査課＝専従捜査員約80名配置

薬物銃器対策課＝密輸対策センター

ローマ法王との取引で安倍晋三首相はプーチン大統領、習近平国家主席と首脳会談実現

ローマ法王フランシスコ1世が、日本のロイヤルファミリーに泣きついてきたのがキッカケで安倍晋三首相は2014年11月に北京市で開催されるAPEC［アジア太平洋経済協力］首脳会議でロシアのプーチン大統領、中国の習近平国家主席と個別に首脳会談を行うことになった。

そして、ゴールドマン・ファミリーズ・グループとフリーメーソン・イルミナティが進めている「中国4分割・東北部〔旧満州〕にユダヤ国家＝ネオ・マンチュリア建国計画」「北朝鮮の金正恩第1書記＝元帥による朝鮮半島統一・大高句麗建国計画」が実現に向けて大きく動き出している。フランシスコ1世は、一体、何を泣きついてきたのか。

アルゼンチンのホルヘ・メヒア〔Jorge Mejia〕枢機卿〔91〕所有の乗用車〔ローマ法王庁バチカンの外交官用のナンバープレートを付けた車〕が9月14日、フランス国内を走行、仏アルプスのシャンベリ〔Chambery〕近郊の料金所で社内からコカイン4キロと大麻200グラムが見つかり、イタリア人男性2人が身柄を拘束された。

運転していたのは、定期点検のために同枢機卿の私設秘書から車を預かっていたという男性と同乗の男性で外交官ナンバープレートが隠れみのになると考え、スペインで麻薬を購入して帰路についていた。

ホルヘ・メヒア枢機卿は2003年に引退したローマ法王庁の名誉司書で、現在は寝たきりになっており、実際に麻薬を購入しようとしていたのは、現職の別の枢機卿だった。

フランスの警察当局の捜査によると、この麻薬密売には、英国と製薬会社がかかわっていることも判明した。このため、警察当局は、この枢機卿を検察当局に書類送検し、検察当局が国際司法裁判所に書類送検した。もし国際司法裁判所で起訴されると、即座に身柄はフィリピンに送られて銃殺されることになっているという。

フランシスコ1世は2013年3月13日、先代のベネディクト16世が不祥事続きの責任を取って生前退位した後を受けて法王に就任したばかりなのに、現職の枢機卿が死刑判決を受けると、監督責任を問われて、辞任に追い込まれる。そうなれば、ローマ法王庁の権威は失墜する。

そこで日本ゆかりの司教を通じて、「麻薬密売は、重罪だ。死刑判決を受けても、執行猶予付きの判決が出るように協力して欲しい」と日本のロイヤルファミリーに伝えてきたという。国際司法裁判所には、皇太子妃雅子様の父である**小和田恆判事**［前国際司法裁判所所長］がいる。

日本のロイヤルファミリーは、ゴールドマン・ファミ

リーズ・グループとフリーメーソン・イルミナティとともに、小沢一郎代表が世界の指導者としての活躍することを期待し、「総理大臣になることを待望」しているのだが、ローマ法王フランシスコ1世の要請に応えるべく努力することを約束した。その代わりに、「こちらの要望を聞いてほしい」と要求した。それは「安倍晋三首相がロシアのプーチン大統領、中国の習近平国家主席、韓国の朴槿恵大統領と個別に首脳会談ができるよう説得してほしい」というものであった。一種の取引であった。

森喜朗元首相は2014年9月10日午後11時15～50分の35分間、モスクワのクレムリン〔大統領府〕でプーチン大統領と会談し、安倍晋三首相の親書を手渡し、ウクライナ問題などについて意見を交換した。だが、実際には、プーチン大統は当初予定されていた時間より3時間以上遅れて姿を現し、森喜朗元首相をあえて待たせて「安倍晋三政権による対ロシア経済制裁」に無言の不満を露骨に表明した。これればかりではなかった。もっと手ひどい仕打ち、すなわち、プーチン大統領は、親書を

一読した後に、森喜朗元首相にこれを突き返して、「日本には訪問しない」とはっきり言い渡したという。

ところが、プーチン首相は2014年9月21日午後、安倍晋三首相に電話をかけてきて、約10分間話した。両首脳が直接会話を交わすのは2月以来のロシアによるクリミア半島併合後初めてのことだった。プーチン大統領は、この日が、安倍晋三首相の60回目の誕生日［還暦］ということを知っていて、わざわざ自ら電話をかけてきたのだ。「誕生日おめでとう」とお祝いの言葉を述べたという。

プーチン大統領は2014年11月に北京市で開かれるAPECに出席した際に、安倍晋三首相と首脳会談するつもりであることを伝えたという。ローマ法王フランシスコ1世からの願い事を受けて、安倍晋三首相に電話してきたことが、証明されたのである。

フランシスコ1世は、中国の習近平国家主席に対しても、すぐに手を打った。「APEC首脳会議で安倍晋三首相との首脳会談を実現してほしい」と説得し、納得させたという。説得の方法は、「習近平国家主席をローマ法王庁へ招待する」というものだった。

これは、朝日新聞デジタルが2014年9月22日午後8時17分、「バチカンに中国主席招待かローマ法王が親書と伊紙報道」という見出しをつけて、次のように報じたのが証明している。

イタリアの主要紙「コリエレ・デラ・セラ」は21日、ローマ・カトリック教会のフランシスコ法王が、外交関係のない中国の習近平［シーチンピン］国家主席に、「バチカンに招待する」との親書を非公式ルートで送ったと報じた。

同紙によると、法王はパロリン国務長官らと9月3日に協議。法王は同郷のアルゼンチン人2人に親書を託し、彼らを経て中国側の外交官に渡されたという。親書では「社会的公正をもたらす、よりよい仕組みをつくるために、多極主義の世界の政策決定に寄与したい」と伝えたという。非欧州出身の法王の下で、従来の「欧州中心主義」から脱却しつつあるバチカンの姿勢を示したとみられる。

習近平国家主席は、ゴールドマン・ファミリーズ・グループとフリーメーソン・イルミナティから、「中国版のゴルバチョフになれ」と言われて、「ソフトランディング」させるため、着々と実行に移している最中だ。ローマ法王庁もゴールドマン・ファミリーズ・グループの主要メンバーであるので、「指示」には従わざるを得ないのである。

なお、これらの動きの背後には、小沢一郎代表が「隠然として控えていること」を忘れてはならない。

AFPが9月17日午後0時13分、「『バチカン車両』からコカインと大麻、運転していたのは……」という見出しをつけて、以下のように配信した。［発信地：リヨン／フランス］

【9月17日 AFP】フランス国内を走行していた、ローマ法王庁［バチカン］の外交官用のナンバープレートを付けた車から、コカイン4キロと大麻200グラムが見つかった――。この車の所有者は、アルゼンチンのホルヘ・メヒア［Jorge Mejia］枢機卿［91］。しかし、ローマ法王庁の名誉司書である同氏は、2003年に引退し、現在は寝たきりになっている。麻薬発見当時、この車を運転していたのは、定期点検のために同枢機卿の私設秘書から車を預かっていた

というイタリア人の男ら2人。

RTLラジオによると、2人は外交官ナンバープレートが隠れみのになると考え、麻薬購入のためにスペインへと向かったと伝えられているが、詳細についてはまだ明らかになっていない。麻薬を購入し帰路についていた2人は14日、仏アルプスのシャンベリ〔Chambery〕近郊の料金所で身柄を拘束されている。

司法関係者によると、2人ともバチカンの外交官パスポートを所持していなかったことから、バチカンの直接的関与は考えにくいという。バチカン側もこれを否定している。

フランシスコ〔Francis〕法王は、アルゼンチン人の同胞として、法王選出の2日後に伊ローマ〔Rome〕の病院に入院中のメヒア氏を見舞っている。

ローマ法王フランシスコ1世が、習近平主席を招待し北朝鮮との関係改善を要請の意向なのに前途に暗雲

ローマ法王フランシスコ1世は2014年8月18日、韓国訪問の帰路、専用機

が外交関係のない中国の領空を通過中、慣例に基づいて習近平主席に挨拶の電報を打電、9月3日には、パロリン国務長官らと、習近平国家主席を「バチカンに招待する」件について協議し、フランシスコ1世と同郷のアルゼンチン人2人に託された親書は、中国側の外交官に渡された。フランシスコ1世は習近平国家主席がバチカンを公式訪問した際、「北朝鮮との関係改善」についても話題にするという。

これは、バチカンにいる日本ゆかりの大司教に太いパイプを持つ関係者筋からの情報である。フランシスコ1世は、一体、具体的に何を話題にするのであろうか。

フランシスコ1世は、中国北京政府当局が、最近キリスト教徒に対する抑圧を強化し、数百か所の教会の十字架を強制撤去、中国の信者らに対して、政府公認の教会に出るよう強要するとともに、フランシスコ1世の中国信者への影響力も否定しているため、習近平国家主席を招待して、これを何とか改善したい。

大司教に太いパイプを持つ関係者筋は、日本のロイヤルファミリーと親密で、フランシスコ1世と習近平国家主席との会談を大きなチャンスととらえている。

北朝鮮の金正恩第1書記＝元帥［背後に女帝］が叔父で後見人とされた張成沢前国防副委員長を逮捕させ、特別軍事裁判所は2013年12月12日に開いた裁判で、クーデターを画策した「国家転覆陰謀行為」の罪で死刑判決を下し、「腹をすかした猛獣犬に食わせる刑」が即時執行された。

張成沢前国防副委員長は、中国とのビジネスを一手に握っていたので、習近平国家主席はじめ北京政府最高指導部が激怒、中朝関係が険悪化してきた。

特に北京政府は、北朝鮮に売っていた石油の供給をストップして、いわゆる「兵糧攻め」を続けている。このため、これから冬に入ると、北朝鮮人民のなかから、凍死者が多数出ることが予想される。フランシスコ1世は、このことを憂慮しているという。

日本のロイヤルファミリーは、「習近平国家主席がバチカンを訪問した際、北朝鮮への石油供給を再開するよう話してほしい」とフランシスコ1世に要請した。安倍晋三政権は、北京政府が、北朝鮮に供給をストップしている石油を高値で買い入れているので、中朝関係については、事情をよく承知している。

金正恩第1書記は2012年4月11日に就任以来、一度も中国を公式訪問していない。このため、日本のロイヤルファミリーは、特別ルートを通じて、北朝鮮側に対して「金正恩第1書記は、習近平国家主席に比べるとはるかに年下なのだから、訪中して習近平国家主席に頭を下げて、これまでの非礼を詫びたほうがよい」と伝えているという。

10月早々にも訪中して、中朝関係が改善されれば、ゴールドマン・ファミリーズ・グループとフリーメーソン・イルミナティが進めている東アジアにおける「緩やかな連邦制度」は実現に向けて大きく動き出す。

北朝鮮の日本人拉致問題についての日朝外務省局長級協議が9月29日、中国・瀋陽市で行われた。日本側代表は伊原純一アジア大洋州局長、北朝鮮側代表は宋《ソン》日昊《イルホ》朝日国交正常化交渉担当大使という顔ぶれだ。

日本側は拉致被害者らの再調査の初回報告を北朝鮮が先送りした経緯を追及する。ちなみに、宋日昊・朝日国交正常化交渉担当大使は9月に入り、訪朝した金丸信元自民党副総裁の長男、康信氏と会談して、初回報告に向けて努力している姿勢をアピールしていた。

中国北京政府高官は「賄賂・裏金」をマネーロンダリングして「海外送金」、人民解放軍高級軍人は不満が爆発寸前

中国共産党1党独裁北京政府と地方政府高官が「賄賂」で蓄財という「汚職」は、いまや常態化している。汚職高官が、不正に獲得した裏金を海外の銀行に送金して蓄財していることはよく知られているけれど、中国ではいくらたくさん蓄財しても人民元を海外に持ち出せない規則になっているという。ならば、どうやって海外に持ち出しているのか。それには、巧妙なカラクリがあり、中国の金融事情に詳しい専門家が、次のように明かしている。

ズバリ言おう。地下銀行を使うのだ。

地下銀行のことを「ジャンケット」と呼ぶ。ジャンケットとは、カジノ・ホテルが、主要顧客をスカウトし接待をするために雇っている世話人のことで、カジノで大金を賭ける客に対して、「融資・集金」する役目をする人のことを「ジャンケット・オペレーター」という。マカオ特有の職業である。

このジャンケットが共産党の政治局員の口座にいくら人民元があるかを予め調べておく。そのうえで、カジノで行われるゲームのなかでも大金が動く「バカラ」、つまり胴元である「バンカー」と客役である「プレーヤー」による勝負に、客が「バンカー」と「プレーヤー」のどちらが勝つかを賭けるゲームを「バカラ」という。この何回もの勝負に賭け続けてもらう。

勝負の結果、掛け金は、5％は減るが、95％は残る。そうすると、「カジノで勝った」という証明書を出してもらえる。それを持ってHSBC香港［香港上海銀行］に行くと、USドルに両替してくれて、さらにここに口座を開設できる。これが、中国のマネーロンダリングのしくみである。

HSBC香港にカネを入れておいて、ここで両替をして、証明書を出してもらって、海外の銀行に送金すれば、マネーロンダリングしたことになる。HSBCは、オフショアである。つまり、「タックスヘイブン」ではないけれども、税の減免措置がある。しかもスイス方式をとっているので、個人の名前は非公開にされている。

こうした北京政府と地方政府高官の「汚職」について、中国共産党人民解放軍の高級軍人たちは、先刻、百も承知している。だが、基本的に「自力更生」により、軍隊を維持している人民解放軍の高級軍人は、北京政府と地方政府高官たちが行っているような「派手な汚職」による「実入り」は少ない。そのうえに、「シャドー・バンキング〔影の銀行〕」が破綻すれば、人民解放軍の「利権」が台無しになるので不満は募るばかりであるという。

このため、人民解放軍の高級軍人は、習近平国家主席と李克強首相ら最高指導部の「経済運営」に極度の不信感と不満を抱いて、公然と厳しく批判している。それどころか、日本の安倍晋三首相が断行している「アベノミクス政策」の起爆力を羨み、「習近平国家主席と李克強首相体制」に造反し、暴走する動きを示し、こちらは「爆発寸前」という。

中国の軍事情勢に詳しい専門家の情報によると、このところ、習近平国家主席と李克強首相ら最高指導部が、中国共産党人民解放軍を完全掌握していないのではないかと見られている。2014年7月24日、中国空軍のY8早期警戒機1機が、沖縄本島と宮古島の間にある公海上空を東シナ海から太平洋に抜けたばかりでなく、初めて往復飛行し、中国の活動拡大を印象づけた。

25日午後7時ごろには、中国海軍のミサイル駆逐艦やフリゲート艦など艦艇5隻が沖縄本島と宮古島の間の海域を通過、この5隻は7月3日に対馬海峡を北上、14日には北海道の宗谷海峡を通過した艦艇で、中国艦として初めて日本列島を一周したことになる。

こうした中国人民解放軍の動きは、習近平国家主席と李克強首相ら最高指導部による「命令」を受けて行われたものであるか否かが不明であることから、最高指導部の統治能力が疑われている。放置しておけば、人民解放軍の暴走を許し、間違いなく、中国崩壊のキッカケとなる。

「虎もハエも一緒に叩く」習近平国家主席が、大物の政敵を大粛清、「血しぶきが舞い上がる」

中国共産党1党独裁北京政府の習近平国家主席が2014年3月5日から開いた「第12期全人代第2回会議［会期は10日から2週間程度］」を機に、「最大の政敵」一派の「大粛清」に乗り出した。「最大の政敵」は、汚職による巨額の蓄財をしていたばかりでなく、習近平国家主席暗殺、クーデターなどを企てて、実行したものの失敗したという罪状が挙げられており、習近平は、政権維持のため大勝負に打って出る。これは、習近平政権の内部事情に詳しい専門家からの情報である。「最大の政敵」とは、最高指導部である中国共産党政治局メンバーの周永康・元常務委員［1942年12月〜］である。「石油閥」の実力者であり、序列は、9位だった。2013年12月1日から、消息不明となり、中国当局に拘束され、汚職疑惑に絡み取り調べを受けていると言われてきた。

また、周永康・元常務委員を取り調べている「二号専案」調査グループは家族や側近もみな拘束しており、息子が2013年末、当局に拘束され、父親の出身母体である石油業界や四川省に絡む違法取引に関与した収賄容疑で取り調べられている。

周永康・元常務委員は1964年、中国共産党に入党。1966年に北京石油学院を卒業後、石油管理局長を経て、1985年に石油工業部副部長［次官］となる。1988年、中国石油ガス総公司副総経理となり、1996年に総経理。1998年、朱鎔基内閣で初代国土資源部長［任期：1998年3月〜2000年］に就任。2000年、四川省党委書記に転出。2002年に党中央政治局委員に選出され、中央書記処書記に就任。同年、11代公安部長［朱鎔基内閣、温家宝内閣、任期：2002年12月〜2007年10月］兼党委書記に就任し、翌年発足した温家宝内閣でも留任。警視総監、武装警察部隊第一政治委員、国務委員［胡錦濤前指導部で共産党政治局常務委員、中国共産党中央政法委員会書記、中国共産党中央治安綜合治理委員会主任。温家宝内閣副首相級＝政法担当、任期：2003年3月〜2008年3月］など要職を兼任。政法部門［情報、治安、司法、検察、公安などの部門］では羅幹に次ぐ第2位の地位にあり、200万人近い武装警官、警察、司法関係者を率い栄華を極めた。2007年10月22日、第17期1中全会で中央政治局常務委員に昇進し、中央政法委員会書記に就任、羅幹の持つ政法関連の職を受け継ぐこととなった。2013年10月29日、公安部長の地位を退いた。

周永康は、思想・宣伝部門を統括する李長春第16・17期中央政治局常務委員［序列第5位］とともに、胡錦濤前国家主席の政敵とされてきた。胡錦濤前国家主席との権力闘争に敗れて失脚した重慶市党委の薄熙来・元書記［2013年9月21日、山東省済南市の裁判所から収賄罪、横領罪、職権乱用罪で無期懲役の判決を言い渡されて、同年10月25日に確定」と緊密であり、「天安門以来最大の政治事件」と呼ばれてきた薄熙来事件での「薄熙来処分」には消極的だった。

また、周永康は2012年3月、胡錦涛指導部に対する「3・19中南海クーデター未遂事件」に関わったほか、政敵暗殺事件関与が取り沙汰されているうえに、2012年9月に反日デモが暴徒化した時の公安責任者であり、反日を煽ったとされている。さらに、一連のグーグル攻撃は中国政府が行ったもので、攻撃を統括した周永康と李長春による指示で行われていた事実も判明している。

習近平との関係では、「ポスト胡錦濤国家主席」の最有力者だった当時の習近平副国家主席・打倒のために反日デモを展開したり、暗殺しようとしたり、クーデターを画策したりしてきた。このなかには、爆弾と毒注射で習近平を暗殺しようとした事件も含まれている。

習近平国家主席は、副国家主席だった2012年9月4日夜、乗っていた公用車が、2台のジープに体当たりされ、意識不明に陥り、同乗者は重体になった。暗殺されそうになった習近平副国家主席は病院に逃げ込んで身を潜めた。だが、暗殺は失敗した。しかし、共産党大会を前に、習近平がいつまでも、公の場に姿を現さないと、マスメディアばかりか、世界各国政府から「何が起きたのか」と疑念を持たれる。

このため、胡錦濤国家主席は、習近平副主席をいつまでも、病床に伏せさせておくわけにもいかず、やむを得ず、公務に就かせることにしたため、消息不明になってから約半月ぶりに姿を現した。11月の共産党大会［5年に1回開催］を経て11月15日の中全会で習近平副主席が総書記に、李克強副首相が、政治局常務委員に再選され、党内序列第2位にとなり、２０１３年3月15日の全国人民代表者大会で習近平副主席が国家主席に、李克強副首相が首相に正式就任した。

だが、習近平副主席に対する「暗殺未遂事件」の黒幕が、周永康・元常務委員であった疑いが濃厚だったので、この事件の直後には、「虎狩り」と称して、周永康・元常務委員の粛清を決意していた。２０１３年1月27日の共産党中央規律検査委員会［中紀委］の会議で「反腐敗問題」に言及し、「虎もハエも一緒に叩き、誰に波及しようとも徹底的に調査し、見逃すことはない」と強調していた。「虎」とは、重慶市党委の薄熙来・元書記と周永康・元常務委員を指し、「ハエ」とはその家族や側近たちであることは、容易に予想されていた。習近平国家主席は、薄熙来に続いて、2014年3月15日の全国人民代表者大会を機に周永康を司法で裁き、「血祭りにあげる」ことを決定していた。大粛清の血しぶきが舞い上がり始めたのである。

第6章

ゴールドマン・ファミリーズ・グループの決意／世界連邦政府は、国際金融システムに新機軸を築く

世界連邦政府の財源は、年間所得1億円以上の富裕層の税金、各国地方政府は消費税

ゴールドマン・ファミリーズ・グループは、地球連邦政府樹立・地球連邦軍創設により、取りあえず「400年戦争のない平和な世の中」をつくろうとしている。世界秩序は、いわゆる「地球連邦軍」［地球防衛軍＝宇宙の時代を念頭に置く］が維持する。地球連邦政府を中央政府にして、各国は、地方政府［日本の都道府県］の形になり、各国の軍隊は、「州兵」として治安維持に当たる。地球連邦政府の財源は、年間所得1億円以上の富裕層から徴収する税金で、各国地方政府は、消費税でそれぞれ賄う。

法律は、国連憲章、国際法、世界標準などを基本に世界共通に適用する。公用語は英語とし、商取引も英語による。パソコン、インターネットによって、情報伝達や契約を行う。

こうした新しい体制は、米英両国を中心とする「多国籍軍」により「世界新秩

序」の構築を目指すものとは、まったく違う。安倍晋三首相が、2014年7月1日に「集団的自衛権行使容認・憲法解釈変更・閣議決定」を強行し、さらに自民党憲法改正草案［2012年4月27日決定］に沿って日本国憲法第9条を改正して、「国防軍」を創設しようとしている方向とは、相容れない。

ゴールドマン・ファミリーズ・グループの莫大な資産を運用に乗せて増やす

地球連邦政府は、年間所得1億円以上の富裕層から徴収する税金で、各国地方政府は、消費税でそれぞれの財源を賄うのであるけれど、ホストカントリーである日本の天皇家をはじめとするゴールドマン・ファミリーズ・グループが所有している莫大な資産が、基本財産となり、これが後ろ盾［担保力］となる。それらの資産は、運用に乗せることで、どんどん膨れ上がっていく。

吉備太秦はゴールドマン・ファミリーズ・グループが所有している莫大な資産の主力である金、銀、銅、プラチナなどの貴金属地金の国際取引に関する「最終承認者」でもある。

貴金属地金の国際的取引は、WTO並びにICCが定めた国際法の規定に基づいて行われる

まず、貴金属地金の国際取引についての基礎知識を押さえておこう。

貴金属地金の国際的な取引は、WTO［ワールドトレードオーガナイゼーション＝世界貿易機構］が定めた国際法の規定に基づいて行わなくてはならない。すなわち、貴金属地金の国際的な取引に関する規定は、国際商業会議所［International Chamber of Commerce、ICC、インターナショナル・チャンバーオブコマース］の400条、500条、600条である。この規定に準拠しない取引は、すべて違法な取引ということになる。運用に乗せるための金取引で最初に交わす契約書のことを「International Chamber of Commerce」という。

貴金属地金の国際的取引とは、どういうものなのか。運用に乗せられるものと、乗せられないものがあるのか？

「ここでいう貴金属地金というのは、ニュープロダクト〔New Products〕といわれるものです。要するに市場に出ていない新品ということです。しかし、これしか国際的な金の取引がないかというと、そうではありません。

運用に乗せない金の取引は、リ・オウンドプロダクツ〔Re-Owned Products〕といって、いわゆる中古品の取引として市場で売り買いされています。しかし、金は劣化しないので、溶かして固めれば、何が新品で何が中古品かは基本的に見分けがつきません。このWTOの400、500、600の規定に基づいて、取り引きされた金は『運用』に乗せることできます」

中古品の取引は、貴金属地金の国際取引とどう違うのか?

「リ・オウンドプロダクツの取引は、仮にそれが新品の金であったとしても、この場合の取引の準拠法律は、古物商・質屋の法律になります。

たとえば、田中貴金属に行って1キロの金の延べ棒を買おうと思ったら、現金と同じだから現金での取引しかできません。金、銀、銅など金属地金は現金と同じ扱いなので、古物商の取引になります。単に基準になる取引価格は、ロンドンマーケットインターナショナル［London Market International＝L・M・I］の価格ということになります。

世界の標準時間は、英国グリニッジ標準時間が基準になっており、そこから時差を計算します。金の価格は、このグリニッジ標準時間の時価が基準になっているのです。

田中貴金属に行くとL・M・Iの時価が表示されていて、1分単位で価格が変わっています。実際の取引ではそこまで厳密にしているわけではないけれど、だいたい100円とか50円単位で価格を決めます。3700円のときに10キロの金を買ったとすると、それを4200円で売ったら儲かる。これが古物商の取引です。一般の人がやっている取引は、このことをいいます」

金杯とか宝飾品もやはり中古品扱いなのか？

「金杯が売られていて、よく見てgptと刻印されていたら、それは金メッキされているものです。純金のことを24Kと言いますが、これは純度が99・99％以上のものだけに限られた呼び方です。金でも宝飾品などの場合は、18Kとか14Kが多い。純金と他の金属〔銀や銅等〕との配合率によって呼び方が違います。純金は柔らかいので、そのままでは装飾品には向かないため、硬度のある銀や銅等を配合したもので宝飾品に加工しています。万年筆のペン先は14Kが多い」

4つのグループにより売買を成立させるための「基本合意書」とは

貴金属地金の国際取引では、どんな契約書が買わされるのか？

「最初の交わす契約書には、まずNON-DISCLOSUERと書かれています。これは『だれにも言ってならない』という意味で、この文書のなかには、秘密保持の条項も含まれているので、関係者以外には一切口外してはいけない。これは大変重要なことです。関係しているグループが4つあります。この文書は、その4つのグループにより売買を成立させるための『基本合意書』であることを意味しています」

4つのグループとの売買について、極めて詳細で厳密な取り決めがなされているということなのか？

「パーティ〔Parties〕と言うのは、グループのことです。1番目のグループ〔First Party〕はセラー〔売り手〕のグループ。この売り手のグループというのが、金の鉱山会社、金の精錬会社、金の品質保証会社の法人のグループです。

金の鉱山会社は、日本でいえば、鹿児島県伊佐市にある住友金属鉱山の菱刈鉱山から金を掘りました。その段階では、まだ金の純度も何もわからないので、それを金の精錬会社で精錬して、金の延棒〔ゴールドバー、インゴット〕にする場合の純度は1000分の999・9以上でなければなりません。そしてブランド名を刻印します。ブランド名には2パターンあって、1つがユニオン・バンク・オブ・スイッツアーランド〔UBS〕です。この定義は、スイスの銀行法によってつくられたスイスにある銀行ということです。
なぜスイスなのかという理由は、まずスイスが永世中立国であるためです。そしてスイスの銀行法は、秘匿性が高いということであり、行員が個人情報［所有者の名前とか保有量など］を外部に漏らした場合、罰則は罰金が10億円から100億円くらい個人情報を漏らした行員に科せられます。所有者に関する情報は一切公開されません。それに対する罰則が非常に厳しいので、過去に一度も漏れたことはありません。ブランドとして認められている理由です。この要件が満たされていないと、ＩＭＦの運用には乗せられません」。

貴金属地金の品質に対する信頼性などが、大事である。いわゆるブランドが問われるからだ。

「もう一つは、ＵＢＳ以外のブランドの刻印です。たとえば、三菱マテリアルは三菱のロゴ、田中貴金属は田中貴金属のマークが刻印されています。これらのブランド刻印の場合は、リ・オウンドプロダクツ［Re-Owned Products］

の金ということになります。だから、いくら金が本物であっても、ブランドの刻印がUBSでないものは、すべて『中古品の金』の扱いになります。たとえそれが、発掘したばかりの金からつくられた市場に出ていないゴールドバーであっても、扱いは中古品になります。この場合は、市場で取引はできるけれども、運用には乗せられません」

UBSの刻印がないものは、中古品扱いされるとは、厳しい。次に大事なのが、金融機関ということか？

「次に2番目のパーティです。これは、1番のパーティの国の中央銀行と中央銀行に当たるもの、それにその歳入代理店［みずほや三井住友や三菱東京UFJは日銀の歳入代理店である］の金融機関のグループです」

売り手に対する買い手についての取り決めは、どうなっているのか？

「3番目のパーティは、バイヤー［買い手］です。これは、個人でも法人でも構いません。

しかし、この運用の事案に関しては、ガバメント［各国政府］とブローカーは一切関与できないので、国が買うことはできません。あくまで民間ですべて取引を行う。

日銀は株式会社日本銀行であって政府ではない。銀行はどこも株式会社です。銀行法に基づいてできたストックホールディングカンパニーです。つまり民間会社です。

ちなみに、りそな銀行は国の資金が入っているので完全な民間とはみなされないので、この取引には使えません。

日銀のオーナーは、ジェイコブ・ロスチャイルドのオルレアン社という合資会社なので、民間企業です。政府は関与できません」


中央銀行は、歳入代理店を通して、金融業務を行っている。

「4番目のパーティは、3番目のパーティの国の中央銀行および中央銀行にあたるものとその歳入代理店です。ポイントは、『EDT』［Electronic Document Transmissions］と、『ECA』［Electronic Commerce Agreement］です。

これは『電子認証方式』ということを意味しています。この一連の書類をパソコンのE-mailで添付して送って、お互いにサインします。サインはパスポートのサインで、ブルーインクの万年筆であること。それを600dpi以上［600万画素以上］の画質でスキャンし、書き換えることができないようにPDFファイルにします。

2001年9月11日のテロ以降、そのようにして取引するようにルールが変わりました。これは国連およびWTOの規定で明確に定められています。だから、電子的書類の送信、売買の合意をしなければなりません」

IT革命が進んで、あらゆる取引や契約書、認証などが、「電子化」されている。

「そして、この書類に私がサインを入れます。これが一番重要で、私がサインをすることにより『フラッグシップを立てる』ということになります。フラッグは、漢字で書くと『旗』だが、実は秦ファミリーの『秦』でもあります。つまり、『この取引をきちんとしますよ』ということを、国連を含めた関連機関に宣言をするのです。

その旗印がフラッグシップであるので、私のサインは『フラグシップを立てる』ということを意味しています。

つまり、『国連から認められた最終承認者 =Special Power of Attorney at Goldman Families Group』が承認したという意味であり、それを宣言している文書ということになります。

世界の金塊は秦ファミリーが支配していると言われているのは、このフラグシップがあるからです」

「紙＝書類」を使う取引、契約書から「電子認証方式」の契約が主流になる

1995年に米国マイクロソフト社がウィンドウズ95というソフトを発売したのを境に、「紙＝書類」を使う取引、契約書から「電子認証方式」の契約が主流になってきた。いわゆる「アナログ」から「デジタル」に変わったということです。

「いままで、この電子認証方式で契約が最後までできた人がいなかった。その前の20年を含めて30年間、最後まできちんと契約ができる人が一人もいなかったのです。だから、新たに金の運用に乗せたものというのがこの30年間なかった。これが真実です。30年経って、私が合格したのです」

会議の方式も大きく変化して、どこかの場所、会議室などにいちいち集まらなくても、テレビ会議やインターネット上で会議を行うことが普及してきた。

「2001年より前、インターネット上の書面で契約を交わす前は、バチカンに集まって契約をしていました。

しかし、テロで飛行機が狙われたり、情報が漏れたりした。このため、集まるリスクが大きいので、2001年9月11日以降から、このようなやり方になりました。

また、30年間契約が止まっていたので、その間採掘された金の延べ棒をつくってはいても、運用には乗せられず、そのまま在庫として眠ってきていました。

仮に店頭で金塊を売ったとしても、大きな利益にはなりません。運用ができるまで、在庫として持っておいたほうがいいということになります。そのようなこともあって、金が市場に供給されず、金の価格が上がる要因にもなっていました。

ただ、ホストカントリーである日本にとっては、巨額資金の配分は、金の価格が下がっていたほうがいい。この運用が出ると、市場の価格も変動して金の価格は下がります。ターゲットとしては、金の価格が3700円程度です。その価格まで下がらないと、日銀が損をすることになってしまうから動かせないでいます」

金の取引についての手数料は、どうなっているのか？

「金の売り買いだが、バイヤーとセラーにそれぞれ国連の規定に準拠した手数料が入ります。エリザベス女王とか、米国大統領とか、国連の事務総長、国際司法裁判所の判事といった関連機関の人々が、それぞれ1枚の書面に承認のサインをしていく。その承認者たちのなかには、ローマ法王もいます。全員の承認が揃わないと、ゴールドマン・ファミリーズ・グループのスペシャルパワーオブアトーニー［最終承認者］は承認することができません」

サイナーが承認していないのに、「違法な取引」「もぐりの取引」を行う者は、現実にいるのか？

「ある取引の例を紹介しましょう。東南アジアの半官半民のある会社の取引です。

この場合は、掘って精錬するまで一つの会社でやっています。品質保証証明書というのは、そういう国連が認めた品質保証会社というのがあって、その国にも品質保証会社はあるので、そこで証明書を出します。私がフラッグシップを立てる書類は、セラーに対して『売っていいですよ』というものです。

慣例として、最終承認であるフラッグシップは、漢字でサインします。なぜなら、管理権・使用権・運用権は日本が持っているので、フラッグシップを立てる人は漢字とパスポートのサインの両方をサインする。漢字のサインは筆でします。サインの下には［THE END OF DOCUMENT］とあります。これは、このドキュメントは終わりですよというものです。日本語の『以上』という意味です。ここまでが、契約の最初のやりとりです」

サイナーとは、単にサインをしている人ではない。どういう意味で、役目を担っているのか？

『サイナー』という言葉は、サインをする人という意味で、日本で使われていますが、世界共通用語ではありません。サインをする人のことを英語では『Signature』［シグナトリ］と言います。そして最終承認のことをブラッグシップと言う。

旗を立てるということは、旗印のもとに関与する人間が結集して、このビジネスを成功させるために集まりますよというものです。国連とWTOと、WTOのなかのICCで決まっています。

これを契約するときは、セラーとバイヤーは、ニューヨーク州法第15条の第5項の規定の国際弁護士を立てます。弁護士は必ず立てなければならないというものではなく、本人がきちんと契約ができるのならば立てなくてもいい。FRBや日銀は当然、国際弁護士を立てます。

ちなみに、ニューヨーク州法第15条第5項の弁護士というのは極めて少ない。米国大リーグに移籍する日本の野球選手などは、入団の際の交渉には必ず、国際弁護士を立てて交渉しています。ニューヨーク州法第15条第5項に基づく国際弁護士しか代理人になれません。ニューヨーク州法第15条第5項には、国際的にすべての権限を行使することができると書かれています。この場合、国際的には、国連も含めてすべてです」

金の用途は、ゴールドバーだけでなくて、たくさんある

ところで、菱刈鉱山などで採掘されている金など、運用に乗せる金塊以外はどのようになるのか？

「金の用途は、ゴールドバーだけでなくて、電子部品に使う白金とか半導体のワイヤーボンディングに使うなど、用途はたくさんあります。
その場合は材料としての商取引で、純度がフォーナインでなくてもいい。決済方法も手形で取り引きしようが、現金で取り引きしようが自由に決めて

いいのです。他に、ゴールドバーにして古物商である問屋〔ブローカー〕に売ることもできます」

大型旅客船「セウォル号」の金塊はどうなるのか？

「書類さえ揃えば、将来的には運用に乗せたいと思っています」

大型旅客船「セウォル号」は２０１４年４月15日午後9時ごろ、仁川港から済州島向け、定刻午後6時半から濃霧による視程低下のため約2時間遅れで出港。16日午前8時58分ごろ、全羅南道珍島郡の観梅島《クワンメド》沖海上で転覆し、沈没した。修学旅行中の安山市の檀園高等学校２年生生徒３２５人と引率教員14人のほか、一般客１０８人、乗務員29人の計４７６名が乗船し、車両１５０台余りが積載されていた。

それにこの「セウォル号」は3階「船員室」に「金塊50トン」〔売却額１７５０億円〕を積んでおり、そのまま海底に沈んでいる。この「金塊50トン」の所有者は、売却目的で済州島からさらに日本に向けて、運ばせようとしていた間に海難事故に遭った。一説によると、米海軍、オランダ海軍、海上自衛隊が出動して、「セウォル号」を待ち伏せしていて、この金塊を没収しようとしていたというのだ。

日本銀行が忍者部隊を海外に派遣して金を買い集めていたという話がある。誰から買おうとしたのか？

「古物商をしているブローカーからです。そういうところで金を買い付けて、宝飾品や置物などに加工して販売する、それは自由にやっていい。しかし厳密には、日銀が古物商から金を買って帳尻を合わせることは違法です。とりあえず、増やしておいて、後から鋳造しなおして、スイスに登録しているブランド名を変えることはできる。その分、十分な金塊の量を確保しておけばいい」

その場合もサインをするのか？

「運用に乗せる場合は、サインします。IMFの運用に乗せる場合は、もととなる運用資金が減らないように、金を供給しなければなりません。日本の場合、もととなる金の運用が増えず、通貨の供給量が増えなかったためにデフレになってしまった。日本銀行の黒田東彦総裁が言っている異次元の金融緩和というのは、一万円札をたくさん刷って市場にたくさん出しますよというものです。それも白川方明前総裁のときは、量的規制をしていました。それをFRBも黒田東彦総裁は、その基準を取っ払った。そうすると物価が上がる。資本主義の基本です。アダム・スミスの市場原理が働きます。しかし、いつか帳尻を合わせなければなりません。原因となる金を増やさないと、いつか破綻してしまう。それが、いわゆるバブルであり破綻ということです」

純度1000分の999・5以上でなければ運用には乗せられない

契約書ができ上がった後、売主が行うことは何かあるのか？

「契約書の次は、ＦＣＯ〔Full Corporate Offer〕といって、取引内容や最終価格など、売主が提示する正式なオファーのことです。『この契約条件に基づいてゴールドバーを、責任を持って売ることを確約します』ということが書かれています。The name of bank strage gold has become the name of my company to share、Commodity は商品で、AU Metal Gold Bar Form とあります。『金の延べ棒』であるということです。Size には、ゴールドバーのサイズを記す。いろんなサイズがあるが、基本的には1キロのもので取引されることが多い。Quantity は金塊の量。Purity は純度1000分の999・5以上でなければ運用には乗せられません。Price には、ロンドンマーケットの時価で取引しますということが明記されています。

Discount は、マージンのことです。ここに書かれているパーセントをバックしますということです。14％と書かれている。この14％がフラッグシップである私の口座に入ってくる。バイヤーとセラーにそれぞれ1・5％の手数料を払い、11％のうち3％が私の手数料で、残り8％はその他の承認者などファミリーに配分する。このパーセンテージは一定ではありません」

すべての手続きが終わった後は、売主は買い手に商品を送らなくてはならない。その際の取引条件とは何か？

「Deliveryとは、配送のことです。そこにFOBとあります。これは、Free on boatの略で、『本船渡条件』といい、商品が荷積みされた時点で、所有権が買主に移転するという取引条件のこと。本船荷積みまでの費用を売主が負担し、積み込み以降の費用は買主が負担する。

金に限らず、貿易の基本はFOBです。その上に、Net11％とあります。これはフラッグシップに入ってくる手数料のことです。この手数料から、フラッグシップは他の承認者に分配しなければなりません。Commissionは、セラーとバイヤーそれぞれの手数料。1・5％ずつと決まっています。

Currencyは通貨のことです。取引する通貨を記す。セラーの口座番号、The FCO shall be Vailed for 7 days from the if issuaneとは、契約を結んでから7日以内に実行してくださいということです。

バイヤーのフルネーム。提供された契約書にはある日本名がアルファベットで記されています。バイヤーの会社名、日本のある会社名がアルファベットで記されています。SALE AND PURCHSE AGREEMENT〔売買契約書〕、セラーとバイヤーのそれぞれの下記個人情報が記されています。手書きではなくパソコンで入力しなければなりません。名前、パスポートナンバー、国籍、住所、電話番号、E-mail。個人情報の後は、FCO〔Full Corporate Offer〕に書かれていた内容が記されています。最後にセラーとバイヤーがサインをする。これで売買契約が成立したことになります」

送金は、それぞれの国の中央銀行のほか、中央銀行の許可があれば商業銀行でも可能である

実際の送金は、どのように行うのか？

「原則的には、お金を送金する金融機関は、それぞれの国の中央銀行でなければならない。ただし、中央銀行の許可があれば商業銀行でも可能です。計5枚の文書のそれぞれの下部左右に、セラーとバイヤーがサインをすることになっています。

売買合意書〔SALE AND PURCHSE AGREEMENT〕は、売買契約書とほぼ同じで、最後にセラーとバイヤーのパスポートのカラーコピーが添付されています。

供給合意書〔SUPPLY CONTRACT BOOKING AGREEMENT〕には、出荷予定が書かれています。それぞれの項目にセラーがイニシャルでOKのサインをす

るようになっています。

分担書［LETTER OF REPRESENTATION］とは、売買するゴールドバーのシリアルナンバーのリスト。セラーのパスポートのカラーコピーと、ゴールドバーを前に座っているセラーの写真が添付されています。たとえば2012年12月6日から2013年12月6日までに取引を終えるということが記されています。リストには、ゴールドバーのブラント名、ゴールドの産地、シリアルナンバーが記載されています。リストの後ろのほうには、UBSのものが記載されている。リストにはトン単位で番号が振り当てられていて、それぞれのゴールドバーに刻印されている内容［ブランド名、産地等、保管ナンバー］が記載されている。スイスの銀行に登録されているゴールドバーについては、スイス銀行の銀行名とシリアルナンバーが記されている。

リストナンバーはUBSに保管されているゴールドバーである。1本1キロのバーなので、全部で1トンの取引ということになります。

このリストは非常に重要で、これがないとIMFの運用には乗せられない。運用に乗った場合には、IMFには、ゴールドバーについてのさらに詳しい内容が記載されたバンクギャランティが登録されます。

品質保証証明書は、成分を分析し、金の純度を証明しています。国連が認めた分析会社の証明書でなければなりません。証明書には、分析会社の最高責任者の顔写真とサインが掲載されています。

保管証明書は、どこに保管されているかを示している証明書です。ここにある取引に関してはＰＡＭＰ〔Produits Artistiques Métaux Précieux〕が発行しています。

ＰＡＭＰは、世界有数の地金ブランドで、最も信頼性の高い精錬業者の一つです。スイスに本社を置き、ＭＫＳグループの不可欠な部分として、世界の主要な貴金属市場に位置しており、ＭＫＳグループのネットワークを通じて世界的な存在感を示しています。

証明書の左上には、金の元素記号『ＡＵ』と大きく記され、上部真ん中には『ＰＡＭＰ』と書かれています。

Ａから始まる証明書番号、グロスウェイト、純度〔９９９・９〕が明記されていて、その下に責任者のサインがあります。

BullionVault.comよりの
リアルタイム価格
Spot
￥138,689/toz
￥4,458,956/kg

◆ List of Hallmark's and Bullion Serial Nº.'s ◆

#	Hallmark & Serial Nº.	#	Hallmark & Serial Nº.	#	Hallmark & Serial Nº.	#	Hallmark & Serial Nº.
1.	Johnson Matthey Australia- 044594	44.	Johnson Matthey Australia - 806375	87.	Johnson Matthey Australia - FK62700	130.	Metalor Assayer Melter - 714262
2.	Johnson Matthey Australia - 044591	45.	Johnson Matthey Australia - 856357	88.	Johnson Matthey Australia – CK47663	131.	Metalor Assayer Melter – 715455
3.	Johnson Matthey Australia - 044592	46.	Johnson Matthey Australia - 098067	89.	Johnson Matthey Australia – OK48251	132.	Metalor Assayer Melter - 714261
4.	Johnson Matthey Australia - 257681	47.	Johnson Matthey Australia - 710171	90.	Johnson Matthey Australia – UK70660	133.	Metalor Assayer Melter - 714264
5.	Johnson Matthey Australia - 044593	48.	Johnson Matthey Australia - 697060	91.	Johnson Matthey Australia – LK22080	134.	Metalor Assayer Melter - 715450
6.	Johnson Matthey Australia - 048836	49.	Johnson Matthey Australia - 069002	92.	Johnson Matthey Australia – KK29298	135.	Metalor Assayer Melter - 714265
7.	Johnson Matthey Australia - 049150	50.	Johnson Matthey Australia - 097001	93.	Johnson Matthey Australia – YK14022	136.	Metalor Assayer Melter - 713545
8.	Johnson Matthey Australia - 048840	51.	Johnson Matthey Australia - 813738	94.	Johnson Matthey Australia – CK12582	137.	Metalor Assayer Melter – 713473
9.	Johnson Matthey Australia - 048820	52.	Johnson Matthey Australia - 22838	95.	Johnson Matthey Australia – KK29232	138.	Metalor Assayer Melter – 713479
10.	Johnson Matthey Australia - 048818	53.	Johnson Matthey Australia - PK04869	96.	Johnson Matthey Australia – DK37829	139.	Metalor Assayer Melter – 713485
11.	Johnson Matthey Australia - 784158	54.	Johnson Matthey Australia - KK10286	97.	Johnson Matthey Australia – KK27322	140.	Metalor Assayer Melter – 713487
12.	Johnson Matthey Australia - 021718	55.	Johnson Matthey Australia - JK28869	98.	Johnson Matthey Australia – UK70597	141.	Metalor Assayer Melter – 713493
13.	Johnson Matthey Australia – 706052	56.	Johnson Matthey Australia - HKO9848	99.	Johnson Matthey Australia – FK59755	142.	Metalor Assayer Melter – 713497
14.	Johnson Matthey Australia - 020278	57.	Johnson Matthey Australia - KK92035	100.	Johnson Matthey Australia – FK54079	143.	Metalor Assayer Melter – 713498
15.	Johnson Matthey Australia - 018087	5 8.	Johnson Matthey Australia - FK43560	101.	Johnson Matthey Australia – WK59643	144.	Metalor Assayer Melter – 713503
16.	Johnson Matthey Australia - 806431	59.	Johnson Matthey Australia - KK79381	102.	Johnson Matthey Australia – TK53120	145.	Metalor Assayer Melter – 713512
17.	Johnson Matthey Australia - 019751	60.	Johnson Matthey Australia - GK31902	103.	Johnson Matthey Australia – KK70089	146.	Metalor Assayer Melter – 713513
18.	Johnson Matthey Australia - 997397	61.	Johnson Matthey Australia - PK5742	104.	Johnson Matthey Australia – KK66646	147.	Metalor Assayer Melter – 713518
19.	Johnson Matthey Australia - 844398	62.	Johnson Matthey Australia - PK5565	105.	Johnson Matthey Australia – FK711192	148.	Metalor Assayer Melter – 713521
20.	Johnson Matthey Australia - 997503	63.	Johnson Matthey Australia - SK33449	106.	Johnson Matthey Australia – HK54065	149.	Metalor Assayer Melter – 713526
21.	Johnson Matthey Australia - 019762	64.	Johnson Matthey Australia - DK 20037	107.	Johnson Matthey Australia – BK19308	150.	Metalor Assayer Melter – 713529
22.	Johnson Matthey Australia - 031558	65.	Johnson Matthey Australia - SK03957	108.	Johnson Matthey Australia – QK25558	151.	Metalor Assayer Melter – 713531
23.	Johnson Matthey Australia - 037059	66.	Johnson Matthey Australia – JK57756	109.	Johnson Matthey Australia – KK53126	152.	Metalor Assayer Melter – 713541
24.	Johnson Matthey Australia - 382642	67.	Johnson Matthey Australia – LK17859	110.	Johnson Matthey Australia – GK20148	153.	Metalor Assayer Melter – 713543

25.	Johnson Matthey Australia - 927048	68.	Johnson Matthey Australia – NK55959	111.	Metalor Assayer Melter - 715410	154.	Metalor Assayer Melter – 713544
26.	Johnson Matthey Australia - 031114	69.	Johnson Matthey Australia – KK82270	112.	Metalor Assayer Melter – 715420	155.	Metalor Assayer Melter – 713698
27.	Johnson Matthey Australia - 019752	70.	Johnson Matthey Australia – PK0686	113.	Metalor Assayer Melter – 713543	156.	Metalor Assayer Melter – 713699
28.	Johnson Matthey Australia - 798124	71.	Johnson Matthey Australia – KK82269	114.	Metalor Assayer Melter – 715553	157.	Metalor Assayer Melter – 713703
29.	Johnson Matthey Australia - 774813	72.	Johnson Matthey Australia – HK49775	115.	Metalor Assayer Melter – 715454	158.	Metalor Assayer Melter – 713708
30.	Johnson Matthey Australia - 844491	73.	Johnson Matthey Australia – KK76231	116.	Metalor Assayer Melter – 715446	159.	Metalor Assayer Melter – 713714
31.	Johnson Matthey Australia - 813748	74.	Johnson Matthey Australia – KK48312	117.	Metalor Assayer Melter – 715644	160.	Metalor Assayer Melter – 713719
32.	Johnson Matthey Australia - 861026	75.	Johnson Matthey Australia – SK30464	118.	Metalor Assayer Melter – 715415	161.	Metalor Assayer Melter – 714478
33.	Johnson Matthey Australia - 801249	76.	Johnson Matthey Australia – HK38086	119.	Metalor Assayer Melter – 715440	162.	Metalor Assayer Melter – 714479
34.	Johnson Matthey Australia - 807847	77.	Johnson Matthey Australia – KK55059	120.	Metalor Assayer Melter – 715430	163.	Metalor Assayer Melter – 714480
35.	Johnson Matthey Australia -019753	78.	Johnson Matthey Australia – LK81784	121.	Metalor Assayer Melter – 715435	164.	Metalor Assayer Melter – 714483
36.	Johnson Matthey Australia - 856379	79.	Johnson Matthey Australia – KK79169	122.	Metalor Assayer Melter – 715439	165.	Metalor Assayer Melter – 714484
37.	Johnson Matthey Australia - 031125	80.	Johnson Matthey Australia – AK38171	123.	Metalor Assayer Melter – 715408	166.	Credit Suisse – L454266
38.	Johnson Matthey Australia - 036872	81.	Johnson Matthey Australia – UK33714	124.	Metalor Assayer Melter – 715451	167.	Credit Suisse – L438823
39.	Johnson Matthey Australia - 031598	82.	Johnson Matthey Australia – MK02053	125.	Metalor Assayer Melter – 715413	168.	Credit Suisse - H339461
40.	Johnson Matthey Australia - 457027	83.	Johnson Matthey Australia – FK78219	126.	Metalor Assayer Melter – 715433	169.	Credit Suisse – L566753
41.	Johnson Matthey Australia - 019747	84.	Johnson Matthey Australia – KK76958	127.	Metalor Assayer Melter – 715445	170.	Credit Suisse - L566754
42.	Johnson Matthey Australia - 811782	85.	Johnson Matthey Australia – SK44890	128.	Metalor Assayer Melter – 715456	171.	Credit Suisse - L566755
43.	Johnson Matthey Australia - 860038	86.	Johnson Matthey Australia – JK16907	129.	Metalor Assayer Melter – 715457	172.	Credit Suisse - L566756

173.	Credit Suisse - L566757	216.	Credit Suisse - L566800	259.	Credit Suisse - L566843	302.	Credit Suisse - L566886
174.	Credit Suisse - L566758	217.	Credit Suisse - L566801	260.	Credit Suisse - L566844	303.	Credit Suisse - L566887
175.	Credit Suisse - L566759	218.	Credit Suisse - L566802	261.	Credit Suisse - L566845	304.	Credit Suisse - L566888
176.	Credit Suisse - L566760	219.	Credit Suisse - L566803	262.	Credit Suisse - L566846	305.	Credit Suisse - L566889
177.	Credit Suisse - L566761	220.	Credit Suisse - L566804	263.	Credit Suisse - L566847	306.	Credit Suisse - L566890
178.	Credit Suisse - L566762	221.	Credit Suisse - L566805	264.	Credit Suisse - L566848	307.	Credit Suisse - L566891
179.	Credit Suisse - L566763	222.	Credit Suisse - L566806	265.	Credit Suisse - L566849	308.	Credit Suisse - L566892
180.	Credit Suisse - L566764	223.	Credit Suisse - L566807	266.	Credit Suisse - L566850	309.	Credit Suisse - L566893
181.	Credit Suisse - L566765	224.	Credit Suisse - L566808	267.	Credit Suisse - L566851	310.	Credit Suisse - L566894
182.	Credit Suisse - L566766	225.	Credit Suisse - L566809	268.	Credit Suisse - L566852	311.	Credit Suisse - L566895
183.	Credit Suisse - L566767	226.	Credit Suisse - L566810	269.	Credit Suisse - L566853	312.	Credit Suisse - L566896
184.	Credit Suisse - L566768	227.	Credit Suisse - L566811	270.	Credit Suisse - L566854	313.	Credit Suisse - L566897
185.	Credit Suisse - L566769	228.	Credit Suisse - L566812	271.	Credit Suisse - L566855	314.	Credit Suisse - L566898
186.	Credit Suisse - L566770	229.	Credit Suisse - L566813	272.	Credit Suisse - L566856	315.	Credit Suisse - L566899
187.	Credit Suisse - L566771	230.	Credit Suisse - L566814	273.	Credit Suisse - L566857	316.	Credit Suisse - L566900
188.	Credit Suisse - L566772	231.	Credit Suisse - L566815	274.	Credit Suisse - L566858	317.	Credit Suisse - L566901
189.	Credit Suisse - L566773	232.	Credit Suisse - L566816	275.	Credit Suisse - L566859	318.	Credit Suisse - L566902
190.	Credit Suisse - L566774	233.	Credit Suisse - L566817	276.	Credit Suisse - L566860	319.	Credit Suisse - L566903
191.	Credit Suisse - L566775	234.	Credit Suisse - L566818	277.	Credit Suisse - L566861	320.	Credit Suisse - L566904
192.	Credit Suisse - L566776	235.	Credit Suisse - L566819	278.	Credit Suisse - L566862	321.	Credit Suisse - L566905
193.	Credit Suisse - L566777	236.	Credit Suisse - L566820	279.	Credit Suisse - L566863	322.	Credit Suisse - L566906
194.	Credit Suisse - L566778	237.	Credit Suisse - L566821	280.	Credit Suisse - L566864	323.	Credit Suisse - L566907
195.	Credit Suisse - L566779	238.	Credit Suisse - L566822	281.	Credit Suisse - L566865	324.	Credit Suisse - L566908
196.	Credit Suisse - L566780	239.	Credit Suisse - L566823	282.	Credit Suisse - L566866	325.	Credit Suisse - L566909
197.	Credit Suisse - L566781	240.	Credit Suisse - L566824	283.	Credit Suisse - L566867	326.	Credit Suisse - L566910
198.	Credit Suisse - L566782	241.	Credit Suisse - L566825	284.	Credit Suisse - L566868	327.	Credit Suisse - L566911

199.	Credit Suisse - L566783	242.	Credit Suisse - L566826	285.	Credit Suisse - L566869	328.	Credit Suisse - L566912
200.	Credit Suisse - L566784	243.	Credit Suisse - L566827	286.	Credit Suisse - L566870	329.	Credit Suisse - L566913
201.	Credit Suisse - L566785	244.	Credit Suisse - L566828	287.	Credit Suisse - L566871	330.	Credit Suisse - L566914
202.	Credit Suisse - L566786	245.	Credit Suisse - L566829	288.	Credit Suisse - L566872	331.	Credit Suisse - L566915
203.	Credit Suisse - L566787	246.	Credit Suisse - L566830	289.	Credit Suisse - L566873	332.	Credit Suisse - L566916
204.	Credit Suisse - L566788	247.	Credit Suisse - L566831	290.	Credit Suisse - L566874	333.	Credit Suisse - L566917
205.	Credit Suisse - L566789	248.	Credit Suisse - L566832	291.	Credit Suisse - L566875	334.	Credit Suisse - L566918
206.	Credit Suisse - L566790	249.	Credit Suisse - L566833	292.	Credit Suisse - L566876	335.	Credit Suisse - L566919
207.	Credit Suisse - L566791	250.	Credit Suisse - L566834	293.	Credit Suisse - L566877	336.	Credit Suisse - L566920
208.	Credit Suisse - L566792	251.	Credit Suisse - L566835	294.	Credit Suisse - L566878	337.	Credit Suisse - L566921
209.	Credit Suisse - L566793	252.	Credit Suisse - L566836	295.	Credit Suisse - L566879	338.	Credit Suisse - L566922
210.	Credit Suisse - L566794	253.	Credit Suisse - L566837	296.	Credit Suisse - L566880	339.	Credit Suisse - L566923
211.	Credit Suisse - L566795	254.	Credit Suisse - L566838	297.	Credit Suisse - L566881	340.	Credit Suisse - L566924
212.	Credit Suisse - L566796	255.	Credit Suisse - L566839	298.	Credit Suisse - L566882	341.	Credit Suisse - L566925
213.	Credit Suisse - L566797	256.	Credit Suisse - L566840	299.	Credit Suisse - L566883	342.	Credit Suisse - L566926
214.	Credit Suisse - L566798	257.	Credit Suisse - L566841	300.	Credit Suisse - L566884	343.	Credit Suisse - L566927
215.	Credit Suisse - L566799	258.	Credit Suisse - L566842	301.	Credit Suisse - L566885	344.	Credit Suisse - L566928

345. Credit Suisse - L566929	388. Credit Suisse - L566972	431. Credit Suisse - L567015	474. Credit Suisse - L567058
346. Credit Suisse - L566930	389. Credit Suisse - L566973	432. Credit Suisse - L567016	475. Credit Suisse - L567059
347. Credit Suisse - L566931	390. Credit Suisse - L566974	433. Credit Suisse - L567017	476. Credit Suisse - L567060
348. Credit Suisse - L566932	391. Credit Suisse - L566975	434. Credit Suisse - L567018	477. Credit Suisse - L567061
349. Credit Suisse - L566933	392. Credit Suisse - L566976	435. Credit Suisse - L567019	478. Credit Suisse - L567062
350. Credit Suisse - L566934	393. Credit Suisse - L566977	436. Credit Suisse - L567020	479. Credit Suisse - L567063
351. Credit Suisse - L566935	394. Credit Suisse - L566978	437. Credit Suisse - L567021	480. Credit Suisse - L567064
352. Credit Suisse - L566936	395. Credit Suisse - L566979	438. Credit Suisse - L567022	481. Credit Suisse - L567065
353. Credit Suisse - L566937	396. Credit Suisse - L566980	439. Credit Suisse - L567023	482. Credit Suisse - L567066
354. Credit Suisse - L566938	397. Credit Suisse - L566981	440. Credit Suisse - L567024	483. Credit Suisse - L567067
355. Credit Suisse - L566939	398. Credit Suisse - L566982	441. Credit Suisse - L567025	484. Credit Suisse - L567068
356. Credit Suisse - L566940	399. Credit Suisse - L566983	442. Credit Suisse - L567026	485. Credit Suisse - L567069
357. Credit Suisse - L566941	400. Credit Suisse - L566984	443. Credit Suisse - L567027	486. Credit Suisse - L567070
358. Credit Suisse - L566942	401. Credit Suisse - L566985	444. Credit Suisse - L567028	487. Credit Suisse - L567071
359. Credit Suisse - L566943	402. Credit Suisse - L566986	445. Credit Suisse - L567029	488. Credit Suisse - L567072
360. Credit Suisse - L566944	403. Credit Suisse - L566987	446. Credit Suisse - L567030	489. Credit Suisse - L567073
361. Credit Suisse - L566945	404. Credit Suisse - L566988	447. Credit Suisse - L567031	490. Credit Suisse - L567074
362. Credit Suisse - L566946	405. Credit Suisse - L566989	448. Credit Suisse - L567032	491. Credit Suisse - L567075
363. Credit Suisse - L566947	406. Credit Suisse - L566990	449. Credit Suisse - L567033	492. Credit Suisse - L567076
364. Credit Suisse - L566948	407. Credit Suisse - L566991	450. Credit Suisse - L567034	493. Credit Suisse - L567077
365. Credit Suisse - L566949	408. Credit Suisse - L566992	451. Credit Suisse - L567035	494. Credit Suisse - L567078
366. Credit Suisse - L566950	409. Credit Suisse - L566993	452. Credit Suisse - L567036	495. Credit Suisse - L567079
367. Credit Suisse - L566951	410. Credit Suisse - L566994	453. Credit Suisse - L567037	496. Credit Suisse - L567080
368. Credit Suisse - L566952	411. Credit Suisse - L566995	454. Credit Suisse - L567038	497. Credit Suisse - L567081
369. Credit Suisse - L566953	412. Credit Suisse - L566996	455. Credit Suisse - L567039	498. Credit Suisse - L567082
370. Credit Suisse - L566954	413. Credit Suisse - L566997	456. Credit Suisse - L567040	499. Credit Suisse - L567083

371.	Credit Suisse - L566955	414.	Credit Suisse - L566998	457.	Credit Suisse - L567041	500.	Credit Suisse - L567084
372.	Credit Suisse - L566956	415.	Credit Suisse - L566999	458.	Credit Suisse - L567042	501.	Credit Suisse - L567085
373.	Credit Suisse - L566957	416.	Credit Suisse - L567000	459.	Credit Suisse - L567043	502.	Credit Suisse - L567086
374.	Credit Suisse - L566958	417.	Credit Suisse - L567001	460.	Credit Suisse - L567044	503.	Credit Suisse - L567087
375.	Credit Suisse - L566959	418.	Credit Suisse - L567002	461.	Credit Suisse - L567045	504.	Credit Suisse - L567088
376.	Credit Suisse - L566960	419.	Credit Suisse - L567003	462.	Credit Suisse - L567046	505.	Credit Suisse - L567089
377.	Credit Suisse - L566961	420.	Credit Suisse - L567004	463.	Credit Suisse - L567047	506.	Credit Suisse - L567090
378.	Credit Suisse - L566962	421.	Credit Suisse - L567005	464.	Credit Suisse - L567048	507.	Credit Suisse - L567091
379.	Credit Suisse - L566963	422.	Credit Suisse - L567006	465.	Credit Suisse - L567049	508.	Credit Suisse - L567092
380.	Credit Suisse - L566964	423.	Credit Suisse - L567007	466.	Credit Suisse - L567050	509.	Credit Suisse - L567093
381.	Credit Suisse - L566965	424.	Credit Suisse - L567008	467.	Credit Suisse - L567051	510.	Credit Suisse - L567094
382.	Credit Suisse - L566966	425.	Credit Suisse - L567009	468.	Credit Suisse - L567052	511.	Credit Suisse - L567095
383.	Credit Suisse - L566967	426.	Credit Suisse - L567010	469.	Credit Suisse - L567053	512.	Credit Suisse - L567096
384.	Credit Suisse - L566968	427.	Credit Suisse - L567011	470.	Credit Suisse - L567054	513.	Credit Suisse - L567097
385.	Credit Suisse - L566969	428.	Credit Suisse - L567012	471.	Credit Suisse - L567055	514.	Credit Suisse - L567098
386.	Credit Suisse - L566970	429.	Credit Suisse - L567013	472.	Credit Suisse - L567056	515.	Credit Suisse - L567099
387.	Credit Suisse - L566971	430.	Credit Suisse - L567014	473.	Credit Suisse - L567057	516.	Credit Suisse - L567100

517.	Credit Suisse - L567101	560.	Credit Suisse - L567144	603.	Credit Suisse - L567187	646.	Credit Suisse - L567230
518.	Credit Suisse - L567102	561.	Credit Suisse - L567145	604.	Credit Suisse - L567188	647.	Credit Suisse - L567231
519.	Credit Suisse - L567103	562.	Credit Suisse - L567146	605.	Credit Suisse - L567189	648.	Credit Suisse - L567232
520.	Credit Suisse - L567104	563.	Credit Suisse - L567147	606.	Credit Suisse - L567190	649.	Credit Suisse - L567233
521.	Credit Suisse - L567105	564.	Credit Suisse - L567148	607.	Credit Suisse - L567191	650.	Credit Suisse - L567234
522.	Credit Suisse - L567106	565.	Credit Suisse - L567149	608.	Credit Suisse - L567192	651.	Credit Suisse - L567235
523.	Credit Suisse - L567107	566.	Credit Suisse - L567150	609.	Credit Suisse - L567193	652.	Credit Suisse - L567236
524.	Credit Suisse - L567108	567.	Credit Suisse - L567151	610.	Credit Suisse - L567194	653.	Credit Suisse - L567237
525.	Credit Suisse - L567109	568.	Credit Suisse - L567152	611.	Credit Suisse - L567195	654.	Credit Suisse - L567238
526.	Credit Suisse - L567110	569.	Credit Suisse - L567153	612.	Credit Suisse - L567196	655.	Credit Suisse - L567239
527.	Credit Suisse - L567111	570.	Credit Suisse - L567154	613.	Credit Suisse - L567197	656.	Credit Suisse - L567240
528.	Credit Suisse - L567112	571.	Credit Suisse - L567155	614.	Credit Suisse - L567198	657.	Credit Suisse - L567241
529.	Credit Suisse - L567113	572.	Credit Suisse - L567156	615.	Credit Suisse - L567199	658.	Credit Suisse - L567242
530.	Credit Suisse - L567114	573.	Credit Suisse - L567157	616.	Credit Suisse - L567200	659.	Credit Suisse - L567243
531.	Credit Suisse - L567115	574.	Credit Suisse - L567158	617.	Credit Suisse - L567201	660.	Credit Suisse - L567244
532.	Credit Suisse - L567116	575.	Credit Suisse - L567159	618.	Credit Suisse - L567202	661.	Credit Suisse - L567245
533.	Credit Suisse - L567117	576.	Credit Suisse - L567160	619.	Credit Suisse - L567203	662.	Credit Suisse - L567246
534.	Credit Suisse - L567118	577.	Credit Suisse - L567161	620.	Credit Suisse - L567204	663.	Credit Suisse - L567247
535.	Credit Suisse - L567119	578.	Credit Suisse - L567162	621.	Credit Suisse - L567205	664.	Credit Suisse - L567248
536.	Credit Suisse - L567120	579.	Credit Suisse - L567163	622.	Credit Suisse - L567206	665.	Credit Suisse - L567249
537.	Credit Suisse - L567121	580.	Credit Suisse - L567164	623.	Credit Suisse - L567207	666.	Credit Suisse - L567250
538.	Credit Suisse - L567122	581.	Credit Suisse - L567165	624.	Credit Suisse - L567208	667.	Credit Suisse - L567251
539.	Credit Suisse - L567123	582.	Credit Suisse - L567166	625.	Credit Suisse - L567209	668.	Credit Suisse - L567252
540.	Credit Suisse - L567124	583.	Credit Suisse - L567167	626.	Credit Suisse - L567210	669.	Sung Fineness – TR47311
541.	Credit Suisse - L567125	584.	Credit Suisse - L567168	627.	Credit Suisse - L567211	670.	Sung Fineness – TR47312
542.	Credit Suisse - L567126	585.	Credit Suisse - L567169	628.	Credit Suisse - L567212	671.	Sung Fineness – TR47313

543.	Credit Suisse - L567127	586.	Credit Suisse - L567170	629.	Credit Suisse - L567213	672.	Sung Fineness – TR47314
544.	Credit Suisse - L567128	587.	Credit Suisse - L567171	630.	Credit Suisse - L567214	673.	Sung Fineness – TR47315
545.	Credit Suisse - L567129	588.	Credit Suisse - L567172	631.	Credit Suisse - L567215	674.	Sung Fineness – TR47316
546.	Credit Suisse - L567130	589.	Credit Suisse - L567173	632.	Credit Suisse - L567216	675.	Sung Fineness – TR47317
547.	Credit Suisse - L567131	590.	Credit Suisse - L567174	633.	Credit Suisse - L567217	676.	Sung Fineness – TR47318
548.	Credit Suisse - L567132	591.	Credit Suisse - L567175	634.	Credit Suisse - L567218	677.	Sung Fineness – TR47319
549.	Credit Suisse - L567133	592.	Credit Suisse - L567176	635.	Credit Suisse - L567219	678.	Sung Fineness – TR47320
550.	Credit Suisse - L567134	593.	Credit Suisse - L567177	636.	Credit Suisse - L567220	679.	Sung Fineness – TR47321
551.	Credit Suisse - L567135	594.	Credit Suisse - L567178	637.	Credit Suisse - L567221	680.	Sung Fineness – TR47322
552.	Credit Suisse - L567136	595.	Credit Suisse - L567179	638.	Credit Suisse - L567222	681.	Sung Fineness – TR47323
553.	Credit Suisse - L567137	596.	Credit Suisse - L567180	639.	Credit Suisse - L567223	682.	Sung Fineness – TR47324
554.	Credit Suisse - L567138	597.	Credit Suisse - L567181	640.	Credit Suisse - L567224	683.	Sung Fineness – TR47325
555.	Credit Suisse - L567139	598.	Credit Suisse - L567182	641.	Credit Suisse - L567225	684.	Sung Fineness – TR47326
556.	Credit Suisse - L567140	599.	Credit Suisse - L567183	642.	Credit Suisse - L567226	685.	Sung Fineness – TR47327
557.	Credit Suisse - L567141	600.	Credit Suisse - L567184	643.	Credit Suisse - L567227	686.	Sung Fineness – TR47328
558.	Credit Suisse - L567142	601.	Credit Suisse - L567185	644.	Credit Suisse - L567228	687.	Sung Fineness – TR47329
559.	Credit Suisse - L567143	602.	Credit Suisse - L567186	645.	Credit Suisse - L567229	688.	Sung Fineness – TR47330

689.	Sung Fineness – TR47331	732.	Sung Fineness – TR47374	775.	Sung Fineness – TR47417	818.	Sung Fineness – TR47460
690.	Sung Fineness – TR47332	733.	Sung Fineness – TR47375	776.	Sung Fineness – TR47418	819.	Sung Fineness – TR47461
691.	Sung Fineness – TR47333	734.	Sung Fineness – TR47376	777.	Sung Fineness – TR47419	820.	Sung Fineness – TR47462
692.	Sung Fineness – TR47334	735.	Sung Fineness – TR47377	778.	Sung Fineness – TR47420	821.	Sung Fineness – TR47463
693.	Sung Fineness – TR47335	736.	Sung Fineness – TR47378	779.	Sung Fineness – TR47421	822.	Sung Fineness – TR47464
694.	Sung Fineness – TR47336	737.	Sung Fineness – TR47379	780.	Sung Fineness – TR47422	823.	Sung Fineness – TR47465
695.	Sung Fineness – TR47337	738.	Sung Fineness – TR47380	781.	Sung Fineness – TR47423	824.	Sung Fineness – TR47466
696.	Sung Fineness – TR47338	739.	Sung Fineness – TR47381	782.	Sung Fineness – TR47424	825.	Sung Fineness – TR47467
697.	Sung Fineness – TR47339	740.	Sung Fineness – TR47382	783.	Sung Fineness – TR47425	826.	Sung Fineness – TR47468
698.	Sung Fineness – TR47340	741.	Sung Fineness – TR47383	784.	Sung Fineness – TR47426	827.	Sung Fineness – TR47469
699.	Sung Fineness – TR47341	742.	Sung Fineness – TR47384	785.	Sung Fineness – TR47427	828.	Sung Fineness – TR47470
700.	Sung Fineness – TR47342	743.	Sung Fineness – TR47385	786.	Sung Fineness – TR47428	829.	Sung Fineness – TR47471
701.	Sung Fineness – TR47343	744.	Sung Fineness – TR47386	787.	Sung Fineness – TR47429	830.	Sung Fineness – TR47472
702.	Sung Fineness – TR47344	745.	Sung Fineness – TR47387	788.	Sung Fineness – TR47430	831.	Sung Fineness – TR47473
703.	Sung Fineness – TR47345	746.	Sung Fineness – TR47388	789.	Sung Fineness – TR47431	832.	Sung Fineness – TR47474
704.	Sung Fineness – TR47346	747.	Sung Fineness – TR47389	790.	Sung Fineness – TR47432	833.	Sung Fineness – TR47475
705.	Sung Fineness – TR47347	748.	Sung Fineness – TR47390	791.	Sung Fineness – TR47433	834.	Sung Fineness – TR47476
706.	Sung Fineness – TR47348	749.	Sung Fineness – TR47391	792.	Sung Fineness – TR47434	835.	Sung Fineness – TR47477
707.	Sung Fineness – TR47349	750.	Sung Fineness – TR47392	793.	Sung Fineness – TR47435	836.	Sung Fineness – TR47478
708.	Sung Fineness – TR47350	751.	Sung Fineness – TR47393	794.	Sung Fineness – TR47436	837.	Sung Fineness – TR47479
709.	Sung Fineness – TR47351	752.	Sung Fineness – TR47394	795.	Sung Fineness – TR47437	838.	Sung Fineness – TR47480
710.	Sung Fineness – TR47352	753.	Sung Fineness – TR47395	796.	Sung Fineness – TR47438	839.	Sung Fineness – TR47481
711.	Sung Fineness – TR47353	754.	Sung Fineness – TR47396	797.	Sung Fineness – TR47439	840.	Sung Fineness – TR47482
712.	Sung Fineness – TR47354	755.	Sung Fineness – TR47397	798.	Sung Fineness – TR47440	841.	Sung Fineness – TR47483
#	Hallmark & Serial N°.	#	Hallmark & Serial N°.	#	Hallmark & Serial N°.	#	Hallmark & Serial N°.
713.	Sung Fineness – TR47355	756.	Sung Fineness – TR47398	799.	Sung Fineness – TR47441	842.	Sung Fineness – TR47484

714.	Sung Fineness – TR47356	757.	Sung Fineness – TR47399	800.	Sung Fineness – TR47442	843.	Sung Fineness – TR47485
715.	Sung Fineness – TR47357	758.	Sung Fineness – TR47400	801.	Sung Fineness – TR47443	844.	Sung Fineness – TR47486
716.	Sung Fineness – TR47358	759.	Sung Fineness – TR47401	802.	Sung Fineness – TR47444	845.	Sung Fineness – TR47487
717.	Sung Fineness – TR47359	760.	Sung Fineness – TR47402	803.	Sung Fineness – TR47445	846.	Sung Fineness – TR47488
718.	Sung Fineness – TR47360	761.	Sung Fineness – TR47403	804.	Sung Fineness – TR47446	847.	Sung Fineness – TR47489
719.	Sung Fineness – TR47361	762.	Sung Fineness – TR47404	805.	Sung Fineness – TR47447	848.	Sung Fineness – TR47490
720.	Sung Fineness – TR47362	763.	Sung Fineness – TR47405	806.	Sung Fineness – TR47448	849.	Sung Fineness – TR47491
721.	Sung Fineness – TR47363	764.	Sung Fineness – TR47406	807.	Sung Fineness – TR47449	850.	Sung Fineness – TR47492
722.	Sung Fineness – TR47364	765.	Sung Fineness – TR47407	808.	Sung Fineness – TR47450	851.	Sung Fineness – TR47493
723.	Sung Fineness – TR47365	766.	Sung Fineness – TR47408	809.	Sung Fineness – TR47451	852.	Sung Fineness – TR47494
724.	Sung Fineness – TR47366	767.	Sung Fineness – TR47409	810.	Sung Fineness – TR47452	853.	Sung Fineness – TR47495
725.	Sung Fineness – TR47367	768.	Sung Fineness – TR47410	811.	Sung Fineness – TR47453	854.	Sung Fineness – TR47496
726.	Sung Fineness – TR47368	769.	Sung Fineness – TR47411	812.	Sung Fineness – TR47454	855.	Sung Fineness – TR47497
727.	Sung Fineness – TR47369	770.	Sung Fineness – TR47412	813.	Sung Fineness – TR47455	856.	Sung Fineness – TR47498
728.	Sung Fineness – TR47370	771.	Sung Fineness – TR47413	814.	Sung Fineness – TR47456	857.	Sung Fineness – TR47499
729.	Sung Fineness – TR47371	772.	Sung Fineness – TR47414	815.	Sung Fineness – TR47457	858.	Sung Fineness – TR47500
730.	Sung Fineness – TR47372	773.	Sung Fineness – TR47415	816.	Sung Fineness – TR47458	859.	Sung Fineness – TR47501
731.	Sung Fineness – TR47373	774.	Sung Fineness – TR47416	817.	Sung Fineness – TR47459	860.	Sung Fineness – TR47502

861. Sung Fineness – TR47503	896. Sung Fineness – TR47538	931. Sung Fineness – TR47573	966. Sung Fineness – TR47608
862. Sung Fineness – TR47504	897. Sung Fineness – TR47539	932. Sung Fineness – TR47574	967. Sung Fineness – TR47609
863. Sung Fineness – TR47505	898. Sung Fineness – TR47540	933. Sung Fineness – TR47575	968. Sung Fineness – TR47610
864. Sung Fineness – TR47506	899. Sung Fineness – TR47541	934. Sung Fineness – TR47576	969. Sung Fineness – TR47611
865. Sung Fineness – TR47507	900. Sung Fineness – TR47542	935. Sung Fineness – TR47577	970. Sung Fineness – TR47612
866. Sung Fineness – TR47508	901. Sung Fineness – TR47543	936. Sung Fineness – TR47578	971. Sung Fineness – TR47613
867. Sung Fineness – TR47509	902. Sung Fineness – TR47544	937. Sung Fineness – TR47579	972. Sung Fineness – TR47614
868. Sung Fineness – TR47510	903. Sung Fineness – TR47545	938. Sung Fineness – TR47580	973. Sung Fineness – TR47615
869. Sung Fineness – TR47511	904. Sung Fineness – TR47546	939. Sung Fineness – TR47581	974. Sung Fineness – TR47616
870. Sung Fineness – TR47512	905. Sung Fineness – TR47547	940. Sung Fineness – TR47582	975. Sung Fineness – TR47617
871. Sung Fineness – TR47513	906. Sung Fineness – TR47548	941. Sung Fineness – TR47583	976. Sung Fineness – TR47618
872. Sung Fineness – TR47514	907. Sung Fineness – TR47549	942. Sung Fineness – TR47584	977. Sung Fineness – TR47619
873. Sung Fineness – TR47515	908. Sung Fineness – TR47550	943. Sung Fineness – TR47585	978. Sung Fineness – TR47620
874. Sung Fineness – TR47516	909. Sung Fineness – TR47551	944. Sung Fineness – TR47586	979. Sung Fineness – TR47621
875. Sung Fineness – TR47517	910. Sung Fineness – TR47552	945. Sung Fineness – TR47587	980. Sung Fineness – TR47622
876. Sung Fineness – TR47518	911. Sung Fineness – TR47553	946. Sung Fineness – TR47588	981. Sung Fineness – TR47623
877. Sung Fineness – TR47519	912. Sung Fineness – TR47554	947. Sung Fineness – TR47589	982. Sung Fineness – TR47624
878. Sung Fineness – TR47520	913. Sung Fineness – TR47555	948. Sung Fineness – TR47590	983. Sung Fineness – TR47625
879. Sung Fineness – TR47521	914. Sung Fineness – TR47556	949. Sung Fineness – TR47591	984. Sung Fineness – TR47626
880. Sung Fineness – TR47522	915. Sung Fineness – TR47557	950. Sung Fineness – TR47592	985. Sung Fineness – TR47627
881. Sung Fineness – TR47523	916. Sung Fineness – TR47558	951. Sung Fineness – TR47593	986. Sung Fineness – TR47628
882. Sung Fineness – TR47524	917. Sung Fineness – TR47559	952. Sung Fineness – TR47594	987. Sung Fineness – TR47629
883. Sung Fineness – TR47525	918. Sung Fineness – TR47560	953. Sung Fineness – TR47595	988. Sung Fineness – TR47630
884. Sung Fineness – TR47526	919. Sung Fineness – TR47561	954. Sung Fineness – TR47596	989. Sung Fineness – TR47631
885. Sung Fineness – TR47527	920. Sung Fineness – TR47562	955. Sung Fineness – TR47597	990. Sung Fineness – TR47632

#	Hallmark & Serial N°.	#	Hallmark & Serial N°.	#	Hallmark & Serial N°.	#	Hallmark & Serial N°.
886.	Sung Fineness – TR47528	921.	Sung Fineness – TR47563	956.	Sung Fineness – TR47598	991.	Sung Fineness – TR47633
887.	Sung Fineness – TR47529	922.	Sung Fineness – TR47564	957.	Sung Fineness – TR47599	992.	Sung Fineness – TR47634
888.	Sung Fineness – TR47530	923.	Sung Fineness – TR47565	958.	Sung Fineness – TR47600	993.	Sung Fineness – TR47635
889.	Sung Fineness – TR47531	924.	Sung Fineness – TR47566	959.	Sung Fineness – TR47601	994.	Sung Fineness – TR47636
890.	Sung Fineness – TR47532	925.	Sung Fineness – TR47567	960.	Sung Fineness – TR47602	995.	Sung Fineness – TR47637
891.	Sung Fineness – TR47533	926.	Sung Fineness – TR47568	961.	Sung Fineness – TR47603	996.	Sung Fineness – TR47638
892.	Sung Fineness – TR47534	927.	Sung Fineness – TR47569	962.	Sung Fineness – TR47604	997.	Sung Fineness – TR47639
893.	Sung Fineness – TR47535	928.	Sung Fineness – TR47570	963.	Sung Fineness – TR47605	998.	Sung Fineness – TR47640
894.	Sung Fineness – TR47536	929.	Sung Fineness – TR47571	964.	Sung Fineness – TR47606	999.	Sung Fineness – TR47641
895.	Sung Fineness – TR47537	930.	Sung Fineness – TR47572	965.	Sung Fineness – TR47607	1000.	Sung Fineness – TR47642

実際にどこに保管されているかは機密事項で書類に詳しい場所の記載はありませんが、ＰＡＭＰに保管場所が登録されていることを保証しています。この証明書も非常に重要で、運用に乗せるために絶対に必要な証明書です。
ＩＭＦの運用にのせる金は、①シリアル番号が記載されたリスト　②品質保障証明書　③保管証明書、これらの証明書が重要書類で、これらがきちんと揃っていれば、実際のゴールドバーはどこに保管されていてもよいのです」

違法な取引に関係していた者たちは、国際司法裁判所の判決で処分された

先の、セラーが違法な取引をしようとしていた件の顚末はどうなったのか？

「この取引は、セラーである会社のＣＥＯと日本のバイヤーの間の契約書でした。
セラー側は中央銀行ではなかったが、中央銀行の許可が出ていた。

日本は日本銀行か、もしくは日本銀行が許可した商業銀行から送金しなければなりません。この契約書が12月5日で、その段階で同月18日に、当時の日銀総裁が、この書類を政府関係者のところに持って行って見せ『これは、やってもいいですか？』と聞いた。

最終契約をしたのが18日で、22日までに取引をやらなければいけなかったのですが、総裁に相談された政府関係者は何のことだかわからず、『許可できない』と言ってしまった。

実は総裁は学者で実務をしたことがなかったため、運用に乗せる金の取引のやり方を知らなかった。お金を動かして、何かあって、自分の責任になってしまうことが怖くて、『とりあえず聞きに行こう』ということになったのだが、その相手が政府関係者だったことが悪かった。

総裁が政府関係者のところに行っても、当然のことですが、許可しませんでした。これはとんでもないことで独立性が保障されているにもかかわらず送金しないことは無知ではなく罪です。とうとう、このセラーの会社のCEOは頭にきて、韓国のある財閥の子会社にこの情報をすべて流してしまった。

この情報を聞きつけた元大統領夫人が『買え』と指示した。彼女は金集めが趣味で有名でした。韓国の大型旅客船『セウォル号』に積まれていた金塊も彼女が出荷したものでした。

私は、その証拠資料を押さえ、国際司法裁判所に送りました。結局、このセラーの会社のCEOは情報漏えいの罪で処罰され、会社も潰されました。政府は関与できないことになっているので、総裁も、情報漏えいで国際司法裁判所に処罰された。そのため任期途中で総裁を辞任することになったのです。

前ローマ法王ベネディクト16世も、別件で不正を行い、国際司法裁判所に処罰され任期途中で法王を退くことになった。これら判決を出したのは国際司法裁判所の判事でした」

新しい基軸につくり直して、資金を分配するシステムはでき上がっている

「世界銀行からの直接のシェア35%、世界銀行に口座を有しているホストカ

ントリーである日本の商業銀行から日本がこの国に対して出しますよというために全体の35％がいく。

30％は、国連及びその関連機関、4％はIMF、3％はFRBつまり世界の警察としての米国、10％は世界銀行に口座を有する商業銀行の関係するファミリー企業［商業銀行の取引先企業］、18％は300人の個人委員会が認め投資すべきと判断した新興企業やベンチャー企業。

いま、世界で大きな問題になっているのは、ホストカントリーである日本にシェアされる35％が実質動いていないということです。

いままでやっていたことをいったん止めて、新しい基軸につくり直して、資金を分配するシステムはでき上がっている。その配分比率は決まっています。国連に加盟していても、世界銀行のアカウントがない国はたくさんあります。そういう国は世界銀行から配分できないので、ホストカントリーである日本からシェアしなければなりません。

しかし、日本では、この資金があるからという前提で、本来分配については関与できない立場の日本銀行や財務省の官僚たちは、安易に世界中の国々に円借款の約束をしてきてしまった。

そのため、お金がシェアされるまでの間、日銀が商業銀行に国債を買ってもらったり、それを日銀が買い戻したりと、グルグルお金を回して、さもシェアされた資金があるかのように見せながら、世界に向けては円借款という空手形を切ってしまってきた状態です。

しかし、実際に35％は動いていません。なぜ世界情勢が不安になるとジャパニーズ円が買われて円高になるかというと、日本は絶対に破産しない、このお金があるから大丈夫だという認識の上でのことです。

しかも、１００％ジャパニーズ円は、金との兌換を保証している。

しかし、35％の分配がしっかりできないということになった瞬間に、円の評価はガタッと落ちるし、日本は世界中からものすごい攻撃を受けることになります」

現代戦争の本質は「資源争奪戦争」、ゴールドマン・ファミリーズ・グループは「地球連邦政府による資源管理」体制を築き、分配していく

地球連邦政府樹立・地球連邦軍創設により、取りあえず「400年戦争のない平和な世の中」をつくるには、人類が繰り返してきた戦争の歴史、このなかでも特に「近現代の戦争史」を振り返り、「なぜ戦争が起こるのか」つまり「戦争の本質」を解明し、戦争の原因を取り除くことに全力を挙げなくてはならない。

それでも実際に戦争が起きた場合、「地球連邦軍」を派遣して、鎮圧して、平和と秩序を取り戻して維持する。

大東亜戦争［日中戦争、太平洋戦争などの複合的戦争］後68回目の「終戦記念日＝敗戦記念日」［2013年8月15日］、その最中、米国の首都ワシントンでは、無人型の軍事兵器などを集めた世界最大規模の展示会が開催されており、アメリカの大手兵器メーカーなど、過去最多のおよそ600の企業や研究機関が参加、各国の防衛関係者などが数多く詰めかけているという。NHKNEWSweb が8月14日午

後3時4分、「米で世界最大の無人機展示会」というタイトルで報じた。

アイゼンハワー大統領〔欧州戦線450万人の連合軍全軍の最高司令官、陸軍参謀総長、NATO軍最高司令官、元帥〕が、退任演説で「軍産協同体の危険性」を警告していた通り、米国は、国防総省〔ペンタゴン〕と軍需産業〔ロッキード・マーチン社、ボーイング社をはじめ6000社〕の癒着体制により、「戦争なくしては生きていけない国」に成り果てている。

「最終兵器」と言われた「核兵器」よりも恐ろしい「ハープ」「プラズマ兵器」などという「究極の兵器」が開発され、すでに実用段階に入っている。

加えて、「無人兵器」である。「血に飢えた米国」は、戦争なくしては生き延びられない、すなわち、戦争から逃れられない悲しい宿命にある。

「日本は大東亜戦争〔太平洋戦争〕の総括を戦後68年経ても未だにしていない」と嘆く有識者がいるけれど、そんなことはない。手元にある『世界戦争概説――戦争の歴史――』〔泉茂著、甲陽書房刊、1964年〕などをひもとけば、きちんと総括している。

―皇軍必勝の夢は破れ、国民の多くは暫く虚脱の状態に陥る程の未曽有の敗戦であった。またこの戦争については幾多の批判があり、多くの反省すべき点があることも勿論である。

けれどもわが国は種々の不利な条件の下に世界の強国を相手として、四年にわたって南北七千キロメートル・東西一万キロメートルの広大な地域に出でて戦った。しかも敗れたとは言え、世界の人々をして讃嘆せしめたわが軍隊の勇戦は、現在におけるわが国のめざましい復興発展とともに、特筆に値するものといわねばならない。


『世界戦争概説——戦争の歴史——』は、人類の戦争を概観しつつ、戦争はなぜ起きるのか、戦争の原因を懸命に追求しているけれど、明解な答えを見つけていなかった。だが、近現代の戦争史を大摑みしてみると、本質は「エネルギー資源争奪戦争」であったことに気づかされる。

日本は、徳川時代の265年間、「鎖国状態」ということもあり、「産業革命」にも100年遅れていたため、「資源争奪戦争」に巻き込まれないで済んだ。

しかし明治維新を経て、「文明開化」に直面し、以後「石炭、石油、ウラン」

といったエネルギー資源を確保しなければ、文明国に仲間入りすることはできなかった。この「資源争奪戦争」に巻き込まれないためには、元の「鎖国状態」に戻るしかないけれど、それが無理であるならば、これからは国連を中心とした世界政府による「地球内のあらゆる資源」の管理体制を築き、各国に分配するしくみを確立していくしかない。もちろん、資源のなかには、「水や食糧」なども含まれるのは当然である。

ゴールドマン・ファミリーズ・グループは、この大事業にすでに取りかかっており、天皇陛下の下で安倍晋三首相に「2012年末～2015年末に3年がかり」で準備させ、しかる後に小沢一郎生活の党代表を首相に据えて、本格的に大仕事を行わせる計画である。

国際金融は、三菱東京UFJ銀行が、すべてを仕切ることになっていた。だが、いまは三井住友銀行が仕切っている。

習近平国家主席と朴槿恵大統領は、「メタンハイドレート資源争奪戦争」を日本に仕掛けてきている

中国〔習近平国家主席〕と韓国〔朴槿恵大統領〕両国が、「メタンハイドレート」をめぐり、「資源争奪戦争」を日本に仕掛けてきている。

近現代の戦争の本質は、ほとんどが「資源争奪戦争」であるので、極めて危険だ。

中国共産党1党独裁北京政府が、日本固有の領土「尖閣諸島」の領有権を認めず、「靖国神社公式参拝」を槍玉に挙げ、韓国政府が、やはり日本固有の領土「竹島」を不法占拠して「靖国神社公式参拝」「慰安婦」を執拗に取り上げて、安倍晋三首相を「軍国主義者」と決めつけて誹謗中傷して国際世論を喚起している。底意は、日本近海の海底資源である「メタンハイドレート」埋蔵域から日本を排除するのが、最大の目的である。

「靖国神社」「慰安婦」ともに単なる言いがかりにすぎない。気の毒なのは、哀

れな「韓国の元慰安婦」である。韓国政府から何の補償金も得られず、利用されている犠牲者なのだ。

メタンハイドレートは、メタンを中心にして周囲を水分子が囲んだ形になっている包接水和物の一種だ。低温かつ高圧の条件下で、水分子は立体の網状構造を作り、内部の隙間にメタン分子が入り込み氷状の結晶になっている。メタンは、石油や石炭に比べ燃焼時の二酸化炭素排出量がおよそ半分であるため、地球温暖化対策としても有効な新エネルギー源であるとされている。中国が領有を主張する尖閣諸島周辺、韓国が領有を主張する竹島の周辺の海底は、メタンハイドレートの豊富な埋蔵域になっているという。

中国と韓国は、尖閣諸島周辺、竹島の周辺から日本を排除するには、日本が嫌がり弱みとしている「軍国主義国家」という暗いイメージの言葉を「レッテル」として貼りつけるのが、最も効果的であると判断している。「靖国神社」「慰安婦」という言葉を安倍晋三首相に「ツブテ」として投げ、浴びせ続けて、叩き潰そうとしている。

中国北京政府、韓国政府、北朝鮮政府の国連大使が2014年1月29日、国連

安全保障理事会での公開討議で、安倍晋三首相に対する非難発言を繰り返したのは、その一環である。

一方で中国は「防空識別圏」を拡大し、韓国は地図上の「日本海」を「東海」に書き換えさせて、領海権益を確定しようとしている。

中国は古来、「戦わずして勝つことを最上」とする「孫子の兵法」に基づく戦争理論を実戦に応用している国である。中国共産党創立者の一人として八路軍を率いた毛沢東初代国家主席は、稀代の軍事戦略家であり、「孫子の兵法」を応用した「遊撃戦論」〔1938年〕「持久戦論」〔1938年〕により、長征、日中戦争を経て党内の指導権を獲得し、1945年より中国共産党中央委員会主席を務め、日中戦争後の国共内戦では蒋介石率いる中華民国を台湾に追いやり、中華人民共和国を建国した英雄だった。

中国北京政府はいままさに、中国共産党人民解放軍が2003年ごろから、「孫子の兵法」を基礎として、はっきり打ち出していた「三戦」戦略〔法律戦、世論戦、心理戦〕に則り、対日攻勢を強めている。

法律戦とは、自国の主張を通すために国際法・国内法を駆使すること、世論戦は、宣伝戦あるいはプロパガンダ、心理戦は、相手国の戦意を喪失させることである。自国の主張を通すために、法に訴え、国際世論に訴え、相手国に心理的に働きかける。南シナ海における領有権、尖閣諸島領有権、さらに防空識別圏拡大などは、この「三戦」戦略の実戦編であると言ってよい。

韓国も、こうした中国の「三戦」戦略［法律戦、世論戦、心理戦］に則り、北京政府と共同戦線を張り、対日攻勢を展開しているのである。

このため、日本政府は、近隣諸国との友好親善を図れば、何事もうまくいくなどという従来の「平和ボケ」した甘い考えにドップリ浸かっていては、「国家を亡ぼす」ことになる。日本流の「三戦」戦略［法律戦、世論戦、心理戦］を確立して、国際戦略を繰り広げる時代に入っている。戦国武将の戦略・戦術にも学ぶ必要がある。

イスラエル、パレスチナ、エルサレムが、実に慌ただしく動いていて、大きく様変わりしそうな情勢だ

イスラエル、パレスチナ、エルサレムが2014年10月ごろから、大きく様変わりしそうな情勢だ。

イスラエルの**ネタニヤフ首相**が、中国東北部〔旧満州〕に建国する「ネオ・マンチュリア」への大移住の準備をする一方で、イスラエル軍が占領中の東エルサレムの入植地での住宅建設を承認、英国下院がパレスチナを国家として承認するよう英政府に求める動議を可決、戦闘で荒廃したパレスチナ暫定自治区「ガザ地区」の復興を支援するための国際会議がエジプトで開かれ、日本を含む国際社会から合わせておよそ54億ドル〔日本円で5800億円余り〕の支援策〔日本政府は2000万ドルの支援を表明〕が示されるなど、実に慌ただしい。一体、イスラエル、パレスチナ、エルサレムのなかで、何が起きているのか？

それは、言うまでもない。「ガザ地区」の地中深くに見つかった「中東最大規模の天然ガス田」をめぐる「天然ガス利権」に必死で食い込もうとしているのだ。「中東最大規模」とは、言い換えれば「世界最大規模」ということを意味している。それこそ、「第2のドバイ」をこの「パレスチナ自治区ガザ地区」に現出す

ることも夢ではない。

この天然ガス田の開発をめぐり、イスラエルが、パレスチナに共同開発を提案したのに対して、パレスチナが「独自で開発する」と言って拒否したため、軍事作戦に出て、ここから、イスラエルとパレスチナとのロケットによる激しい攻防戦が始まった。

だが、隣国ヨルダンが、「採取される天然ガスを購入したい」と伝えてきたことから、イスラエルが、「天然ガスを売った代金で、荒廃したパレスチナを復興する」という条件を示し、パレスチナがこれを受け容れたのである。

イスラエルは、中国東北部〔旧満州〕に建国する「ネオ・マンチュリア」へ国民800万人が大移住してしまうと、ガザ地区の天然ガス利権も手放さなくてはならなくなる。このため、ネタニヤフ首相は、この天然ガス利権をキープする目的で、イスラエル軍が占領し実効支配している東エルサレムの入植地での住宅建設を承認、イスラエル人の一部を入植させようとしている。これに対して、国連の潘基文《パンギムン》事務総長が、「国際法違反だ」と不快感を示している。

＊東エルサレム　エルサレム東部のヨルダン川西岸地区に位置する地域で、エルサレムの旧市街は東エルサレムにあり、旧市街はユダヤ教、キリスト教、イスラム教の聖地として国際的に知られている。

【経緯】１９４９年、第一次中東戦争の休戦協定により西エルサレムはイスラエルが、旧市街を含め東エルサレムをヨルダンが統治。

１９６７年、第三次中東戦争によってイスラエルはヨルダン支配下であった東エルサレムを占領。

１９９４年に締結したイスラエル・ヨルダン平和条約でヨルダンは東エルサレムの領有を放棄。パレスチナは東エルサレムを独立後の首都とみなしている。

２００８年、エフード・オルメルト首相とパレスチナ自治政府のマフムード・アッバース議長が秘密交渉し、パレスチナ側が、この地域のハル・ホマ地区を除く全入植地をイスラエル側に譲渡するという大幅な譲歩案を示したという。

読売新聞ＹＯＭＩＵＲＩ ＯＮＬＩＮＥが10月14日午後3時26分、「英下院、パレスチナの国家承認求める動議可決」という見出しをつけて、以下のように配信した。

【ロンドン＝柳沢亨之】英下院は13日、パレスチナを国家として承認するよう英政府に求める動議を賛成274、反対12で可決した。同国家を承認していない英政府の方針に対する拘束力はないが、今夏のイスラエル軍によるガザ侵攻などに対する反発を示したものだ。動議は野党・労働党議員が提出。「（イスラエルとパレスチナの）2国家が共存するために、パレスチナ国家を承認するよう求める」などとしている。同党のほか、キャメロン首相率いる保守党や連立相手の自由民主党の一部も賛成に回った。国連加盟193か国のうち、パレスチナを国家承認したのは現在134か国。欧州連合［EU］内では大半が未承認だ。

第一次世界大戦［1914年〜1918年］最中の1915年、メッカの太守である**フサイン・イブン・アリー**と英国の駐エジプト高等弁務官**ヘンリー・マクマホン**との間でやりとりされた書簡のなかで、英国は対トルコ戦協

力［アラブ反乱］を条件にオスマン帝国支配下のアラブ地域の独立とパレスチナにおけるアラブ人の居住を認める協定を行った。いわゆる「フセイン・マクマホン協定」である。

また、連合国であった英国、フランス、ロシアの3国は1916年、大戦後にオスマン帝国の勢力分割を秘密協定「サイクス・ピコ協定」を約束した。

さらに、**アーサー・バルフォア**は1917年11月2日、シオニズム運動の財政的な後援者で英国のユダヤ人コミュニティのリーダーであった**第2代ロスチャイルド男爵ライオネル・ウォルター・ロスチャイルド**［1868年〜1937年］に対して送った書簡のなかで英国政府のシオニズム支持を表明し、パレスチナにユダヤ人の民族的郷土の建設を認めることを明らかにした。戦争資金を引き出すために行われた「バルフォア宣言」である。イスラ

エルとパレスチナの「土地争い」のタネを蒔いた張本人は、アーサー・バルフォア外相であった。

これら英国のいわゆる三枚舌外交はロシア革命後レーニンらによって暴露される。戦後すぐにサイクス・ピコ協定が実行され、トルコ共和国を除く地域は、英国・フランスの委任統治領となり、英国統治領のパレスチナには約束通りユダヤ人が移住を始めた。委任統治領も次々と独立を果たしフセイン・マクマホン協定もパレスチナ地域を除いて実現した。問題なのは、パレスチナにおけるユダヤ人とアラブ人の居住であった。これが今日まで続く「パレスチナ問題」なのである。

英国はいままた、パレスチナ・ガザ地区の「天然ガス田」の「天然ガス利権」に食い込もうとして、パレスチナを「国家として承認する」という「飴」をぶら下げて、にじり寄ってきているのだ。

世界各国で若者をリクルートし、戦闘員として「イスラム国」に送り込んでいる最大のスポンサーの正体が判明！

イラクとシリアで活動するサラフィー・ジハード主義組織「イスラム国」〔2014年6月29日、カリフ制イスラム国家の樹立を宣言〕の兵力が、どんどん膨れ上がってきているという。

世界80カ国から集まっている戦闘員は、1万5000人〔このうち約6300人はイスラム国の建国を宣言してからの加入者＝新規参加者のうち大半はシリア人〕と言われているのに対して、米CIAは、2万人から3万1500人に上ると推定している。

ところが、ここにきて、世界各国で若者を集めてリクルートし、戦闘員としてイスラム国に送り込んでいる最大のスポンサーの正体判明してきた。一体、何者なのか。また、目的は何なのか。

何と驚くなかれ、最大のスポンサーは、米国だという。

世界中に散らばっている過激派を「破格の高級」で誘い、イスラム国に送り込み、戦闘員として訓練して戦場に送り込まれたところにめがけて空爆して、殲滅する。ひいては、世界中の過激派をひとまとめにして皆殺しにする。その結果、米国、英国、フランス、カナダなどにいる過激派を「大掃除」して、脅威を根こそぎ解消するという。米国にとって「安上がりな一石二鳥作戦」である。

米国が2014年8月8日、空爆作戦を開始して以来、米国が主導する有志連合の空爆回数は約6600回に上り、その費用は5億8000万ドル［約630億円］に達したとAFP＝時事が報じている。

この意味で、米CIAのリクルート部隊は、日本国内でも活動していると見てよい。過激派を見つけては、甘言を弄してその気にさせて、イスラム国へと送り込んでいるということだ。

この事件に米CIAのリクルート部隊が絡んでいるかどうかは、定かではないけれど、過激派が、「高額」を人参のようにぶら下げられて、釣り上げられてイスラム国の勇敢なる戦闘員として地獄の戦場に送り込まれていくなかに、日本人も引きずり込まれそうになっていることだけは、確かである。

日本のアウトローの代表的存在であった「任侠」「ヤクザ」「暴力団」が、明治政府のころから大東亜戦争後、かなりの間、社会主義・共産主義者はじめ極左暴力集団による「暴力革命」に備えて権力側に飼われ、いざというときには、「反革命」のために利用されてきた構図とよく似ている。

「60年安保闘争」の最中、岸信介首相が、右翼勢力と「任侠」「ヤクザ」「暴力団」を総動員して、デモ隊の最前線に突入させた話は、いまでも語り草になっている。

「暴力革命」によるウクライナ政変は、ウクライナのネオナチ政党スヴォボーダ・スボボダ「自由」とネオナチ武装集団「UNA-UNSO」によって起こされた。ウクライナ政府は、これらネオナチ政党スヴォボーダ・スボボダ「自由」とネオナチ武装集団「UNA-UNSO」を親ロシア派武装集団との戦闘の最前線に送り込み、約300万人のウクライナ人を抹殺しようとしてきた。そしていまさらに、「証拠隠滅」のための戦闘になりつつある。

ウクライナ政変は、米国と欧州の勢力が、ウクライナのネオナチ政党スヴォボーダ・スボボダ「自由」とネオナチ武装集団「UNA-UNSO」にデモ行動指示書と軍資金約100億ドル〔資金元は、**ロスチャイルド財閥フランス当主ダビッド・ド・ロスチャイルド**〕を出して、反政府闘争を展開、地域党所属のヴィクトル・ヤヌコーヴィチ大統領〔任期：2010年2月25日～2014年2月22日〕を倒して、全ウクライナ連合「祖国」所属のオレクサンドル・トゥルチノフ大統領代行〔任期：2014年2月23日～〕に政権を強奪させた。この背後にオバマ政権の**スーザン・エリザベ**

ス・ライス大統領補佐官［国家安全保障問題担当］と**ビクトリア・ヌーランド国務次官補**［欧州・ユーラシア担当］の影がチラついていた。

　この二人の女傑が、ウクライナ政変を背後から主導したと見られている。総括指揮したのは、スーザン・エリザベス・ライス大統領補佐官、現場担当はビクトリア・ヌーランド国務次官補が務めたという。ユダヤ人であるビクトリア・ヌーランド国務次官補が、過激なネオナチ政党スヴォボーダ・スボボダ「自由」、ネオナチ武装集団「UNA-UNSO」、あるいは、武装テロ・グループを利用した。

　ロシア上院がウクライナへのロシア軍の派遣を承認したのに対して、ウクライナの国家安全保障国防会議［National Security and Defence Council］は8月2日、「軍が必要とする全ての予備役の招集」を国防省に命じた。

ロシア軍を後ろ盾とした親ロシア武装集団との戦闘の最前線に、ネオナチ政党スヴォボーダ・スボボダ「自由」とネオナチ武装集団「UNA-UNSO」を送り込んで、約300万人を殺していいと指示したという。さらにウクライナ政府と親ロシア派武装集団の停戦合意は、「特別な集団」を抹殺、証拠隠滅完了を意味している。

これを受けたのが、「ウクライナ政府と親ロシア派武装集団による5日の停戦合意後、ウクライナ東部で散発的に続いていた戦闘は収束した模様だ」という報道である。

あとがき

縄文八咫烏の直系である吉備太秦は、ゴールドマン・ファミリーズ・グループとフリーメーソン・イルミナティが「400年間戦争のない平和な国際社会を築き、秩序維持していける時代」を実現するため、天皇陛下を陰で支える「フラッグシップ（シグナトリー＝サイナー）」として、世界銀行・IMFなど国際金融機関の活動に尽力していこうと決意している。

400年間戦争のない時代を築き、維持していくには、何といっても平和を脅かす戦争の原因を除去しなくてはならない。現代戦争を惹起させる根本的原因＝最大の元凶は、「資源エネルギー争奪」である。これを単に回避させるだけでなく、絶滅させる最善の手段は、世界統一機関として「地球連邦政府」を樹立し、その強制力である「地球連邦軍」を創設することである。北東アジアでは、「中国4分割・東北部（旧満州）にユダヤ国家＝ネオ・マンチュリア建国」「朝鮮半島統一＝大高句麗建国」「モンゴル」「新日本皇国＝仮称」などによる「緩やかな連邦制」を実現する。

「ワンワールド」を目指したフリーメーソン・イルミナティは、第一次世界大戦の教訓から「国際連盟」（1919年6月28日〜1946年4月20日、本部・ジュネーヴ）を設立した。だが、新興大国である米国が参加せず、平和を目指す国際機関としては未完成だったので、第二次世界大戦勃発後は事実上活動を停止し解散した。その資産は、国際連合により承継された。国際連合憲章決議（1945年6月26日署名）を経て、1945年10月24日活動開始、本部は、米国ニューヨーク市マンハッタンに置かれている。

だが、安全保障理事会の常任理事国である米国、英国、フランス、ロシア、中国の戦勝5か国が、拒否権を握っており、1国でも拒否権を発動すれば、重要な安保政策、決議も決定できない。そればかりか、「国連正規軍」が組織・編成されていないため、国連の平和維持のための軍事活動に万全を期すことができない憾《うら》みがある。早い話が、不完全なのだ。

従って、吉備太秦は、不完全な国連が内包している諸矛盾をアウフヘーベン（止揚）して、地球全体に平和と繁栄をもたらすとともに、国際紛争を解決する完全な国際機関として「地球連邦政府・地球連邦軍」を樹立・創設することを急務と考えている。いま、その時がきているのだ。

ところが、欧州から戦争をなくし、平和な地域社会を築く目的で統合されたはずの「欧州連合（ＥＵ）」（１９９３年11月１日設立、本部・マーストリヒト）がいま、解体の危機に直面している。ＥＵ加盟28か国（オーストリア、ベルギー、ブルガリア、キプロス、チェコ、ドイツ、デンマーク、スペイン、エストニア、フィンランド、フランス、ギリシャ、クロアチア、ハンガリー、アイルランド、イタリア、リトアニア、ラトビア、ルクセンブルク、マルタ、オランダ、ポーランド、ポルトガル、ルーマニア、スロバキア、スロベニア、スウェーデン、イギリス）のなかで、経済・財政状況がまともなのは、敗戦国のドイツくらいであるからだ。

そのドイツが経済・財政状況の悪い国々を助けている。戦後の経済戦争では、ドイツが日本と並んで戦勝国になっている。英国もフランスもよくない。財政再建中のギリシャでは、厳しい緊縮財政下、耐乏生活を強いられている国民の不満が爆発寸前である。このため、「EUから脱退しよう」「EUは解体すべきだ」という声がますます強まってきている。

しかし、ローマ法王フランシスコ1世が2014年11月25日、中南米出身の初の法王としてフランス東部ストラスブールの欧州議会（EU各国で議員が選ばれる）を公式訪問し、議員らに向けて演説し、このなかで欧州統合の道筋をたたえつつ「今や欧州は老けて、やつれてみえる」として再活性化を呼びかけるとともに、「欧州の全市民に希望と激励のメッセージを伝えたい」と表明したという。

EU創設からまだ21年しか経ていないとは言っても、第二次世界大戦後、70年となり、社会全体が停滞してきていることをフランシスコ1世は、大変憂慮しているのだ。景気を押し上げようにも浮揚力がついてこない。雇用も拡大せず、失業者が巷にあふれてくる。社会の高齢化もどんどん進んでいる。しかも、日本と違って、海外から移民が、大量に流入してきており、社会保障費の負担が重荷になっているのだ。

そうしたなかで、移民を排撃する右翼勢力が台頭し、政界に進出してきている。

とくに「ネオ・ナチ」を標榜する過激派の動きが活発化していて、危険視されている。

ドイツのメルケル首相は、ギリシャ、ポルトガル、スペインなどが国債について債務不履行（デフォルト）を起こした際には、一番先に財政支援を求められるなど、何かと重い負担を課せられてきているので、「EU離脱」を漏らしてきた。それを見て、英国のキャメロン首相まで、欧州諸国から労働移民が英国に流入してきていることに強い不満を抱いて、「低付加価値移民の割り当て制導入」を求め、「認められなければ、EUを離脱する」とゴネ始めている。

これに対して、メルケル首相は、「EU域内の労働力市場の自由に関して妥協するよりは、英国のEUからの離脱を好む」と言い、突き放している。勝手にしろということだ。EU内部の駆け引きに対して、フランシスコ1世は、EU全体に向けて、活を入れたのである。

「EU解体」の危機が取り沙汰されている最中、「仏当局と北大西洋条約機構（NATO）は2014年11月28日、ロシアの軍艦4隻が同日、イギリス海峡（English Channel）に堂々と進入していたことを確認した」と発表した。AFP

が11月29日報じた。

NATOは、ロシアのプーチン大統領が、クリミア半島をロシア領に組み入れたことから苦しい立場に置かれている。クリミアのロシア系住民がロシアの庇護を求めるのに応じて、ロシア上院は2014年3月1日、ロシア軍がウクライナおよびクリミア自治共和国で、同国の社会、政治情勢が正常化するまで軍事力を行使することを承認した。ロシア軍はクリミア半島の一部の施設を占拠して半島を実効支配し、3月2日にはウクライナ海軍総司令官デニス・ベレゾフスキー提督が親ロシア派のクリミア指導者に投降した。

一方、米国オバマ大統領は3月1日、ロシアのプーチン大統領と電話会談を行い、深い憂慮の念を表明した。3月2日、G7（米英仏独日加伊）首脳はホワイトハウスを通じてロシア政府の軍事介入の動きを非難し、同年6月にロシアのソチで予定されているG8サミットに向けた準備会合へのボイコットを発表した。クリミア政府は3月30日の住民投票で、勢力が増強されるなら、クリミアの外の沿岸のケルソン、ミコライウおよびオデッサ地方の代表がクリミアのようになりたがっていたと宣言した。その後、ウクライナ東部の武装勢力とウクライナ政府軍との軍事衝突が続き、ウクライナ政府は、EUへの加盟を熱望しているのに対して、ロシアのプーチン大統領は、これを阻止しようとしてきた。

米国オバマ大統領はじめEU諸国は、ロシアに対する「経済制裁」を強めてきたが、軍事的には、NATO軍をウクライナに派遣して、ウクライナ東部の武装勢力を殲滅するための強硬手段を取れない。EU諸国が、ロシアから天然ガスを供給されているので、これがストップされると、「冬将軍」に打ち勝つことができなくなるからである。

それでも米国企業は、ロシアからEUに送られる「天然ガス・パイプライン」を押さえていて、バイデン副大統領の息子が、この米国企業の役員に就任しており、ちゃっかり「天然ガス利権」を手に入れている。しかも、長い天然ガス・パイプラインを守備しているのが、米国の戦争ビジネス専門会社の要員約1万人であると言われている。

オバマ大統領は、2013年11月ごろから、ウクライナ政変を起こさせて、2014年2月22日、ヴィクトル・ヤヌコーヴィチ大統領の国外追放に成功した。いわば「利権屋」である。これに対して、ロシアのプーチン大統領が、反撃に出た。だから、オバマ大統領がいくら「経済制裁」しても、プーチン大統領は、へコたれなかった。プーチン大統領は、フランスからミストラル級の大型強襲揚陸艦2隻を買う契約をすでに交わしていたからである。これを「経済制裁」の一環として、契約を破棄すると、フランスの経済的打撃は大きくなる。

世界の平和を脅かす最大の元凶は、経済的危機である。金融危機から世界大恐慌が起き、これが世界大戦の原因になる。この危機を回避する道は、国際金融を安定させて、世界経済を活性化し、景気を浮揚していくしかない。

地球連邦政府の下で、地球全体に平和と繁栄を築くには、世界銀行・IMFが、その機能を健全に全開させていくことが必要である。

世界銀行からの巨額資金の配分が遅滞なく行われなければ、米国ばかりでなく欧州諸国の経済が破綻する危険がある。安倍晋三首相は2012年12月26日に就任して以来50か国を歴訪して、経済支援を約束してきている。この巨額資金の配分が実行されなければ、完全に「空手形」となり、各国から批判の的にされて、日本の信頼は地に落ちてしまうことになりかねない。

しかし、世界銀行・IMFには、大きな欠陥がある。それは、地球全体の金融をカバーしていないということだ。それは、新興5カ国（BRICS＝ブラジル、ロシア、インド、中国、南アフリカ共和国）首脳が、米国主導の国際金融秩序に対抗し、発展途上国や新興国へのインフラ開発を支援する独自の開発金融機関「新開発銀行＝BRICS開発銀行（本部・中国上海市）」の設立と外貨準備基金の創設を決定、また、中国主導の「アジアインフラ投資銀行（AIIB）」は2015年にも営業を始める動きを示していることが、何よりの証拠である。世界銀行・IMFは、この動きを無視することはできない。

このため、吉備太秦は、世界銀行・IMF体制の下に、「新開発銀行＝BRICS開発銀行」と「アジアインフラ投資銀行（AIIB）」を組み込み、統一して活動することを強く望んでいる。

2015年1月

板垣英憲

板垣英憲　いたがき えいけん

昭和21年8月7日、広島県呉市生まれ。中央大学法学部法律学科卒、海上自衛隊幹部候補生学校を経て、毎日新聞東京本社入社、社会部、政治部、経済部に所属。福田赳夫首相、大平正芳首相番記者、安倍晋太郎官房長官、田中六助官房長官担当、文部、厚生、通産、建設、自治、労働各省、公正取引委員会、参議院、自民党、社会党、民社党、公明党、共産党、東京証券取引所、野村證券などを担当。昭和60年6月、政治経済評論家として独立。

著書は、『自民党教書』（データハウス）『小沢一郎総理大臣待望論』（ジャパンミックス）『新進党教書』（データハウス）『大蔵日銀　闇将軍』（泰流社）『小沢一郎の時代』（同文書院）『東京地検特捜部——鬼検事たちの秋霜烈日』（同文書院）『永遠のナンバー2　後藤田正晴・男の美学』（近代文藝社）『鳩山由紀夫で日本はどうなる』（経済界）『利権と腐敗』（泰流社）『日本経済ブラックホールへ 封印されたVIP口座』（泰流社）『国際金融資本の罠に嵌った日本』（日本文芸社）『小泉純一郎　恐れずひるまずとらわれず』（KKベストセラーズ）『ブッシュの陰謀』（KKベストセラーズ）『戦国自民党50年史』（花伝社）『政治家の交渉術』（成美堂出版）『政権交代　小沢一郎最後の戦い』（共栄書房）『ロックフェラーに翻弄される日本』（サンガ）『総理大臣　小沢一郎』（サンガ）『老害政治』（光文社）『民主党派閥抗争史』（共栄書房）『鳩山家の使命』（サンガ）『友愛革命～鳩山由紀夫の素顔』（共栄書房）『民主党政変　政界大再編』（ごま書房新社）など133冊。

＊公式ブログ　板垣 英憲「マスコミに出ない政治経済の裏話」
　http://blog.goo.ne.jp/itagaki-eiken

＊板垣英憲「情報局」（有料ブログ）
　http://blog.kuruten.jp/itagakieiken

＊板垣英憲「情報局」（有料メルマガ）
　http://foomii.com/00018

＊板垣英憲「情報局」勉強会
　http://www.a-eiken.com/cgi-bin/itagaki/siteup.cgi?category=2&page=0

＊公式HP　http://www.a-eiken.com/

＊Facebook　http://www.facebook.com/eiken.itagaki

＊twitter　https://twitter.com/info82634886

超☆はらはら　047

ゴールドマン・ファミリーズ・グループが認める唯一の承認者（フラッグシップ）

吉備太秦が語る「世界を動かす本当の金融のしくみ」

地球経済は36桁の天文学的数字《日本の金銀財宝》を担保に回っていた

第一刷　2015年2月28日

著者　板垣英憲

発行人　石井健資

発行所　株式会社ヒカルランド
〒162-0821 東京都新宿区津久戸町3-11 TH1ビル6F
電話 03-6265-0852　ファックス 03-6265-0853
http://www.hikaruland.co.jp　info@hikaruland.co.jp

振替　00180-8-496587

本文・カバー・製本　中央精版印刷株式会社

DTP　株式会社キャップス

編集担当　TaKeCO

ISBN978-4-86471-250-7

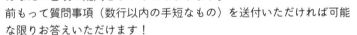

ヒカルランド　ともはつよし社

地上の星☆ヒカルランド　銀河より届く愛と叡智の宅配便

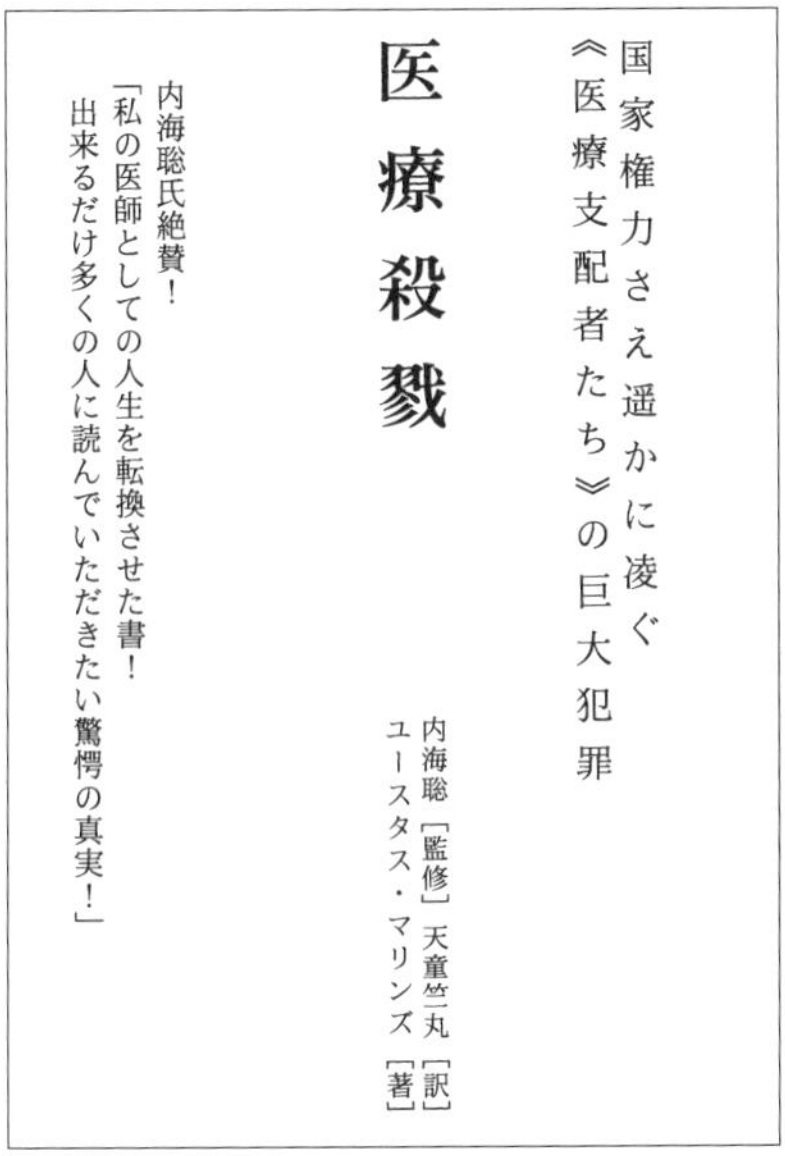

医療殺戮
著者：ユースタス・マリンズ
監修：内海 聡
訳者：天童竺丸
本体3,333円＋税

医療従事者必読の書！　なぜ、どのようにして西洋医療は現在の独占体制を築き上げたのか？　そのあまりに違法で暴力的なプロセスが克明にわかる本！　◎多くの方々からのご要望、なかでも船瀬俊介さんからの熱烈ラブコールに応えまして、復刊させていただきました！　◎どこをどう辿ってもロスチャイルド、ロックフェラーに収斂する◎これが現代医学の成り立ちと製薬トラストの独占体制だ

《ともはつよし社（☎ 03-5227-5690　FAX 03-5227-5691）からの直販本》